Helmut Pätz
Irene Pätz

AF281381

Kurzgeschichten
Band 3

Helmut Pätz
Irene Pätz

Kurzgeschichten
Band 3

Bibliographische Informationen der Deutschen Nationalbibliothek: Die Deutsche Nationalbibliothek verzeichnet diese Publikation in der Deutschen Nationalbibliothek, detaillierte bibliographische Daten sind im Internet über dnb.dnb.de abrufbar.

Copyright 2022 Marion Pätz
Herstellung und Verlag:
BoD - Books on Demand, Norderstedt

ISBN 9783756231232

Nicht mehr allein...

Ich sah sie jeden Morgen, wenn ich die Brötchen vom Bäcker holte, und oft auch später, wenn ich von irgendwelchen Besorgungen heimkehrte. Dabei war sie mir anfangs gar nicht aufgefallen, die unscheinbare alte Frau, und ich glaube, es war wohl eigentlich auch ihr Hund, der, sorgsam an der Leine geführt, mein Interesse für sie zuerst wachrief. Obwohl auch an ihm nichts Besonderes war. Ebenso unauffällig wie die Frau, trottete er dicht neben ihr daher. Trotzdem gefiel er mir.
Viele Male war ich den beiden begegnet, und auf plötzlich dann war es, als seien wir alte Bekannte. Wir nickten einander zu und wünschten uns einen guten Tag.
Und dann trafen wir uns eines Tages im nahen Park. Wir wechselten ein paar Worte, sprachen über allerlei Belangloses. Dann setzten wir uns auf eine Bank. Der Hund, der kleine, jetzt von der Leine losgelassen, tobte zwischen den Bäumen umher, um zwischendurch immer wieder zu uns zurückzukehren und, aufgeregt und laut bellend, darauf zu warten, dass einer von uns einen Stock warf, den er dann eifrig mit der Rute wedelnd, uns zu Füßen legte.
"Sie hängen wohl sehr an dem Hund?"
Sie sah mich an, eine ganze Weile, dann nickte sie heftig.
"... oh ja, sehr... aber Sie müssen wissen, das war nicht immer so. Und eigentlich war er auch gar nicht mein Hund. Ich wollte ihn überhaupt nicht haben... damals..."
Sie verstummte, aber nun war ich neugierig geworden.
Ihr Mann hätte den Hund eines Tages von einer Geschäftsreise mitgebracht, erzählte sie dann. Er hatte gleich sein Herz an das Tier gehängt. Sie nicht! Warum auch - sie hatte doch ihren Mann und den Haushalt. Das war ihr genug. Ein Hund, pah, das war doch nur etwas für Müßiggänger. Ihr Mann hatte nur den Arm um sie gelegt und gelacht. Aber den Hund gab er nicht wieder weg.

Nun, trotzdem waren sie glücklich miteinander... bis zu dem Tag, an dem sie ihr den Mann nach Hause brachten. Das Herz hatte nicht mehr wollen. Er hatte sich nicht quälen müssen, aber für sie gab es keinen Trost. Kinder hatten sie nicht. Was also sollte sie noch auf dieser Welt? Nein, sie mochte einfach nicht mehr, und so hatte sie dagelegen, viele Wochen lang. Nächte ohne Schlaf, in denen der Schmerz sie immer wieder überwältigte.

Eines Tages aber hatte es an der Tür gekratzt und gejault. Der Hund! Bekannte, die ihn zu sich genommen hatten, brachten ihn nun wieder zurück. Sie könnten ihn auch nicht länger bei sich haben. Sie verstand das zunächst überhaupt nicht, aber bald begriff sie, warum die anderen es getan hatten. Und tatsächlich hatte sie sich aufgerafft aus dem Abgrund der Verzweiflung. Da war auf einmal wieder ein Geschöpf, das man ihr anvertraut hatte, das sie nicht im Stich lassen durfte. Da war wieder jemand, der sie brauchte, für den sie sorgen musste, der ständig an ihrer Seite war, Tag für Tag, und der in der Nacht durch seinen leisen, schnaufenden Atem verriet, dass man nicht mehr allein war. Da war jemand, der wieder eine gewisse Unruhe und Lebhaftigkeit in die stillen Räume brachte, der einem, selbst nach kürzester Abwesenheit, mit blanken Augen und überschäumender Freude empfing. Ja, und von da an hatte sie wieder angefangen zu leben. Trauer und Leid rückten allmählich von ihr ab, und das Leben rings um sie her war auf einmal wieder da...

Ich blieb auf der Bank sitzen und sah ihnen nach, wie sie sich davontrollten, die alte Frau und ihr Hund, der plötzlich über eines der Blumenbeete jagte, einem tief fliegenden, verspäteten Vogel hinterher. Ich dachte an all die Tiere, die großen und kleinen, und an die vielen Geschichten, die man sich immer wieder von ihnen erzählt. Und auch dieser kleine Vierbeiner, grau und etwas krummbeinig, der allein durch die Tatsache seines unscheinbaren Daseins einem Menschen ins Leben zurückhalf, - war er nicht auch einer von ihnen?

Irene Pätz

Guter Rat – und nicht mal teuer

Eines Tages setzte Mrs. Harvey ihren altmodischen Hut auf, wartete zwanzig Minuten auf den Bus und fuhr ins Rathaus. Wenig später nur saß sie dem für das Telefonwesen zuständigen Sachbearbeiter, einem kleinen Männchen hinter einem riesigen Schreibtisch, gegenüber.

"... ich bin Mrs. Harvey, Sir... so geht das nicht weiter..." Ihre Augen funkelten. "... das mit dem Telefon..."

Das Männlein nahm die Brille ab. "Was ist mit dem Telefon?"

"... jedesmal, wenn ich jemanden anrufe oder wenn ich angerufen werde, kratzt, schnarrt und schrillt es in der Leitung, als säße der Teufel selber darin, und plötzlich ist dann die Verbindung ganz unterbrochen..."

Ihr Gegenüber nahm eine Karteikarte aus dem Kasten. "Mrs. Harvey, Mrs. Harvey, ja, hier haben wir es schon... aber es war doch jemand bei Ihnen, um den Schaden zu beheben, jedenfalls ist das hier vermerkt."

"Ja, gewiss, es war einer bei mir, aber das war vor zehn Jahren. Er hatte sich alles damals angesehen. Am Telefon lag es nicht, hat er gesagt - es lag an der Zuleitung, draußen auf der Straße. Das Kabel war wohl nicht in Ordnung. Aber das konnte er nicht ändern. Es liegt zu tief. Aber ich sollte jedesmal, wenn ich telefonieren wolle, einen Kessel kochendes Wasser in einen Spalt zwischen zwei ganz bestimmte Pflastersteine gießen. Dann ginge es schon - hat er gesagt."

"Na, und?" "... es ging tatsächlich, Sir, seit zehn Jahren nun schon."

Das Männlein legte behutsam die Karteikarte beiseite. "... aber bedenken Sie die hohe Gasrechnung," fuhr sie fort, "für das viele heiße Wasser, die mir neben den hohen Telefongebühren entsteht, besonders, wo das Gas wieder um so viel teurer geworden ist... und dann die Unannehmlichkeiten, vor allem sonntags, wenn ich in Derby anrufe, um mir die letzten Rennergebnisse durchgeben zu lassen. Ich sage dann immer, sie möchten einen Augenblick warten, die da in Derby, bis ich das kochende Wasser in das Loch zwischen die beiden Pflastersteine gegossen habe. Aber bis heute scheinen die das noch nicht begriffen zu haben, denn wenn ich wieder im Hause bin, hat man am anderen Ende den Hörer schon wieder aufgelegt... es muss etwas geschehen, Sir, unbedingt."

Das Männchen nahm seine Brille ab, sah sie an, eine ganze Weile, und nickte dann. "Sie haben Recht, Madam, da muss etwas geschehen. Ich werde darüber nachdenken. Kommen Sie bitte in einer Woche wieder..."

Eine Woche später saß Mrs. Harvey wieder vor dem riesigen Schreibtisch und sah erwartungsvoll das kleine Männchen an, das lächelnd ihre Karteikarte in der Hand hielt.

"Ich hab's, Madam," sagte es frohlockend und hob triumphierend den Finger in die Luft. Eine bedeutungsvolle Pause entstand. Mäuschenstill war es im Raum, und sie sahen sich an, Mrs. Harvey und das kleine Männlein. Nur eine Fliege summte um die Lampe - dann ein Räuspern:

"... also, hören Sie, Madam... heißes oder gar kochendes Wasser ist völlig unnötig... kaltes Wasser tut es auch."

Und abschließend, mit großer Würde, knallte er den Deckel des Karteikastens zu.

Helmut Pätz

An einem Freitagmorgen

Es war Freitag, und es regnete. Sie hasste Freitage, und sie mochte keinen Regen.

Sie stampfte mit dem Fuß auf, und man sah sie erstaunt an. Aber sie achtete nicht darauf. Sie stand inmitten der Passanten, die darauf warteten, dass die Ampel die Überquerung frei gab. Dies schien nicht ihr Tag zu sein; nichts wollte ihr gelingen an diesem Morgen, nicht einmal die tägliche Hausarbeit. Darum hatte sie kurzentschlossen den Mantel übergeworfen und war hinausgeeilt, um sich ihren Unmut in den Straßen abzulaufen. Aber es half alles nichts. Alles und jedes ärgerte sie, die Autos, denen sie wegen der vielen Regenpfützen ständig ausweichen musste, die Passanten mit den sperrigen Regenschirmen und auch die Ampeln an den Kreuzungen, die sie ständig am Weitergehen hinderten.

Es war zum Verzweifeln!

Schon gestern hatte es damit angefangen, als Heinz nach Hause kam. Sie sah es ihm sofort an. Wie ungerecht verteilt war doch das Glück! Immer traf es nur die anderen. Konnte es nicht einmal eine Ausnahme machen, ein einziges Mal nur? Wieder war es nichts geworden mit der erwarteten Beförderung und der damit verbundenen Gehaltserhöhung. Und dabei hatten sie doch dieses Mal so fest damit gerechnet. Also würde nichts aus der neuen größeren Wohnung werden, die sie sich in diesem Jahr erhofft hatte, nichts aus dem eleganten Hosenanzug aus der kleinen Boutique an der Ecke, nichts aus dem Videorecorder... nichts, nichts, überhaupt nichts! Sie hätte losheulen mögen, hier, auf der Stelle.

Da legte sich zaghaft eine Hand auf ihren Arm. "Ach, bitte, würden Sie mich mit über die Straße nehmen?..."

Aufgeschreckt sah sie in das Gesicht einer Frau, nur wenig älter als sie selbst, ein Gesicht, in dem die Augen ausdruckslos in einer unbestimmte Ferne suchten. Und dann sah sie in ihrer Hand den Stock mit der weißen Farbe, wie er tastend den Kantstein absuchte.

Sie war gemeint, ausgerechnet sie. Es standen doch so viele Leute um sie herum... Einen Augenblick lang war sie betroffen, aber dann hakte sie kurzentschlossen den Arm der Frau bei sich ein. Irgendwie überkam sie ein unerwartetes Gefühl der Beschämung und alles, was sie eben noch so bedrückt hatte, fiel von ihr ab.

Und wie von Zauberhand gelenkt, schalteten die Ampeln plötzlich auf Grün. Die Autos fuhren wieder an, aber jetzt schienen sie vorsichtig die Pfützen zu umfahren, und jemand am Steuer lächelte ihr sogar zu, als sie mit der Blinden am Arm den Fahrdamm betrat. Der heftige Regen schien ein wenig nachzulassen, und irgendwo zwischen den grauen Wolkenfetzen schimmerte ein Stückchen azurblauer Himmel durch. Während sie über den regenfeuchten Asphalt schritten, fand sie plötzlich, dass nicht das wichtig war, was sie eben noch dafür gehalten hatte und dass das Beste, was einem das Leben geben kann, mit Geld nicht zu erkaufen ist. Sie fand sogar, dass es schön war, die schillernden Regenpfützen sehen zu können und in sie hineintreten zu können, absichtlich, aus purem Übermut, wenn man wollte...

"Vielen Dank", hörte sie da die leise Stimme der Frau neben sich. "Ich danke Ihnen vielmals. "

"Nein, ich danke Ihnen", sagte sie schließlich. Aber das hörte die Frau schon nicht mehr, als sie, mit dem Stock tastend, wieder zwischen den Menschen untergetaucht war.

Es regnete immer noch. Aber es störte sie nicht mehr.

Irene Pätz

Baujahr Anno dazumal

An der Kreuzung musste er halten. Die Ampel zeigte "Rot" und gab den Querverkehr frei. Links ging es zum Autofriedhof und nach rechts in die Lackiererei. Heute würde er nach links fahren, - die letzte Fahrt in diesem Wagen. Wirklich, man hatte seit langem nichts Ähnliches mehr gesehen wie sein Gefährt. Kein Wunder - Baujahr Anno dazumal! Vor Jahren schon hatte man in der Werkstatt gegrinst, wenn er damit vorgefahren kam. Jetzt hatte er es einfach satt, weiterhin mitleidiges Aufsehen zu erregen mit diesem alten Vehikel.

Er sah sich noch einmal um. Das Auge wanderte über die Innendecke, die dunkel war und rissig, über das Armaturenbrett mit den zersprungenen Gläsern, über Uhr und Tachometer. Einen Öldruckmesser hatte er schon lange nicht mehr. Wozu auch? Das hatte man sowieso in den Fingerspitzen. Diese uralten Modelle waren weit aus robuster als die supermodernen Schlitten.

Ein, zwei Scheine würden sie vielleicht noch zahlen, dachte er, einen gewissen Altertumswert hat das Auto eventuell noch. Aber gleich darauf kamen Zweifel auf. Was hatte ein Freund erst kürzlich gesagt? "Mensch, sei froh, wenn Du nicht noch draufzahlen mußt! "

Sein Blick wanderte weiter. Über die Blumenvase, die rechts neben der Windschutz- scheibe hing. Das Glas war trübe vom verdunsteten Wasser, und der Sprung darin war noch deutlich zu erkennen. Ullas Schuld war es gewesen, damals, als sie sich mit Heinz gebalgt hatte. Immer hatten sie sich gestritten, die Kinder, als sie noch klein waren. Eine glückliche Zeit war das gewesen, damals...

Eigentlich hatte der Motor bis auf den heutigen Tag noch keine richtigen Mucken gehabt. Der gute, alte Motor! Er allein war bestimmt noch immer sein Geld wert.

Schade, dachte er, und lehnte sich zurück. Die Rücklehne knarrte wie eh und je, und ihm war, als hörte er hinter sich wieder die endlosen, doch niemals ernst gemeinten Zänkereien der Kinder, und fast hatte er das Gefühl, die Hand seiner Frau auf seinem Arm zu spüren und ihr glückliches Lachen zu hören, wenn sie hinausfuhren in ihren unbeschwerten Sonntag.

So etwas vergisst man einfach nicht.

Da hörte er plötzlich das ungeduldige Hupen hinter sich, neben sich. Die Ampel war auf "Grün" umgesprungen. Nur er allein stand noch mit seinem alten Wagen an der Straßenecke. Einige der umstehenden Fußgänger lachten. Über ihn? Über das Auto?

Auf einmal fühlte er eine ungeheure Erleichterung. Sollten sie doch lachen, wenn es ihnen Spaß machte. Alle. Er selbst hatte sich entschieden in diesen wenigen Minuten, die wie ein halbes Leben an ihm vorbei geglitten waren, und er fuhr an, leicht und behutsam.

Ja, sollen sie doch alle lachen, dachte er mit grimmiger Freude und bog ab, nach rechts, in die Lackiererei.
Helmut Pätz

Nichts Besonderes

Nur wenige Schritte vor mir gingen sie. Wir hatten zufällig denselben Weg, wie es sich manchmal so ergibt.

Es war nichts Besonderes an ihnen. Im Gegenteil. Alles an ihnen war eigentlich unauffällig, ja schlicht, fast ärmlich. Er trug die große Einkaufstasche und sein Schritt passte sich fürsorglich der trippelnden Gangart seiner Gefährtin an. Auch an ihr war alles Vergangenheit, von den ausgetretenen Schuhen bis zu den schütteren Haaren, die sorgfältig zu einem festen Knoten gedreht waren.

Nein, es war wirklich nichts Besonderes an ihnen. Und doch blieb hin und wieder ein Passant stehen. Sogar junge Leute sahen ihnen verstohlen nach. Denn die beiden Alten, - sie gingen Hand in Hand. Ob sie die verkehrsreiche Straße überquerten oder längere Zeit vor einer Schaufensterauslage verweilten, nie lösten sich auch nur für einen einzigen Augenblick ihre Hände voneinander. Ganz fest hielten sie sich, diese Hände, und sie blieben miteinander verbunden, ganz gleich, ob ihre Besitzer in ein lebhaftes Gespräch vertieft waren oder in bedächtigem Schauen verharrten.

Und während ich so hinter ihnen herging, fiel mir auf einmal mein Besuch von gestern abend ein: Sie, eine ehemalige Schulfreundin, anspruchsvoll und ehrgeizig schon immer, er, erfolgreicher Leiter eines namhaften Unternehmens. Sie hatten alles erreicht, was man sich vorstellen kann. Aber in ihren Blicken, da war so etwas Ruheloses gewesen, etwas Gehetztes, und in den nervösen Bewegungen ihrer Hände lag dennoch so viel resignierte Müdigkeit, dass es einen fast schmerzte. Die wenigen Worte, die sie aneinander richteten, waren voller versteckter Vorwürfe, gespickt mit bissigen Randbemerkungen. Als sie schließlich gegangen waren, blieb eine fast feindselige Leere hinter ihnen zurück.

Daran mußte ich denken, als ich den beiden Alten folgte, länger als ich es eigentlich wollte.

Nein, es gab weiter wirklich nichts Besonderes zu berichten von den beiden. Aber dieses Händepaar, fand ich, dass da so fest miteinander verbunden war, es bedeutete mehr, viel mehr als aller äußerer Reichtum, den das Leben zu verschenken hat...

Irene Pätz

Sie antwortete nicht

Er legte den Hörer auf. Das monotone Rufzeichen peinigte sein Ohr. Sie hatte sich nicht gemeldet. Mindestens fünfmal hatte er es vergeblich versucht.

Berger, sein Kollege hatte zu ihm herübergeschaut, flüchtig nur, aber mit besorgter Miene.

Unruhe peinigte ihn. Was war los? Wo war sie?

Es war nicht mehr die alte Vertrautheit zwischen ihnen gewesen, schon lange nicht mehr. Sie wussten es beide. Dennoch war es nicht ihre Art, die Wohnung einfach so zu verlassen für längere Zeit. Nein, sie ging nicht weg, ohne es ihm vorher zu sagen. Früher nicht - und auch jetzt nicht. Sie wusste genau die Zeit, zu der er anrief, um sich nach ihrem Befinden zu erkundigen. Damals, als es ihr gesundheitlich nicht gutging, hatte er regelmäßig angerufen. Und dabei war es geblieben.

So ein Telefon kann eine Pein sein, dachte er, und in diesem Augenblick hasste er es geradezu.

Automatisch nahm er ein Bündel Geschäftspapiere und legte es in den Aktenkorb. Er würde sich nicht auf seine Arbeit konzentrieren können.

Erneut griff er zum Hörer, legte aber gleich wieder auf.

"Geh nach Haus", sagte Berger, "... geh lieber nach Haus... gleich..." Er sah ihn an. Sie verstanden sich ohne Worte.

"Ja..." sagte er und griff zum Mantel.

Der Weg war nicht weit. Mit dem Wagen war er in fünf Minuten zu Haus. Jetzt erdrückte ihn die Angst fast. Bestimmt war ihr etwas zugestoßen, hatte sie ihn anrufen wollen, lag vielleicht hilflos neben dem Telefon.

Er dachte an ihr verändertes Wesen, den unzufriedenen Blick, den ungeduldigfordernden Ton ihrer Stimme in der letzten Zeit. Und dann sah er sie vor sich, wie sie früher war. Noch einmal durchlebte er in sekundenschnellem Gedankengang die vielen Jahre, die gemeinsamen, erfüllten, - und dann allmählich die Leere, diese unaussprechlich große Leere.

Seine Ahnung verdichtete sich zur Gewissheit, als er, in der Nähe seiner Wohnung angelangt, die aufheulende

14

Sirene eines sich schnell entfernenden Unfallwagens hörte.

"... ich wusste es", schoss es ihm durch den Kopf. Und dann hörte er wieder die Stimme des Freundes, den er kürzlich getroffen hatte: '... der Mann hatte keine Ahnung gehabt, weißt du. Seine Frau... als er nach Haus kam, lag sie da, die leere Tablettenröhre neben sich... es sind die Jahre, sagt man...' -

Die letzten Stufen flog er fast empor, und keuchend rang er nach Luft, als die Wohnungstür aufging und seine Frau ihn überrascht ansah,

"... du... um diese Zeit?"

Er ging an ihr vorbei und ließ sich auf einen Stuhl fallen.

"... denk dir, die alte Frau Behrens, die über uns wohnt", fuhr sie aufgeregt fort, "... ich hörte einen Fall, bin gleich nach oben und hab' alles weitere in die Wege geleitet... sie hat ja sonst niemanden... gerade eben hat man sie weggebracht ins Krankenhaus."

Sie trat neben ihn, und da war auf einmal wieder die alt vertraute Wärme in ihrer Stimme. "Hast du inzwischen mal angerufen?" Er konnte nicht antworten. Er fühlte nur eine einzige ungeheure Erleichterung. Und als er, immer noch wortlos, aufstand und den Arm um sie legte, sagte sie leise, und es klang ein aufkeimendes Stückchen Glück darin mit:

"... du hast dir doch nicht etwa Sorgen um mich gemacht?"

Irene Pätz

Träume gingen in Flammen auf

Er war beunruhigt. Etwas Fremdes, Ungewohntes hatte ihn geweckt. Behutsam bog er einen Ast beiseite und spähte nach unten. Aber es blieb alles still. Aufatmend ließ er den Ast zurückschnellen und streckte das Bein wieder aus. Da war wohl doch nichts. Natürlich hatte er nicht richtig geschlafen. Er schlief eigentlich nie richtig. Auch nachts nicht.

"Josef, du träumst..."

Wie oft hatte die Mutter das gesagt. Ihre sonst so fröhliche Stimme klang dann jedes Mal besorgt, fast traurig.""... du träumst ja schon wieder... du träumst bei Tag und Nacht. Du bist schon ein richtiger Traumtänzer." Die Mutter, die durfte das sagen. Sie hatte ein Recht darauf. Sie liebte ihn, und er liebte sie.

Die Schwestern und Brüder, die sagten es auch. "... ha, der träumt..." Anfangs hatte er aufbegehrt, als sie sich - wenig liebevoll - an die Stirn tippten. "... der spinnt mal wieder." Dann hatte er sie schweigend gewähren lassen, obgleich er der Größte und Stärkste von ihnen war. Als sie es dann alle sagten, auch die Leute unten im Dorf, da hörte er schon gar nicht mehr hin.

"Josef, der Träumer..."

Nein, er ließ es sich nicht nehmen, sein Leben in seiner kleinen Welt, die er sich selbst erschaffen hatte. Er erlaubte es keinem, darin einzudringen, nicht dem Lehrer, der so manches Mal fassungslos in seine Hefte sah, deren Seiten leergeblieben oder nur mit sonderbaren Schriftzeichen oder Zeichnungen bedeckt waren, die niemand deuten oder enträtseln konnte. Nicht einmal der alte, gütige Herr Pfarrer, obgleich dieser der wunderlichen Gedankenwelt des Jungen am nächsten zu kommen verstand.

Er aber war glücklich und zufrieden. Er brauchte sie nicht, die anderen alle. Der liebevolle Blick der Mutter, ihre streichelnde Hand an seinem Haarschopf, das war ihm genug. Er brauchte nur noch seine kleine Welt der Träume.

Dennoch war ihm bewusst, dass es nicht recht war, aus dem Haus geschlichen zu sein, wo die Mutter doch nicht daheim war und ihm eingeschärft hatte, aufzupassen auf

die kleineren Geschwister. Was machte es schon aus, wenn er hier in seinem Lieblings-
baum hockte, die dämmrige, schweigende Einsamkeit um sich herum, das Rauschen des Windes, das Zwitschern der Vögel, und die Gedanken freiließ in unbekannte Fernen und träumte... träumte...
Aber plötzlich dann war es wieder da, das Fremde, Beunruhigende...
So deutlich, so fordernd war es jetzt, dass er mit einem Satz aus dem Geäst sprang. Als er auf das Haus zurannte, sah er schon dicken grauen Qualm aus dem Dachfenster dringen.
Auf einmal war er hellwach.
Beißender Rauch versperrte ihm die Sicht, aber mit traumwandlerischer Sicherheit lief er die Treppe hinauf, riss die Türen auf, hinter denen das angstvolle Wimmern der Kleinen zu hören war, und trug sie keuchend, auf jeden Arm eines, nach unten. Er sah die zusammen-gelaufenen Leute unten im Hof stehen, ein Mann wollte ihn zurückhalten, aber er riss sich los und eilte wieder nach oben. Mit schmerzenden Lungen, den Größeren an der Hand, tastete er in einer knisternden, beißende Hölle nach dem Gitterbett des Kleinsten. Er umschlang das warme, schlaftrunkene Bündel, suchte die Treppe und dachte noch: "... jetzt bin ich in der Hölle...", dann glitt er hinab in den schrecklichen Abgrund, der sich vor ihm auftat, kam wieder zu sich und stolperte hinaus in den Hof. Der Größere riss sich schreiend los, rannte davon, er selbst aber wurde von helfenden Händen aufgefangen, und das wimmernde Bündel in seinem Arm ihm entrissen.
Vom Dorf her schrillten die Sirenen, und das Klingeln des Feuerlöschwagens kam näher. Undeutlich nur sah er aus brennenden, verquollenen Augen die Gestalt, die auf ihn zukam, ihn heftig und schweigend umarmte.
"... sie sind alle da, Mutter, ich hab sie alle rausgeholt."

Und als sich die Arme noch fester um ihn schlossen, wusste er, dass er die Welt seiner Träume verlassen hatte, endgültig und für immer. Und für einen Augenblick lang empfand er einen unsagbaren Schmerz...
Irene Pätz

Das Fahrrad

Nicht mehr sehr ansehnlich, aber doch sauber, lehnte es unter dem Zigarettenautomaten an der Ecke. Sein Besitzer war in das Tabakgeschäft gegangen, und niemand beachtete es, bis es plötzlich auf seine Weise die Aufmerksamkeit der Umstehenden auf sich zog. Die Lenkstange bewegte sich wie von Geisterhand, und klirrend legte es sich quer über den Gehweg. Ein beleibter Herr konnte noch im letzten Augenblick beiseite springen. Sein gerötetes Gesicht drückte jähen Unwillen aus.

Die Menschen an der Bushaltestelle drehten sich um. Das Fahrrad aber lag da, ohne jede Bewegung jetzt, und sie wandten sich wieder ab.

Der Inhaber des Tabakladens trat auf die Straße, unter dem Arm einen Packen Zigarettenschachteln, um den Automaten damit aufzufüllen. Er sah das Fahrrad, warf einen Blick in die Runde und schüttelte mißbilligend den Kopf. Dann machte er einen langen Schritt darüber hinweg und packte die Zigaretten in den Automaten, während der Besitzer des Fahrrades anscheinend ahnungslos in seinem Laden verweilte. Bevor er wieder hineinging, machte sein Blick abermals vorwurfsvoll die Runde.

Ein Mann kam gemächlich näher. Er trug einen Rucksack über seiner grauen Jacke, und man sah seinem wettergebräunten Gesicht an, dass er ein schweres Tagewerk hinter sich hatte. Er wollte sich zu den Wartenden stellen, sah dann aber das Fahrrad, um das

18

jeder vorbeikommende Passant einen großen Bogen machte. Ohne Hast ging er darauf zu, hob es auf und stellte es wieder an die Wand unter dem Zigarettenautomaten, als ahnte er, dass es dort hingehörte. Dann gesellte er sich zu den Leuten, die auf den Bus warteten.

Der Besitzer des Fahrrades kam aus dem Laden, brach eine frische Tabakpackung auf und stopfte sich die Pfeife. Dann schwang er sich auf sein Rad und fuhr davon.

Der Bus kam vorgefahren, und die Leute — in ihrer Mitte der Mann mit dem Rucksack - stiegen ein. Verstohlen sahen sie einander an und dann den Mann mit dem Rucksack, und betreten spürten sie eine Welle gegenseitigen Unbehagens und Schuldgefühls...

Helmut Pätz

Der alte Schrank

Er stand im Schatten neben dem Fenster. Niemand beachtete ihn.

"Wir könnten ihn auf den Boden stellen", sagte Andreas' Frau eines Tages.

Ihr Mann hatte sich gerade in seine Zeitungslektüre vertieft, und es dauerte eine Weile, bis er begriff. "Es ist ein altes Erbstück", gab er zu bedenken, "echtes Mahagoni... das Glas in den Türen kostbarer Schliff... seit Generationen in der Familie."

Seine Frau nickte, ebenso bedächtig. "Und tagtäglich stolpere ich über die weitausladenden Löwenfüße. Dabei schaut ihn kein Mensch mehr an. Wir sollten uns wirklich einen neuen anschaffen."

Andreas ließ die Zeitung sinken. Seinerzeit noch war der Schrank ein kostbares Stück gewesen. Heutzutage aber liebte man klare, schlichte Formen. Zudem war Andreas ein toleranter Mensch und wollte sich den Argumenten seiner Frau nicht verschließen. "Wenn du meinst..." nickte er und nahm seine Lektüre wieder auf.

Am darauffolgenden Sonntag wuchtete er mit zwei hilfsbereiten Nachbarn das schwere Stück Möbel auf den Abstellboden. "Ein hartes Stück Arbeit", sagte der eine von ihnen und wischte sich den Schweiß von der Stirn, "aber ich kann verstehen, dass Sie das altmodische Ding nicht mehr in der Wohnung haben wollen."

Der neue Schrank wurde also angeschafft, der alte verstaubte auf dem Boden.

"Ich finde", sagte Andreas' Frau, "er nimmt zu viel Platz weg da oben. Wir sollten ihn weggeben."

Als Andreas den Dachboden betrat, blieb er wie gebannt stehen.

Durch das schräge Fenster fiel ein Bündel goldflimmernder Sonnenstrahlen. Es fiel genau auf den alten Schrank, und es war das erste Mal in seinem Leben, dass Andreas ihn so sah. Er nahm einen Lappen, wischte den Staub von dem dunklen Holz, trat zurück und betrachtete prüfend sein Werk. Dann lächelte er und rief seine Frau, die nach einiger Zeit heftig atmend hochkam, verwundert, was es über diesen alten Schrank noch zu debattieren gab.

"Nun?" strahlte er sie an.

"Nun?" fragte sie zurück.

Ach, wie langsam begreifen doch die Frauen! Er riss die Schranktüren auf, warf das Werkzeug, die alten Schuhe und die Zeitungen auf den Fußboden, nahm eine halbzerbrochene Kristallvase, staubte sie ab und stellte sie in den leeren Schrank. Behutsam schloss er die Türen wieder, hinter deren Scheiben das geschliffene Glas in allen Farben schillerte. "Nun?" fragte er ein zweites Mal. Und jetzt begriff auch seine Frau.

"Du meinst doch nicht...?" fragte sie zögernd.

Andreas nickte strahlend. "Doch, ich meine. Er ist das schönste Möbelstück, das wir jemals hatten. Aber er muss im Licht stehen, erst dann kommt seine wahre Pracht zur Geltung."

Auch Andreas' Frau war tolerant, und am nächsten Sonntag trug er mit zwei Nachbarn, - dieses Mal hatte er vorsorglich zwei andere gebeten, - den Schrank wieder nach unten.

"Ein hartes Stück Arbeit", sagte der eine, "aber ich kann verstehen, dass Sie das kostbare Stück nicht auf dem Boden verkommen lassen wollen..."

Andreas hatte den Sessel so gestellt, dass er beim Zeitungslesen hin und wieder einen Blick auf den Schrank werfen konnte, der in strahlendem Glanz und blankem Holz den Schein der Nachmittagssonne wiedergab. Auch seine Frau hatte ihren Lieblingsplatz gewechselt.

Der neue Schrank stand jetzt an der dunklen Wand neben dem Fenster. Er wurde kaum beachtet, und beide - Mann und Frau - hatten die stille Ahnung, dass vielleicht auch er eines Tages den Weg auf den Boden machen würde. Aber bisher hatten sie noch nicht darüber gesprochen...

Helmut Pätz

Die Angst hockt auf der Tribüne

So hatte er sie noch nie gesehen - wie sie dasaß, vornübergebeugt, die Hände vor die Lippen gepresst, bis das Weiße der Knöchel hervortrat, als wollte sie einen Schrei unterdrücken.

Er stand hinter ihr zwischen den leeren Zuschauerbänken. Er sah ihren schmalen Rücken, und nur die schnelle Bewegung ihres Kopfes ließ erkennen, dass sie die vorbeirasenden Wagen verfolgte. Sie konnte nicht wissen, dass er hier war, weil er seinen Wagen Morris überlassen hatte.

"Laß Morris für dich fahren", hatte Steiner gesagt, "er ist jung, muß Erfahrungen sammeln... ist ja nur eine

Trainingsrunde..." Dann hatte er ihm einen freundschaftlichen Klaps auf die Schulter gegeben. ""Geh auf die Tribüne... zu Vera. "

Das Naheliegendste wäre wohl gewesen, sich neben sie zu setzen, den Arm um sie zu legen und etwas zu tun, was ihnen in all den Jahren nicht vergönnt gewesen war, - einmal gemeinsam einem Rennen zuzusehen. Immer hatte sie allein unter all den vielen Menschen hier gesessen, während er dort unten in gleißender Sonne, bei strömenden Regen oder eisigem Wind über den grauen Asphalt jagte.

Aber irgend etwas in seinem Innern bewog ihn, sich hier, unbemerkt von ihr, drei Bankreihen hinter sie zu setzen, sie zu beobachten und zu versuchen einzudringen in ihr Fühlen und Denken, während sie gebannt dem Kampf mit der Zeit und der Geschwindigkeit zusah.

Er zündete sich eine Zigarette an.

"... er muß noch Erfahrungen sammeln. Er ist ja noch jung..."

Jung! Bedeutete das, dass Steiner ihn für zu alt hielt? Hatte er denn schon einmal versagt in all seinen Rennen? War er nicht immer der Liebling des Publikums gewesen - einer der derjenigen, die die Massen anzogen? Gewiss, die Entscheidung würde erst morgen fallen vor der gewohnten Menschenkulisse. Aber er war das erste Mal, dass er sein Training nicht fuhr, weil...

Er streckte die Hand aus. Seine Hände, sehnig und sonnengebräunt, hielten ruhig, fast unbeweglich, die Zigarette. Sie zitterten nicht... oder doch? Wenn ja, dann waren es allein Steiners Worte, die ihn verunsichert hatten. Steiner hatte ihn an den entscheidenden Markstein im Leben eines jeden Rennfahrers erinnert.

"Zu alt."

Unten jagten die Silberpfeile einander. Er starrte ins Leere. Was bedeutete ihm schon ein Rennen, wenn er nicht dabei war? Er brauchte sie, dieses vorbeihuschende, starre Wand zu beiden Seiten, die sich erst bei langsam ausrollendem Motor in begeisternd winkende, jubelnde Menschenmenge auflöste. Er brauchte den wortlos anerkennenden Handschlag Steiners auf seine Schulter, und er brauchte die zärtlich zitternde Begrüßung Veras. Er brauchte das alles, es gehörte ganz einfach zu ihm.

Immer noch saß sie unbeweglich vor ihm. Aber dann sah er ihr Gesicht, so von der Seite, und er sah, dass es weiß war, schneeweiß. Unter der durchscheinenden Haut schien jeder Nerv zu vibrieren, und als Morris einmal mit seinem Wagen etwas zu scharf in die Kurve ging, durchfuhr ein kurzer Ruck ihre Gestalt.

So hatte er sie noch nie gesehen.

Das hier war nicht die Frau eines Berufsrennfahrers, die um den Sieg ihres Mannes bangte und, so wie er, den Rausch der Geschwindigkeit mitempfand, wie er immer geglaubt hatte. Das hier war ein Mensch, hilflos und allein, der um einen anderen geliebten Menschen bangte. Da war nur noch die Angst, andauernd, bis das Rennen zu Ende war, um dann wieder anzusteigen bis zum nächsten Mal...

Wie Schuppen fiel es von seinen Augen.

Er, der nie Angst verspürt hatte, fühlte plötzlich, wie Vera diese Angst, diese kreatürliche Angst, stellvertretend für ihn empfunden hatte. Und immer hatte diese Angst neben ihr auf der Tribüne gehockt. Das Glück und die Freude, die er aus dem Flackern ihrer Augen herauszulesen glaubte, sie waren immer nur das Ausklingen einer verzweifelten Spannung gewesen, wenn sie ihn wieder zurückhatte aus jenen Welten, in denen es diese Angst nicht geben durfte und Menschen, die sie empfanden, sondern nur noch donnernde Motoren und der unbedingte Willen zum Sieg.

Jedesmal, wenn Morris, sein Stallgefährte, da unten vorbeijagte, krampfte sie die Fäuste zusammen. Diese ihre Angst, von der er nichts gewusst hatte in all den

Jahren! Niemand hatte davon gewusst. Niemand? Vielleicht Steiner... sein Freund Steiner, der beste Rennleiter, den er kannte. Und dazu ein hervorragender Menschenkenner.

Und plötzlich wusste er, was er zu tun hatte.

Er würde Morris die Chance geben, morgen und auch die nächsten Male. Er würde seinen Vertrag nicht verlängern.

Er stand auf und kletterte über die Bänke, die ihn von Vera trennten, hinweg.

Helmut Pätz

Rache eines Vielgetretenen

Obgleich viele Tausende ihn kannten, war er das einsamste Wesen auf der Welt. Man trat ihn, schlug ihn wie kaum einen anderen. Besonders am Wochenende, wenn alle sich vom Alltagsstress erholten, hatte man es auf ihn abgesehen.

Unter den seltsamsten Verrenkungen versuchten dann vierzig stämmige, durchtrainierte Männerbeine, ihn ständig von der einen Seite des herrlichen Rasens auf die andere zu treiben. Und wenn es ihm dann gelang, seinen Häschern zu entwischen, um für wenige Atemzüge lang in den Fängen eines weitmaschigen Netzes auszuruhen, dann gab es kein Halten mehr in dem weiten Rund. Tausende jubelten, Mützen und Fahnen wurden geschwenkt, und alle zeigten ihm ihre Verbundenheit. Doch je mehr man mit ihm herumstieß, desto sturer wurde er. Die Haut wurde zwar dünner - aber das Fell umso dicker.

Als er jedoch die Hälfte seines Lebens hinter sich gebracht zu haben glaubte und nichts anderes mehr erwartete als Schläge und Tritte, begann er auf Rache zu sinnen. Und die ersehnte Gelegenheit ergab sich an jenem Sonntag, als es wieder einmal ums "Ganze" ging und die Mannschaft des Ortsrivalen mit Fans und Anhängerschaft zu Gast war. Die Ränge waren überfüllt, sogar alle Stehplatzkarten waren verkauft worden. Es brodelte und kochte, und man hatte es wieder einmal mächtig auf ihn abgesehen...

Da geschah es:

Vom wirbelnden Knäuel unzähliger ineinander verwickelter Kämpferbeine wurde er wieder einmal quer über den Platz gejagt, hinein in die erregte Zuschauermenge, geradewegs auf den Kopf des ehrenwerten Herrn Ministers, der - sich seiner jugendlich-sportlichen Heldentaten erinnernd - ihn wieder mit einem gekonnten Stoß seines blankpolierten Glatzkopfes auf den Rasen zurückbefördern wollte. Doch gut gemeint, aber dilettantisch ausgeführt, landete er auf der Rundung des bürgermeisterlichen Hutes. Jetzt aber nichts wie weg, dachte er, gab sich selbst einen Ruck und hüpfte in der eingeschlagenen Richtung weiter. Ein letztes Hindernis - ein Drahtzaum, überwindbar jedoch -, und dann war er außerhalb des Platzes. Er rollte die Böschung hinab auf die Verkehrsstraße.

Tausende sahen ihm verdutzt nach.

Und da war das Auto auch schon über ihm. Eine kurze Schrecksekunde - dann jubelnde Freude! Für diesen Spaß lohnte es zu sterben!

Vom Vorderreifen gestreift, gab die mürbe Haut nach. Doch voller Bosheit wälzte er sich noch vor das Hinterrad, und der Knall der alten Gummihaut war das erste und letzte Lachen, das man je von ihm gehört hatte.

Und dann starb er, vor Wonne sich in den Gedanken badend, dass er der einzige seines Vereins gewesen und die da oben heute keinen Ersatzball hatten.

Helmut Pätz

Ein stiller Sieger

Herr Willibald Schulze lässt sich in den Sessel fallen und greift nach der Zeitung. Er überfliegt die ersten Seiten, um sich dann ausgiebig mit dem Sportteil zu beschäftigen.

"Neuer Weltrekord im Gewichtheben", liest er da und erfährt, dass der neue Meister den alten durch eine Mehrleistung von 22,5 Gramm übertrumpft hatte.

Herr Schulze nickt beifällig.

Weiter wird in fetten Zeilen mitgeteilt, dass irgendwo in Australien jemand den bestehenden Rekord der Einhundert-Yard-Strecke unterboten hatte. Um genau eine Hundertstelsekunde war er unter der alten Bestleistung geblieben.

Herr Schulze pfeift durch die Zähne.

Dann ist da noch das Foto eines hübschen Mädchens im Skidress. Mit kaum sechzehn Jahren war sie Weltmeisterin im Abfahrtslauf geworden und sie hatte Tränen der Freude in den Augen.

"Leistungen sind das", murmelt Herr Schulze, "Leistungen."

Es ist unwesentlich, ob Herr Schulze wirklich Schulze heißt. Ebensogut könnte er Lehmann, Burgmair oder Pamigl heißen. Auf jeden Fall hat er die Sechzig überschritten, wird in ein, zwei Jahren in den Ruhestand treten, und kann sich an den Leistungen anderer erfreuen und begeistern. Mit ihnen hofft und bangt er, ist enttäuscht und betrübt. Auf den Gedanken aber, nicht auch etwas vollbracht zu haben, Sekunden, Minuten in seinem Leben, die ihn als Helden und Sieger sahen, bedeutungsvoll genug, es der Welt mitzuteilen, - auf diesen Gedanken kommt er nicht. Zeit seines Lebens hat er hinter seinem Schreibtisch gesessen, an einer Werkbank gestanden, am Steuer eines Lastwagens oder auf dem Sitz eines Motorpfluges gehockt. Frühmorgens

war er aufgestanden, abends nach Hause zurückgekehrt, müde, abgespannt, verdrossen oftmals, meistens jedoch zufrieden mit der geleisteten Arbeit, -
täglich, jahraus, jahrein. Aber Höhepunkte, rauschende Siegesfeiern, Freudenschreie und Medaillen im Licht der Öffentlichkeit -, nein, das hatte es für ihn nie gegeben!
Wie gesagt, Herr Schulze macht sich darüber keine Gedanken. Ob seine Leistung, die monotone, tägliche sich wiederholende, darum aber geringer ist?
Helmut Pätz

Es war Vater

An diesem Abend - im Kreise guter Freunde - ging es darum, irgendein denkwürdiges oder fesselndes Erlebnis, das man mit seinem Vater erlebt hatte, zu erzählen. Doch während da allerlei Lustiges und auch Ernstes vorge-bracht wurde, lehnte ich mich zurück und hörte nur noch mit halbem Ohr zu. Währenddessen dachte ich darüber nach, was ich denn wohl zu diesem Thema beizutragen hätte. Etwas Besonderes, Bedeutungsvolles sollte es sein. Gab es da wirklich etwas? Ich versuchte mich zu erinnern, und tatsächlich kristallisierte sich etwas aus dem Durcheinander meiner Erinnerungen heraus.
Ich sehe sie jetzt ganz deutlich vor mir... die kleine Straße, in der wir wohnten, damals, als ich noch ein Kind war. Eine schmale Gasse mit hohen Häusern. Und dann sehe ich sie - die dunkle Silhouette, die sich im Schein der untergehenden Sonne abzeichnet.
Es ist Vater. Ich weiß es, wenn mich auch die Sonne blendet und ich nur die Umrisse seiner Gestalt erkennen kann. Mit langsamen, schleppenden Schritten, die brüchige Ledertasche unter dem Arm, kommt er näher. Ich eile auf ihn zu, schlinge die Arme um seine Beine und blicke zu ihm empor. In das graue, müde Gesicht, in dem nur die Augen lächeln, und jetzt noch verspüre ich die

Wärme seiner Hand, die sich mir aufs Haar legt. "Na, Junge...?" sagt er. Mehr nicht. Aber seine Stimme klingt glücklich, und es liegt alles drin in diesen beiden Worten. Er ist wieder daheim. Bei seinem Jungen -bei seiner Familie - seinem Zuhause.

Jeden Abend, wenn die Sonne hinter den Häusern unterging, war das so. Glückliche Zeit, die Kindheit und diese tägliche Heimkehr, - kleines, sich immer wiederholendes Erlebnis, in dem der Vater sich mir als Sinnbild der Beständigkeit und Liebe ohne viele Worte für das ganze Leben ins Gedächtnis geprägt hat.

Es gibt Erinnerungen, kleine und große, die unsagbar wertvoll sind, solange man sie still in sich verwahrt wie ein altes Foto - die aber bedeutungslos werden, ja beinahe banal, wenn man sie in Worte kleiden und anderen mitteilen soll.

Als nun die Reihe an mir war, bat ich um Verständnis. Nein, ich wüsste wirklich nichts Bemerkenswertes zu erzählen!

Man gewährte mir Nachsicht. Wer mich aber genauer beobachtet hätte, der hätte hin und wieder die Spur eines leisen Lächelns in meinen Augenwinkeln feststellen können…

Helmut Pätz

Großväter und Enkel

Gemächlich gingen sie die Straße mit den hohen Bäumen entlang, der alte Mann und der kleine Junge. Mit Vergnügen betrachteten sie die schmucken Häuser mit den gepflegten Gärten und den chromblitzenden Autos davor.

"Schöne Autos", sagte der Junge.

Der alte Mann nickte und nahm die Pfeife aus dem Mund. "Sehr schöne Autos, mein Junge..."

Sie sahen beide den Herrn, der aus einem der Häuser kam und sich nach dem Jungen im pelzgefütterten Parka umsah, der ihm folgte. Sie stiegen in eines der lackglänzenden Autos und fuhren mit einem weichen Schlenker in einem eleganten Bogen davon.

"Du, Opa..." Der kleine Junge fasste die Hand des alten Mannes. "Du, Opa, ob ich auch einmal so ein schönes Auto haben werde?"

Der alte Mann sah nachdenklich geradeaus. Vielleicht, mein Kleiner..., wenn du einmal sehr klug und sehr, sehr tüchtig sein wirst."

Neugierig betrachteten sie die hohen, grauen Häuser, als sie aus dem Auto stiegen, der alte Herr und der Junge im pelzgefütterten Parka. Eines der Häuser hatte eine Einfahrt zum Hof, und der Junge hielt den alten Herrn zurück. "Sieh mal, Großvater!"

Sie blickten durch den Torweg auf eine kleine Werkstatt. Die Tür stand offen, und im Schein der trüben Lampe sahen sie einen alten Mann, der sich gemächlich die Pfeife ansteckte und dann den Hobel ansetzte. Auf den Stufen vor der Tür hockte ein kleiner Junge und spielte stillvergnügt mit großen und kleinen Holzstückchen.

"Sieh mal!" sagte der Junge im Parka noch einmal und schien mächtig beeindruckt. "... sag, Großvater, werde ich das auch einmal haben können, so eine Werkstatt mit einem großen Hammer und einen Hobel?"

Eine ganze Weile verging, ehe der alte Herr antwortete.

"Doch, mein Junge... das heißt, wenn du einmal sehr, sehr weise sein wirst..."

Helmut Pätz

Ein Mensch wie Krawuttke

Feierabend! Die Fabriksirenen heulten.

Schwerfällig stieg Krawuttke die Stufen hinab. Jetzt war Feierabend, aber morgen früh um sieben Uhr werden sie alle wieder da sein. Nur er, Krawuttke nicht! Für ihn war jetzt immer Feierabend...

Am Nachmittag hatte der Direktor ihn zu sich rufen lassen. "Sie werden das verstehen", hatte er gesagt, "wir sind schließlich ein großer Betrieb. Wir müssen kalkulieren. Sehen Sie, wir sind die einzige Brauerei in der Stadt, die noch einen Wagen mit Pferden laufen hat. Herrliche Pferde, zugegeben, aber darauf achtet heutzutage doch kein Mensch mehr. Hauptsache, das Bier wird nicht teurer. Unsere Autos sparen uns mehr als zwei Drittel der Fahrzeit ein, außerdem sind die Unkosten bedeutend niedriger." Der Direktor war ans Fenster getreten. "Sie sind nicht mehr der Jüngste, Krawuttke, woanders werden Sie kaum noch unterkommen... Sie waren immer eine zuverlässige Kraft... wir wissen das zu schätzen... Also, kurz und gut, wir möchten Sie gern behalten, aber nur Sie, ohne die Pferde. Wir wollen Sie umschulen. Sie sollen einen Fahrkursus mitmachen, das schaffen Sie bestimmt. " Er hatte aufmunternd gelächelt. "Und Ihr Lohn wird auch aufgebessert. Na, was meinen Sie, Krawuttke?"

Aber der lächelte nicht zurück. Er stand nur da und drehte die Mütze zwischen den schwieligen Händen. "... von Umsatz und Kalkulation versteh' ich nichts, Herr Direktor. Aber von Pferden, von Pferden da versteh' ich 'ne ganze Menge. Die Pferde und ich, wir gehören nun einmal zusammen. So ein Pferd, wissen Sie, so ein Pferd, das hat eine Seele... Damals, als wir unterwegs waren, mit dem großen Treck... die Autos, Herr Direktor, die blieben liegen, im Straßengraben, ein Haufen Blech, weiter nichts... aber die Pferde, die ließen uns nicht im Stich... die Pferde, die blieben bei uns - bis zuletzt. Und darum, Herr Direktor, darum bleibe ich bei den Pferden."

Er hatte ein paarmal schlucken müssen. So viel auf einmal hatte er noch nie gesprochen. Und dabei hatte er noch nicht einmal alles gesagt, was er auf dem Herzen

30

hatte. Nämlich, wie sehr er das brauchte: den vertrauten Stallgeruch, den heimatlichen. Die rauhen Zungen, wenn sie den begehrten Zucker aus seiner Hand leckten. Ihr freudiges Wiehern und das ungeduldige Stampfen ihrer Hufe. Und dass er überhaupt nur in der Brauerei arbeitete, weil es hier noch Pferde gab.

Nein, er würde es ja doch nicht begreifen, der Herr Direktor. Und der hatte ihn auch nur verständnislos angesehen, als er dann sagte: "... nichts für ungut, Herr Direktor, und Sie meinen 's ja auch gut mit mir. Aber daraus kann nichts werden. Ich geh' irgendwo aufs Land. Ich werd' schon was finden - ich brauch ja nicht viel. Ich weiß, es wird nicht ganz leicht sein, wieder neu anzufangen, aber..." und er hatte ganz tief Luft holen müssen, "... aber da kann ich dann bei den Pferden bleiben. Die brauchen mich nämlich. "

Lange noch, als sich die Tür hinter Krawuttke geschlossen hatte, stand der Direktor am Fenster seines Büros und blickte hinaus auf die langgestreckten Gebäude, deren verglaste Scheiben in der untergehenden Sonne aufleuchteten. Er schüttelte mehrmals den Kopf. Und doch, irgendwie, in einem versteckten Winkel seines Herzens, war er froh, dass es in dieser Zeit noch Menschen gab wie diesen Krawuttke...

Helmut Pätz

Nur aus Notwehr

Eines Tages hatte Theo, Altmeister des ambulanten Gewerbes, einen genialen Einfall, - und wie ein Bienenschwarm umlagerten die Menschen seinen Verkaufsstand.

„Verehrte Herrschaften!" rief er, „weiß einer von Ihnen, was die Zahl Einhundert bedeutet? Eine Eins mit zwei Nullen dahinter? Keiner von Ihnen weiß es. Dachte ich es mir doch. Also, passen Sie gut auf. Die Hundert ist das

Goldene Maß für das menschliche Alter. Hundert Jahre soll jeder von uns werden. Einhundert Jahre! Und vielleicht sogar noch ein paar Jährchen älter. Wie aber sieht es in der Wirklichkeit aus? Oma mag mit siebzig nicht mehr so recht, und auch Opa legt sich nach dem Mittagessen gern ein bis zwei Stündchen hin... und warum? Ja, warum wohl? Nun, ich will es Ihnen verraten. Weil ihnen das Elixier fehlt! Das wirkliche Lebenselixier!" Und mit diesen Worten hielt er beschwörend und triumphierend zugleich eine mit einer undefinierbaren Flüssigkeit gefüllten Flasche in die Höhe. „Hier ist es also, das Wundermittel, das uns ewige Jugend und nie nachlassende Spannkraft verleiht und erhält, erstmalig auf dem Markt, meine Herrschaften, und außerdem für jeden Geldbeutel erschwinglich, das Lebenselixier des berühmten Professor Methusalew aus dem hohen Kaukasus, das – regelmäßig vor und nach dem Schlafen genommen – uns hundert Jahre alt und dabei immer jünger werden lässt... zwofufzig nur - die Flasche! Solange der knappe Vorrat reicht... und nicht vergessen für die Lieben daheim, für gute Freunde und nette Nachbarn..."

Man drängelte, man kaufte. „Halt!" rief da plötzlich eine Stimme aus dem Hintergrund, und ein dicker Herr schob sich rücksichtslos durch die empörte Menge. „Packen Sie alles für mich ein!" Er reichte dem fassungslosen Theo einen Geldschein. „Hier ist ein Tausender. Ich nehme alles!"

Beim Anblick des Geldes fand Theo seine Sprache wieder. „Selbstverständlich, mein Herr, selbstverständlich." Er senkte die Stimme zu einem vertraulichen Geflüster. „... aber mir können Sie es doch sagen. Sicherlich sind Sie der Beauftragte eines großen, fortschrittlichen Unternehmens, welches in dem Wohlergehen seiner Mitarbeiter – nämlich deren

Gesundheit und ein langes Leben – die Verwirklichung eines seiner höchsten Ideale sieht..."

„Fortschritt? Wohlergehen?" Der andere sah ihn verständnislos an und schüttelte dann missvergnügt den Kopf. „Nee, mein Lieber. Notwehr ist das, reine Notwehr... ich bin nämlich der Inhaber des Bestattungsinstitutes gleich gegenüber."
Helmut P ä t z

Sie blieb bis zuletzt

Als der Vorhang gefallen war, saß sie wie betäubt. Sie wollte einfach nicht wahrhaben, dass auf einmal vorbei war, worauf sie so lange voller sehnsüchtiger Ungeduld gewartet hatte. Es war schön gewesen, sehr schön, und erst nach geraumer Zeit drang der Beifall, mit dem die begeisterten Zuschauer die Künstler immer wieder auf die Bühne riefen, zu ihr. Vergeblich wehrte sie sich gegen den Schmerz, mit dem die raue Wirklichkeit sie wieder zurückrief.

Sie saß regungslos.

Das Tosen verebbte schließlich, und als man sich anschickte, die Plätze zu verlassen, blickte sie verstört um sich. Um alles in der Welt jetzt nur nicht aufstehen! Und sie klatschte, obgleich der eiserne Vorhang längst gefallen war. Die Menschen rings um sie her strebten dem Ausgang zu. Ihr Blick glitt durch sie alle hindurch, auch durch den weißhaarigen, alten Herrn, der sich, gütig lächelnd, zu ihr niederbeugte, als er sich an ihr vorbeizwängte. "Aufwachen, kleines Fräulein! Es ist nun endgültig vorbei. Schluss. Wirklich." Man schob sich an ihr vorbei, man stieß und knuffte, und manche murrten verhalten. Man sah zu ihr herab. Man lächelte, verständnislos, nachsichtig...

Trotzige Röte stieg ihr ins Gesicht.

Und dann kam er als letzter, der junge Mann, der zwei Plätze neben mir gesessen hatte. Er hatte sie einige Male angelächelt und sogar den zaghaften Versuch unternommen, ihr verstohlen sein Programmheft zuzuschieben. Doch er hatte es bald aufgegeben, weil sie so tat, als bemerkte sie es nicht. Jetzt war er gezwungen, sich an ihr vorbeizuschieben, während sie noch immer unbeweglich dasaß und einsam applaudierte. Sie fühlte, wie sich die Röte in ihrem Gesicht verstärkte...

Eine Ewigkeit schien vergangen zu sein, bis sie schließlich merkte, dass sie allein war in dem großen, hellerleuchteten Saal. Für einen Augenblick ließ sie den Kopf sinken wie nach einer körperlichen Anstrengung. Dann stand sie auf. Zögernd sah sie sich nach allen Seiten um und ging langsam die leeren Stuhlreihen entlang.

Als sie in die kühle Nachtluft hinaustrat, zog sie den Mantel fest um sich. Fast alle Zuschauer hatten das Theater inzwischen verlassen. Unten, am Fuß der Treppe, stand das letzte Taxi. Sie stieg die Stufen, so schnell sie konnte, hinab, - aber es war zu spät. Jemand war ihr zuvorgekommen - war eben im Begriff einzusteigen. Enttäuscht hob sie die Hand und ließ sie wieder sinken.

Sie erkannte den jungen Mann, der zwei Plätze neben ihr gesessen hatte. Wie von einer lautlosen Stimme angesprochen, deren Klang nur er allein vernahm, drehte er sich um und sah sie im Licht der Bogenlampe auf der letzten Stufe stehen. Er sah alles, - auch das, was sie eben im Saal noch hatte verbergen können - vor den vielen Menschen - und vor ihm. Er sah ihre Beine, so, wie sie waren seit frühester Kindheit - verkrüppelt, verformt -kaum verdeckt durch das überknielange Abendkleid.

Er stand unbeweglich und sah sie an, eine ganze Weile. Sie spürte, wie es wieder siedendheiß in ihr emporschoss, und sie hatte nur den einen, den einzigen Wunsch - sich in Nichts aufzulösen.

Dann stand er plötzlich neben ihr. Sie fühlte es mehr, als dass sie es sah. "Ich wusste nicht..." hörte sie seine Stimme ganz nahe. "Ich meine... selbstverständlich können Sie die Taxe nehmen."
Sie vermochte nur schwach den Kopf zu schütteln. "Danke, nein, ich habe es nicht weit." Ihre Stimme war leise und kam ihr selbst fremd vor. "... wirklich nicht."
"Ich eigentlich auch nicht", sagte er ruhig. "Die Nacht ist so schön, und es war so ein herrlicher Abend. Ich könnte auch gut ein Stückchen zu Fuß gehen. Mit Ihnen, wenn es Ihnen recht ist."
Irene Pätz

Alfred bedankt sich

„Hier ist Alfred", säuselte er ins Telefon und hielt sich an der Theke fest. „ist dort die Polizei...mein Freund, mein Helfer? Leute, Ihr müsst mir einen großen Gefallen tun... hick... ich bin blau, restlos blau...versteht Ihr?... ja, mich nach Haus fahren... ich möchte nicht selber ans Steuer...Ihr versteht das doch... von wegen Trunkenheit am Steuer...und so...ja, Alfred... zur Zeit in der ‚Feuchten Kehle'... ich danke Euch..."
Während der Fahrt schlief er selig lächelnd, - aber zu Haus, mitten in der Nacht, wachte er auf. Da war irgend etwas, das ihm keine Ruhe ließ. Er setzte sich auf, versuchte nachzudenken, und dann durchzuckte es ihn wie ein Blitz. Mit einem Satz war er aus dem Bett, eilte ans Fenster und schob die Gardine bei Seite und... Gott sei Dank! Der Wagen stand noch draußen unter der Laterne. Ebenso leise wie Alfred vor Stunden ins eheliche Schlafzimmer gekommen war, schlich er wieder hinaus.
Und immer noch ein wenig weinselig taumelte er zwanzig Minuten später ins Polizeirevier. Verblüfft sah man ihn an. „Sie?" rief er Wachtmeister entsetzt.

35

„'tschuldigung... ja..." Alfred ließ sich auf die Bank sinken.

„Zu Fuß?"

„Mit dem Wagen...zum Glück hatten Sie ihn vor meinem Haus stehen lassen."

„Aber warum denn? Der Wachtmeister war fassungslos.

„Mensch, wir waren doch froh, dass wir Sie glücklich im Haus hatten."

„... um mich zu bedanken für Ihr gutes und sicheres Geleit... der Gedanke, morgen früh aufzuwachen, ohne mich bedankt zu haben... nicht auszudenken, meine Herren!"

Die Sonne stand schon hoch am Himmel, als Alfred gähnend ans Fenster trat. Er erschrak zutiefst. Diesmal stand der Wagen nicht da. Aufgeregt rief er das Revier an.

„Mein Wagen ist weg. Gestohlen."

„Gestohlen?"

„Gestohlen, ja...in der Garage ist er nicht, und vor dem Haus steht er auch nicht..."

Erst Schweigen, dann lautes Lachen vom anderen Ende der Strippe. „Stimmt. Das zweite Mal haben wir Sie in unserem Dienstwagen nach Haus gefahren und den Ihren vorsorglich hierbehalten. Von wegen Trunkenheit am Steuer und so, verstehen Sie?"

Es dauerte eine ganze Weile, bis Alfred begriff. Dann aber bedankte er sich wirklich.

Später auf dem Revier schob man ihm einige Papiere zu. „Hier, bitte, Ihr Bußgeldbescheid und eine Aufstellung unserer eigenen Unkosten....am besten sofort begleichen, damit auch wir uns bedanken können. "

Helmut Pätz

Bertram beschwert sich

Bertram ist Schriftsteller. Das heißt, er schreibt kleine Geschichten und Artikel, die er an Zeitungen und

Zeitschriften schickt, in der Hoffnung, dass sie gedruckt und auch bezahlt werden. Das geschieht dann auch hin und wieder in einer Sternstunde. Sternstunden aber sind seltener als Geburtstage. Dennoch, - Bertram nennt sich Schriftsteller, wenn auch seine Umwelt darin nur die Bemäntelung einer chronischen Scheu vor geregelter Arbeit sieht.

Bertram wohnt in einer Siedlung... Kleine Häuser. Kleine Gärten. Viele Menschen. Und viel Lärm.

Zwei Häuser nebenan wohnt Paul. Er arbeitet in einer Kesselschmiede. Im Vergleich zu der Schriftstellerei ist das Kesselschmieden ein solides, einträgliches Geschäft, und außer einem Bankkonto, von dem die Lohnzahlung jeden Monat ebenso schnell verschwindet, wie sie draufkommt, nennt Paul noch eine Frau, sieben Kinder, eine klanggewaltige Stimme und neuerdings einen CD - Player sein eigen...

"Es ist zum Wahnsinnigwerden!" rief Bertram eines Samstagnachmittags.

"Was, Bertram?" fragte seine Frau.

"Ja, du meine Güte, hörst du es denn nicht? Paul! Die ganze Umgebung macht er verrückt mit dem idiotischen Gedudel! Die ganze Familie singt mit, ich glaube, sogar der Hund! Und dann immer und immer wieder dasselbe! Dabei soll ein Mensch nun geistig arbeiten!" Er warf den Kugelschreiber hin und stürzte wutentbrannt aus dem Zimmer.

"Bertram!" rief seine Frau beschwichtigend. Sie dachte an Pauls Schultern, die so breit waren, dass er nur seitlich durch die Tür gehen konnte, - aber da hatte ihr Mann das Haus schon verlassen.

Das Zimmer war von Sonnenlicht erfüllt, als Bertram eintrat. "Es ist unerhört, Paul", sagte Bertram, und seine Stimme war ein einziger Vorwurf mit Ausrufezeichen.

"Aber keineswegs", winkte Paul großherzig ab, "im Gegenteil, wir freuen uns, dass du dich endlich einmal wieder sehen läßt... rückt ein bißchen zusammen, Kinder!" Und die beiden älteren Töchter kicherten verlegen, als Bertram sich zwischen ihnen auf der Couch niederließ. "Es ist wegen Deines Musikgerätes, Paul..." Pauls Augen leuchteten auf. "Ein Prachtstück, nicht wahr? Leider können wir uns im Moment nur eine Scheibe leisten, darum legen wir immer wieder dieselbe auf. Aber demnächst, denke ich..." Seine Augen strahlten, und Bertram verschlug es die Sprache. Da griff Paul hinter sich in den Wandschrank und holte eine Flasche hervor. Zärtlich liebkosten seine riesigen Hände den schlanken Hals. "Weißt du, Bertram, ich bin ja nur ein einfacher Mensch. Du aber bist ein Künstler. Immer hab' ich das gesagt. Stimmt's?" Die ganze Familie nickte zustimmend. "Und was für dich die Dichterei, das ist für mich die Musik. Es rührt mich zutiefst, dass du - angelockt von der Macht des Gesanges - zu uns gekommen bist. Menschen wie du und ich gehören zusammen, Bertram, und darum... Prost!"

Bertrams Frau wurde allmählich unruhig, als ihr Mann nach einer geschlagenen Stunde noch nicht zurück war. Sie ging zu Pauls Wohnung hinüber. Doch bevor sie auf den Klingelknopf drückte, lauschte sie. Dann ließ sie die Hand wieder sinken. Der Gesang, der seit einer Stunde verstummt war, klang gerade wieder auf, und die Stimme, die da am lautesten zu ihr drang, gehörte diese Stimme nicht Bertram, ihrem Bertram?

Eine ganze Weile lauschte sie. Dann ging sie wieder zurück, lächelnd und kopfschüttelnd zugleich, und sie dachte, dass Paul nicht nur breite Schultern hatte, sondern auch mit Menschen umzugehen verstand, - mit dem schwierigsten Menschen sogar, den sie kannte!

Helmut Pätz

Das geschenkte Lächeln

Es war ein trüber, regnerischer Tag, an dem alles schieflief. Es waren eigentlich nur Kleinigkeiten, über die sie sich ärgerte: über den Busfahrer, der kein Wechselgeld herausgeben konnte - über die Verkäuferin, die ausgesprochen muffig auf ihren, zugegebenermaßen etwas ausgefallenen Kaufwunsch reagierte, bis hin zu dem vierschrötigen Mann, der die Tür des Warenhauses vor ihrer Nase zufallen ließ.

Sie atmete tief durch. Diese Luft, verpestet durch die Auspuffgase der Autolawine, die sich wie ein endloser Wurm durch die lärmenden verstopften Straßen der Stadt wälzte! Nein, es gab nicht mehr viel, worüber sie sich noch freuen konnte... Im Vorübergehen sah sie ihr verdrossenes Gesicht, wie es sich in den Scheiben der Schaufensterauslagen mit den vielen luxuriösen Nichtigkeiten, spiegelte.

Und da, plötzlich, drang eine Melodie an ihr Ohr.

Sie wandte sich um und sah ihn. Einen jungen Schwarzen, ein Kind fast noch, wie er mit geschlossenen Augen an einer Hauswand lehnte, scheinbar selbst hingerissen den Tönen lauschend, die seine tanzenden, schlanken Finger dem Saxophon entlockten.

Sie blieb stehen und sah sich um. Seltsam, ihr war, als erreichten nur sie diese fremdartigen, schwermütigen Klänge inmitten der vielen vorbeihastenden Menschen. So mochte ein Blues klingen, irgendwo, vielleicht in Haarlem, dachte sie. Sie fing sie ein, diese melancholische Melodie und sie berührte irgendwie ihr Herz. Erst als eilige Vorübergehende sie unsanft anstießen, nahm sie ihre Umwelt wieder wahr.

Entschlossen griff sie in ihre Tasche und ließ ein größeres Geldstück in die offenstehende Instrumentenschatulle fallen. Bei dem kaum vernehmbaren Scheppern der

Münze glitt ein Lächeln über das Gesicht des jungen Menschen.

Ein Lächeln - nur für sie...

Als sie weiterging, dachte sie fast übermütig an die Worte, die sie bei der Erwähnung dieses kleinen Erlebnisses zu Hause erwarteten: Bettler, Musikanten und dergleichen, - naja, jedermann wisse doch wie die allen gutgläubigen Mitmenschen geschickt das meist sauerverdiente Geld aus der Tasche zu ziehen verstanden. Na und..., dachte sie nur.

Und dann, auf dem Nachhauseweg, fiel ihr ein, dass der vierschrötige, unhöfliche Mann vorhin auch seine Sorgen gehabt haben mochte und dass die mürrische Verkäuferin vielleicht mit vor Müdigkeit brennenden Füßen um die Erledigung ihres Wunsches bemüht gewesen war.

Nachdenklich geworden, stieg sie in den Bus. Und wie es der Zufall so wollte, sah sie sich demselben Fahrer gegenüber, der sie vor wenigen Stunden in die Stadt gebracht hatte.

Dieses Mal legte sie ihm das Fahrgeld abgezählt hin und lächelte ihn dabei an. Verwundert sah er sie an und lächelte zurück.

Als sie sich setzte, hatte sich das Lächeln auf ihrem Gesicht verstärkt, und es schien sich allen anderen mitzuteilen...

Irene Pätz

Vor der letzten Runde

Er hatte sich zurückgelehnt und blinzelte in das grelle Licht der Tiefstrahler.

Jetzt sollte die siebte Runde beginnen und er wusste, dass sie die letzte sein würde. Der Kampf war auf zehn Runden angesetzt, aber die nächste, die siebte, würde die letzte sein. Er zog den linken Fuß an, und sein Blick glitt hinüber in Websters Ecke. Nur undeutlich erkannte er seinen Gegner, aber er sah, dass er lachte. Webster würde ihn abschießen. Alle wußten das, er selbst, Webster und die Zuschauer, deren fahlbleiche Gesichter in monotoner Ähnlichkeit verschwammen. Webster war gut, sehr gut sogar. Im nächsten Jahr würde er in der Ausscheidung stehen. Das war auch einmal sein Ziel gewesen - damals. Aber es hatte nicht gereicht. Jahrelang hatte er sich dann auf Mittelplätzen herumgetrieben, und er war ein begehrter Prüfstein für den Nachwuchs geworden. Die meisten von ihnen hatten ihn geschlagen. Aber zu seiner Genugtuung hatte man ihn immer nur gegen die Besten gestellt.

Er streckte die Beine aus, und sofort machte Jeff sich daran, mit geübten Griffen seine Oberschenkel zu massieren. Er hatte Jeff, der immer nur Spitzenleute betreute, viel zu verdanken, denn zwischendurch fand er immer wieder Zeit, sich um ihn, das alte Eisen zu kümmern.

Ob Webster schon wusste, wie er ihn erledigen wollte? Ein einziger Schlag würde das kaum tun. Dazu war er selbst zu hart und zu clever, und ein Herz, das man ihm abkaufen konnte, hatte er schon lange nicht mehr.

Aber dann spürte er es wieder, das Dunkle, das Drohende, das da auf der Lauer lag und ihn zu Boden zwingen wollte und das wie Bleiklötze an seinen Beinen hing. Mit dem Handrücken wischte er über das Auge und sah das Blut auf dem Handschuhleder. Die alte Sache, dachte er mißvergnügt, während Jeff versuchte, die Wunde mit Kolophonium zu schließen. Er verbiss den Schmerz im Gummi des Mundschutzes. Die nachfolgende Behandlung würde wieder einiges kosten. Ob der Verband diesmal noch zahlte!? Nicht anzunehmen, wo doch der Arzt ihn für diesen Kampf noch gesperrt hatte. Die ganze Börse würde draufgehen, und das alles, um in einem oder zwei Monaten wieder ein Match machen zu können, bei dem alles wieder aufreißen würde. Dabei brauchte er noch eine Menge Geld für Louis, den er in ein Sanatorium im Norden gesteckt hatte, damit er endlich gesund würde.

Er seufzte auf.

Wie viele Male konnte er wohl noch in den Ring klettern? In den letzten Kämpfen hatte er schon vereinzelte Pfiffe aus dem Publikum gehört. Er wusste nur allzu gut, was das bedeutet. Vielleicht noch zwei, noch drei Kämpfe, dann würde McLean den Kopf schütteln und mitleidig lächeln. „Ich hab ja nichts gegen dich, Henry, aber die Leute. Du verstehst..."

Er verstand.

Und selbst einen Boxer groß machen oder gar Kämpfe aufziehen? Dazu hatte er nicht das Zeug. Er war nicht wie Jeffries, McLean und die anderen alle, die in ihren gut sitzenden Maßanzügen wendiger waren als früher im Ring.

Er dachte an Louis und an das Geld, das er noch brauchte.

Er war kein Held., aber gleich würde er wieder hineingehen in diese Mühle, die er so gut kannte, und die keine Überraschungen mehr für ihn barg. Nicht die Niederlage war schlimm für einen alten Boxer, aber die unbarmherzige Ausweglosigkeit.

Da sagte der Sprecher die siebte Runde an.

Helmut Pätz

Warten nach Mitternacht

Es war eine halbe Stunde nach Mitternacht, und die Stille war unerträglich.

Sie blickte starr in den Regen hinaus. Wie ein zweites Wesen stand sie neben ihrem eigenen Ich und beobachtete sich selbst in ihrer Angst, ihrer Verzweiflung, ihrer Ausweglosigkeit. Vor drei Stunden sollte der Zug fahrplanmäßig eingelaufen sein. Also hätte er schon seit über zwei Stunden hier sein müssen. Und sie hatten ausdrücklich abgemacht, dass sie ihn nicht von der Bahn abholen sollte.

Sie lauschte nach draußen, und wieder tauchten die Bilder vor ihr auf, die sie seit Stunden mit überdeutlicher, lautloser Aufdringlichkeit peinigten: zerstörte, ineinander- geschobene Waggons, gleißendes Scheinwerferlicht, Hilfsmannschaften und Rettungsleute in stummer Regsamkeit. Am Rande der Böschung leblose Schatten...

"Nein", stöhnte sie, und dann, wie ein Echo aus ihrem Innern: "Nein!" Sie erschrak vor dem Laut ihrer eigenen Stimme, und sie glaubte, dass sie im ganzen Haus zu hören sein müsste. Sie wandte sich um, und ihr Blick glitt über den kleinen Tisch mit dem weißen Set, den zwei Gedecken, den Gläsern mit den gefalteten Servietten darin und der Vase mit den liebevoll angeordneten Blumen...

Sie müsste anrufen, irgendwen, irgendwo, bei der Eisenbahndirektion, bei der Polizei. Irgendjemand musste doch etwas wissen. Und wenn sie nur eine Stimme vernahm, um wenigstens das Gefühl zu haben, dass jemand ihr zuhörte, teilnehmend oder auch gleichgültig.

Sie waren erst eingezogen, aber die Nachbarin hatte Telefon. Selbstverständlich würde man sie telefonieren lassen, auch jetzt, mitten in der Nacht. Sie schien eine nette Frau zu sein, in ihrem adretten Morgenrock würde sie daneben stehen, höflich und freundlich. Sie würden darüber sprechen, und dann würde sie tröstend sagen, dass sich schon noch alles aufklären wird, und sie vielleicht sogar auffordern, bei ihr zu bleiben.

Als sie dann aber vor der Tür stand, hörte sie dahinter den Hund, der aufgewacht war. Da verließ sie der Mut, und sie ging in ihr Zimmer zurück,

Dort trat sie wieder ans Fenster - und sie wusste später nicht zu sagen, wie lange sie so dagestanden hatte, als von draußen das Geräusch nahender Schritte zu ihr drang. Und dann fiel die Gartentür ins Schloss. Ihr Herz klopfte zum Zerspringen. Kaum noch ertrug sie die Spannung der Erwartung. Sie presste die Finger gegen das Ohr. Nein, sie wollte nichts mehr hören, nichts, gar nichts - bis die Klingel schellte. Erst dann wusste sie, dass er es war.

Es klingelte nicht, und sie gab die Ohren wieder frei. Sie hörte die Schritte auf der Treppe verhallen, Stimmen und leises Lachen. Es waren die Leute von oben.

Sie ließ sich in den Sessel fallen und vergrub das Gesicht in den Polstern. Sie flüsterte seinen Namen, und ihre Stimme war klein vor Verzweiflung und Ratlosigkeit.

Schließlich erhob sie sich und ging an das Bücherregal. Sie musste irgend etwas tun, was ihre Empfindungen verdrängte, die sie zu erdrücken drohten. Mit einem wahllos ergriffenen Band setzte sie sich auf die niedrige, altmodische Kommode in der Nähe des Fensters. Ganz fest, wie um sich zu schützen, zog sie die Kniee an. Aber die Buchstaben verschwammen vor ihren Augen. Und plötzlich glaubte sie, schon eine lange Zeit so gesessen zu haben. Hatte sie vielleicht sogar geschlafen?

Es war das leise Trommeln an der Fensterscheibe, das sie aufschreckte. Finger waren es, die in einem ganz bestimmten Rhythmus gegen das Glas schlugen, zärtlich, gedämpft... seine Finger! Sie hatte seine Schritte überhört und auch das Zuschlagen der Gartentür. Aber nur er konnte es sein!

Sie saß wie gelähmt, und erst nach einer Weile - waren es Sekunden, Minuten? - vermochte sie sich zu erheben. Die Beine versagten ihr fast den Dienst, als sie langsam an die Tür ging. Sie lehnte sich gegen das Holz, und hinter der geriffelten Glasscheibe erkannte sie die Umrisse seiner Gestalt. Und da war auch schon seine Stimme, gedämpft, wie aus weiter Ferne, doch voller ungeduldiger Wiedersehensfreude:"Mein Gott... dauert das lange!"

Irene Pätz

Die Bewerbung

Die Stelle des Leiters des Staatlichen Fundbüros war neu zu besetzen.

Auch Iwan Tamiroff, frisch gebacken von der Hochschule kommend und vollgestopft mit Psychologie, einer Wissenschaft, die heutzutage im öffentlichen Leben eine beherrschende Rolle einnimmt, bewarb sich. Er zweifelte nicht daran, bei dem Grad seiner Bildung und seiner gepflegten, überlegenen Art aufzutreten, sämtliche Mitbewerber aus dem Feld zu schlagen.

So nahm denn Sergej Michailow, bislang immer noch Leiter des Amtes, den Kneifer von der Nase, betrachtete den jungen Mann eine Weile prüfend und wies auf einen Stuhl. "Es ist kein leichtes Amt, um das Sie sich bewerben, junger Freund."

Der Besucher überflog mit einem umfassenden Blick all die möglichen und unmöglichen Dinge und Undinge, die von den Staatsbürgern in der Staatlichen Untergrundbahn, der Staatlichen Oper oder einem der Staatlichen Kinos stehen- oder liegen gelassen, eingesammelt und dann dem Staatlichen Fundbüro zur weiteren Verwendung übergeben werden. "Ich weiß, ich weiß, verehrter Sergej Michailow, doch, mit Verlaub darf ich wohl behaupten, dass ich das beste Rüstzeug für dieses hohe Amt mitbringe. Ja, ich bin sozusagen überzeugt, dass Sie es nicht zulassen werden, diese meine besonderen Fähigkeiten in irgendeinem Provinznest diesseits oder jenseits des Urals verkümmern zu lassen..."

Sergej Michailow hob die linke Augenbraue. "Besondere Fähigkeiten?"

Der Bewerber nickte eifrig. "Ich weiß, nicht zuletzt wäre es meine Aufgabe, dafür zu sorgen, dass alle hier gesammelten Gegenstände einen möglichst hohen Gewinn einbringen und durch geschickt manipuliertes Versteigern der nicht abgeholten Dinge einen möglichst deutlichen Überschuß herauszuholen, aber auch..." er lächelte diskret und fuhr etwas leiser fort, "... für sich selbst einen bescheidenen Nebenverdienst zu erwirtschaften. Voraussetzung ist heutzutage dafür jedoch einzig und allein die Kenntnis der Psychologie."

"Psychologie?" Sergej Michailow schien beeindruckt.

Iwan Tamiroff lächelte verstehend."Ich will versuchen, es Ihnen an einigen Beispielen zu erklären, hochgeschätzter Sergej Michailow. Hier, sehen Sie!" Er nahm einen altmodischen Herrenschirm von der Wand, öffnete ihn, schloß ihn wieder und setzte die Spitze einige Male prüfend auf den Boden. "... wo mag man ihn gefunden haben? In einem Bus, einem Eisenbahncoupe? Egal! Meine psychologischen Kenntnisse verraten mir, dass der Besitzer dieses urgroßväterlichen Monstrums ein überheblicher, von sich eingenommener Protz ist. Und die schräg abgelaufene Spitze - was beweist sie? Doch nichts anderes, als dass sich sein Besitzer jeden Morgen sputen muß, um nicht zu spät zum Dienst zu kommen, andererseits aber seinen Mitmenschen rücksichtslos davoneilt."

Sergej Michailow schien sichtlich beeindruckt. "Das also ersehen Sie daraus. Interessant... sehr interessant."

Der junge Mann brannte offenbar darauf, weitere Beweise seiner Fähigkeiten in die Bewerbungswagschale zu werfen. Er trat an den Schreibtisch. "... ich darf doch?" und nahm Sergej Michailow eine Damenhandtasche aus den Fingern, mit der dieser eben noch wie gedankenverloren gespielt hatte.

"Diese Tasche", sprudelte es ungehemmt aus ihm hervor, "aufgefunden in irgendeinem Kino, einem Café oder einer sonstigen billigen Unterhaltungsstätte, keinesfalls aber in der Oper, da die Eigentümerin derartig hochkulturelle Ansprüche gar nicht stellt, kurzum, diese Tasche gehört einer Schlampe, mit Verlaub gesagt." Er öffnete den Verschluß. "Sehen Sie, ein Spitzentaschentuch - voller Lippenstift. Das Parfüm geradezu ordinär. Der Handspiegel blind von Fingerabdrücken - ekelhaft. Und alles bestäubt mit verstreutem Puder. Scheußlich! Und dann hier, dieser alte, zerknitterte Brief. Sicher steckt er schon seit Jahr und Tag darin. Ich werde den Umschlag entfalten, um mir aus der Handschrift meine bisherigen Eindrücke bestätigen zu lassen..."

Seine Hand fuhr glättend über das Papier, und auf einmal schien es dem alten Sergej Michailow, als erstarre das erbleichende Gesicht seines Gegenübers in ungläubigem Erstaunen.

"Ist Ihnen nicht gut?" fragte er teilnahmsvoll und erhob sich. Der hoffnungsvolle junge Mann, den Brief in der zitternden Hand, musste sich setzen. "Serafina..." brachte er mühsam hervor, "Serafina... Michailo..."

"Serafina Michailowa", nickte der andere, "es steht doch ganz deutlich drauf. Übrigens kenne ich die Dame. Seit über dreißig Jahren bin ich mit ihr verheiratet. Ihr gehört die Tasche. Und der altmodische Schirm da drüben, dessen überheblicher Eigentümer es immerhin bis zum Leiter des größten Fundbüros dieses Distrikts gebracht hat, ... gehört mir."

Er setzte sich wieder und spielte mit seinem Kneifer. "Sie haben mir das Wesen der Psychologie recht anschaulich erklärt, mein lieber Iwan Tamiroff. Dafür danke ich Ihnen. Doch hege ich die größten Zweifel, daß Sie in dieser Form für dieses Amt der Richtige sind, während Ihr Nutzen, auch mit Verlaub gesagt, für eines der Provinznester diesseits oder jenseits des Urals unbestreitbar sein dürfte..."

Helmut Pätz

Die Gesellschafterin

Jean studierte Musik. In Paris natürlich. In einer engbrüstigen Straße des Quartier Latin bewohnte er ein winziges Zimmerchen bei Madame Petou. Er wohnte gern bei ihr, und da er ein höflicher junger Mann war, hatte er es gut bei ihr, zumal ihr verstorbener Gemahl ein ebenfalls talentierter, aber durch Krankheit verarmter Musiker gewesen war, dessen Andenken sie in rührender Art und Weise hegte und pflegte.

Als Jean sie eines Tages fragte, ob sie sich denn nicht einsam fühle, da sie doch nie das Haus verlasse und immer so allein sei, sah sie ihn verwundert an, "Allein? Aber, Monsieur Jean, sehen Sie sich doch mal um. Die vielen Bilder an den Wänden. Die Notenhefte auf dem Piano. Ich habe doch all die schönen Erinnerungen an meinem Mann, mit meinen Gedanken an ihn und seine Musik lebe ich doch. Ja, und dann habe ich ja auch noch Minou. Sie fühlt sich überaus wohl bei mir, ist so anhänglich und lässt mich nie im Stich. Ah, sie hat meinen Mann nicht weniger geliebt als ich selbst, auf ihre Art natürlich, und nun, da wir beide ihn verloren haben, schätzen wir einander umso mehr. 'Mademoiselle Minou', so nannte sie mein Mann sie immer..." Und als Jean sein Erstaunen darüber ausdrückte, dass er Mademoiselle noch nie zu Gesicht bekommen habe, lächelte sie geheimnisvoll und fügte nach einer kleinen, nachdenklichen Pause hinzu: "Besuchen sie uns doch einmal zum Kaffee, Monsieur, wir werden im kleinen Salon sitzen und ein wenig plaudern. Bringen sie nur Ihre Geige mit... Minou liebt Musik nämlich auch über alles..." Und mit einem augenzwinkernden Lächeln versicherte sie ihm, daß Mademoiselle nicht nur sehr, sehr vornehm, sondern auch ausnehmend hübsch und gescheit sei...

Am Abend zog Jean seinen dunklen Anzug an und trat, eintreten, die Violine unterm Arm und, in Gedanken an

Madames geheimnisvolle Gesellschafterin nicht ganz ohne ein Gefühl erwartungsvoller Beklemmung, leise auf den Flur hinaus. Er klopfte zaghaft, glaubte ein verstohlenes Kichern zu hören, und durfte dann eintreten. Der köstliche Duft frisch aufgegossenen Kaffees erfüllte den kleinen Raum mit den stilvollen Möbeln und den hohen Fenstern, und im Dämmerlicht erkannte er Madame Petou, wie sie schnell hinter einen alten Barocksessel trat, und er hörte, wie sie mit einer lebhaften Gebärde sagte: "Schau, Minou, das ist er, unser junger Freund. Gefällt er Dir auch? Er ist nett, nicht wahr?"

Und dann sah er Minou, wie sie dasaß, in einem der Sessel

Eine ganze Weile stand er unbeweglich und starrte sie an. Wunderschön war sie anzusehen, vornehm und irgendwie unendlich gelassen, ganz, wie Madame gesagt hatte. Und doch, er hatte sie sich anders vorgestellt, und er verspürte eine leichte Enttäuschung. Doch die verschwand sofort, als Mademoiselle ihm freundlich zuzunicken schien.

Während des Verlaufs der Kaffeestunde beschränkte sich Minou aufs Zuhören, nickte nur hin und wieder mit dem Kopf und nahm nur ein wenig Milch und Keks zu sich. Dabei konnte Jean ihre kleine, rosige Zunge bewundern, die sie genießerisch vorschnellen ließ, wohl um zu bekunden, dass jedoch das Wenige, was sie zu sich nahm, ihr ganz vortrefflich munde.

Und dann erfüllten himmlische Geigenklänge den kleinen Raum und verzauberte die beiden Zuhörerinnen. Jean merkte bald, dass er zwei wirkliche Kennerinnen vor sich hatte, denn sie lauschten mit ungewöhnlicher Hingabe und schlossen bei besonders schönen Passagen sogar genußvoll die Augen. Als er geendet hatte und mit einer leichten Verbeugung Violine und Bogen sinken ließ, erhob sich Mademoiselle Minou gravitätisch aus ihrem Sessel, ging auf ihn zu und schmiegte sich an ihn,

49

zärtlich, als wollte sie sich bei ihm für den einmaligen Genuß bedanken. Später plauderte man dann noch ein wenig, und schließlich begleiteten die beiden Jean bis zur Tür, wo sie ihn baten, doch recht bald wiederzukommen.

Als Jean wieder in seinem Zimmer war, fühlte er sich auf eine besondere Art beglückt. Er wusste, dass er diese Stunden nie vergessen würde, die wundersamen Stunden mit Madame Petou und ihrer Gesellschafterin, der Siamkatze Minou...

Irene Pätz

Die Heldin

Sie ist älteren Jahrgangs und wohnt unter mir. Nie wurde zwischen uns ein Gruß gewechselt, und wer sie sieht, versteht das. Für mich ist sie die Verkörperung dessen, was man allgemein als einen unangenehmen Menschen bezeichnet, ein Eindruck, den ich übrigens mit den anderen Hausbewohnern teile.

Ich bin Schriftsteller, und eines Tages benötigte ich dringend eine feste Vorstellung von einer Gestalt für eine neue Geschichte, - eine Gestalt voller Boshaftigkeit und Niedertracht, bei der man meint, durch eine Wolke von Feindseligkeit zu gehen, wenn man ihr begegnet, deren Geiz sie zwingt, die Zeitungen der vergangenen fünfzig Jahre lückenlos in der Diele gestapelt zu halten, und von der man weiß, dass die mehr oder weniger gewinnbringende Verwaltung eines kleinen Sparkontos Inhalt ihres liebeleeren Lebens ist.

Meine Wahl fällt auf sie.

Doch eigenartig, Pegasus reitet, wohin er will. Wie wenig ist doch ein

Schriftsteller in der Lage, die von ihm geschaffenen Menschen und Schicksale wirklich zu beherrschen und zu lenken. Im Gegenteil, auf unaufdringliche, kaum merkliche Weise zwingen sie ihn oftmals, völlig andere als die sorgsam geplanten Wege zu gehen. Kurzum, ich weiß nicht wie, aber förmlich gegen meinen Willen entwickelt sich das von mir so gewollte Scheusal zu einer Heldin. Keiner großen, deren Taten vor der Weltgeschichte bestehen könnten, nein, aber zwischen sich und den Menschen ihres erdichteten Alltags, ja, da entwickelt sie sich zu einer liebenswerten Persönlichkeit...

Selbst der Schriftsteller lebt unter dem Eindruck der von ihm erschaffenen Gestalten, und am nächsten Morgen bei der täglichen Begegnung im Treppenhaus sehe ich sie plötzlich mit ganz anderen Augen. Ein kleines Wunder war geschehen. Ich begegne in ihr der Heldin meiner Geschichte! Nichts mehr von dem, was sonst so abstoßend an ihr war, und wie unter einem fremden Zwang lüfte ich den Hut und grüße. Sie schaut mir betroffen nach.

Doch der Zwang bleibt bestehen. Am nächsten Morgen grüße ich sie wiederum. Und siehe da, sie lächelt verwundert und dankt.

Ich gehe durch keine Wolke der Feindseligkeit mehr, wenn ich ihr begegne. Und wenn mich nicht alles täuscht, ist das jetzt auch der Eindruck bei den übrigen Hausbewohnern...

Helmut Pätz

Die letzte Fahrt

Gegen Abend, als sie mit dem Verladen der Waren fertig waren, fasste Han sich ein Herz. Er trat zu Wong, der auf seiner Matte aus Reisstroh hockte, und sagte es ihm. Wong sah ihn nur eine Weile schweigend an. "Nein", sagte er nur, und sein gelbgraues Gesicht war unbeweglich. "Nein, ich verlasse das Floß nicht. Ich bin auf ihm geboren, und ich will auch auf ihm sterben."

51

Han ging nach vorn, vorbei an den beiden Ruderern, die die letzten Seile festzurrten. Er war verbittert. Er hatte gehofft, dass Wong es endlich einsehen würde. Er war zu alt, zu alt für das Kommando und überhaupt zu alt für alles. Wong war der Älteste auf dem Floß. Was er anordnete, wurde getan. Das war von je her so und würde auch immer so bleiben. Dabei würde alles viel besser gehen, wenn er - Han - das Floß erst unter sich hätte. Sie würden die Fahrt viel schneller schaffen und nicht immer eine halbe Woche an den Stromschnellen warten müssen, wenn der Fluss Hochwasser führte. Wong aber wartete geduldig. "... die Waren", war stets seine Antwort, "... wir dürfen nichts riskieren."

Dabei war es weiter nichts als die Entschlusslosigkeit eines alten Mannes. Er - Han - würde es wagen, mit dem Fluss zu gehen. Eine, sogar zwei Wochen könnten sie schneller am Ziel sein. Und schneller - das bedeutete mehr Geld!

Wong aber machte sich nichts aus Geld. Dabei hätten sie längst viel höhere Frachtkosten fordern können. Die Kaufleute waren doch froh, wenn sie auf einem der bis zum Kentern beladenen Flöße auch nur eine Lücke für ihre Säcke mit Sonnenblumenkernen, ihre Lederballen oder ihre Häute aus Tibet ergattern konnten! Die Straßen waren, wenn der Monsun erst umkehren würde, nicht mehr befahrbar, und drüben in der Steppe konnte ein einziger Sandsturm die verpackten Waren bis ins Innerste verderben. Mit dem Floß aber kam man, wenn man sich darauf verstand, immer durch. Egal wie!

Aber Wong war nicht zu überzeugen. Er wollte nicht einsehen, daß die Zeiten sich geändert hatten - auch hier, am Gelben Fluß. Er wollte nichts wissen von höheren Frachtkosten und murmelte nur immer etwas von "Kaufmannsehre" und "in uns gesetztes Vertrauen..."

Han schob den Strohhut, der ihn vor der sengenden Sonne schützte, in den Nacken. Wong packte kaum noch mit an. Wenn er endlich weichen würde, hätten sie ein wenig mehr Platz hier auf dem Floß, und er könnte Li und das Kind mitnehmen. Er hasste Wong in diesem Augenblick, obgleich er sein Vater war, und gleich darauf schämte er sich seiner Gedanken.

Später, in der Dunkelheit, ging Han an Land.. Niemand sah ihn. Zwischen den Schatten der Hütten schlich er zu Lüang. Lüang war der älteste Bewohner des Ortes. Keiner wusste zu sagen, wie alt er wirklich war. Sein faltiges Gesicht leuchtete im Schein der Öllampe, als Han sich vor ihm hinkniete und ihm sein Leid klagte. Lüang hatte den sechsten Sinn uralter Leute und verstand sich wie kein anderer darauf, Dinge und Geschehnisse vorherzusagen.

"Das Floß wird bald dir gehören", sagte er. Er schien zu lächeln, aber wenn man ihn länger ansah, vermochte man nicht zu unterscheiden, ob er wirklich lächelte oder ob es die Trauer und Erfahrung eines einsamen, langen Lebens waren, die sich in unzähligen Fältchen in sein Gesicht eingezeichnet hatten.

"Das Floß mir?" Hans Herz tat einen Hüpfer. "Wird Wong sich nun zur Ruhe setzen? Wird er endlich Platz machen für Li und das Kind?"

Lüang hob die Hand. "Er wird..." sagte er nur.

Und wieder hockte Han auf dem Floß. Seit drei Wochen fuhren sie nun schon ohne Wong, und er hatte jetzt zu befehlen. Aber zufrieden war er nicht, obwohl die Sonne schien und nur ein schwacher Wind flußabwärts strich. Er hielt das Ruder und starrte in die gelben Fluten. Hinten im Bambusverschlag weinte leise das Kind, und er hörte Lis tröstende Stimme.

Er aber dachte unentwegt an Wong und daran, wie sie ihn vorgefunden hatten an jenem Morgen, nach seinem heimlichen Besuch bei Lüang. Ganz friedlich hatte er auf seiner Matte gelegen, als schliefe er nur...

Han blickte zurück über das Floß. Platz hatten sie jetzt, viel Platz. Er hatte auch nur noch einen Mann zum Rudern. Mehr brauchte er nicht für die paar Säcke und Ballen, die man ihm mitgegeben hatte.

Nahe am Ufer standen einige Bauern mit ihren Frauen. Mit spitzen Hacken schlugen sie in den staubigen, gelben Lössboden. Die Frauen lachten und winkten ihm zu, und ein paar zerlumpte Kinder warfen übermütig Steine nach dem Floß.

Er sah Wongs Gesicht vor sich und vermeinte seine Stimme wie aus weiter Ferne zu hören: "... es ist nicht wegen des Verdienstes Han, es ist wegen der Ehre unserer Familie und wegen des Vertrauens, das man in uns und unseren altwürdigen Namen gesetzt hat..."

Helmut Pätz

Edle Steine – jetzt und einst

Der Mann lag regungslos auf dem Bauch. Mit einer Mikrometerschraube bewegte er einen zierlichen Support gegen eine Schleifscheibe, die so schnell rotierte, dass sie fast stillzustehen schien.

"... die letzte Fläche", flüsterte andächtig der beleibte Mann, der in Hut und Mantel neben ihm stand.

Der andere rührte sich nicht. "Ich mache das ohne Lupe... die entscheidenden Unebenheiten sieht man nicht - man muss sie fühlen."

Minuten vergingen, in denen nichts zu geschehen schien, aber die Spannung knisterte förmlich im Raum. Dann richtete der Mann sich auf, ließ etwas aus dem Support in die Hand fallen und reichte es dem anderen. Der trat ans Fenster. "... ein Meisterwerk, Mynheer... Ich erinnere mich nicht, je einen solchen Brillanten gesehen zu haben. Der Wert des Steines ist um ein paar tausend Gulden gestiegen... Gratuliere!"

Vor zwanzig- bis dreißigtausend Jahren trat ein Mensch im Bärenfell aus der Felsenhöhle, blinzelte gegen die Sonne und ging zum Fluss hinab. Er tauchte zwei längliche Flintsteine in das Wasser und rieb sie gegeneinander, tauchte sie ein und rieb sie wieder... Erst als die Sonne zum Untergang sich neigte, kehrte er in die Höhle zurück.

Am anderen Morgen ging der einsame Fellträger wieder zum Fluss. Er mochte nicht gezählt haben, wie oft er sich bei Sonnenaufgang am Fluss niedergehockt und die Steine geschliffen hatte. Als er aber einmal prüfend sein Werk betrachtete, sah er in der nassen, glatten Fläche sein Ebenbild. Er schaute es lange an und war zutiefst betroffen. Dann aber ging ein Lächeln über sein bärtiges Gesicht...

Am nächsten Tag ging der Einsame flussaufwärts. Die Sonne ging dreimal auf, ehe er die Quelle erreicht hatte, und hier, wo das glitzernde Nass aus der Erde hervorquoll, legte er die Steine auf den klaren Grund. Das Wasser glitt über sie hinweg, und das Licht der hochstehenden Sonne verlieh ihnen lebendige Bewegung. Da hockte der Mensch sich hin und dankte der göttlichen Kraft, den dunklen Mächten der Erde und den hellen im Licht des Tages, die die mühevoll gelegte Saat keimen und das Wild im Wald seinen Weg kreuzen ließen.

Dann erhob er sich und machte sich leichten Fußes auf den Rückweg ins Tal.

Helmut Pätz

Eine höfliche alte Dame

Diese Geschichte hat sich tatsächlich zugetragen, und sie begann in dem Augenblick, da Mister Davis, der Bürgermeister, vor dem kleinen Haus inmitten des großen Parks mit den alten Bäumen stand, kurz zögerte, dann aber entschlossen läutete.

"Ich komme wegen des Baumes, Madam, der hinter Ihrem Haus steht, nahe der Straße..."

Die alte Dame war wie das Haus, ehrwürdig, ein klein wenig verträumt, ein selten gewordenes Überbleibsel aus vergangener Zeit. Sie bat ihn ins Zimmer. "Ein herrlicher Baum, nicht wahr? Mein Urgroßvater setzte ihn, als er dieses Haus baute, und in der ganzen Grafschaft gibt es keinen, der so prächtig und so kerzengerade gewachsen ist."

Mister Davis nickte. "Ein ganz besonderes Exemplar..."

"Von überall her kamen die Leute, um ihn zu bewundern. Sogar der Herzog. Er verlieh meinem Vater eine Medaille für den herrlichsten Baum, den er je sah." Sie trat ans Fenster. "Sehen Sie, da oben im Wipfel, seit Jahren schon nistet dort ein Falkenpaar. Den ganzen Park hält es frei von Mäusen, Würmern und Ungeziefer jeglicher Art."

Mister Davis trommelte mit den Fingern auf der Tischplatte. Dann schluckte er ein paar Mal. "... der Baum muß weg, Madam."

Die alte Dame sah ihn an, und in ihre Augen trat ein Ausdruck belustigten Verwunderns. "Er steht seit über zweihundert Jahren dort, und Mister Hobbs, der städtische Botaniker, sagt, dass er doppelt so alt werden könnte, wenn ihn nicht gerade der Blitz trifft oder ihn sonst etwas Unerwartetes zustößt."

"Das Unerwartete tritt ein, Madam, uns bleibt kein anderer Weg."

Sie trat vom Fenster zurück. "Ich beabsichtige nicht, ihn fällen zu lassen, Mister Davis", entgegnete sie leise und höflich, aber sehr bestimmt. "Und nun kommen Sie, wir wollen eine Tasse Tee zusammen trinken..."

"Sie machen es mir nicht leicht, Madam."

"Ich weiß nicht, was Sie wollen", sie lächelte nachsichtig, "aber ich sehe wirklich nicht die geringste Veranlassung..."

"Die Gemeinde hat es beschlossen."

"Meine Vorfahren pflanzten ihn. Auf meinem Grundstück steht er. Er ist mein Eigentum. Wer gibt Ihnen das Recht..."

Mister Davis drehte den Hut zwischen den Fingern. "Das Gesetz zur Versorgung des Landes mit elektrischer Energie. Da, wo der Baum steht, wird ein Hochspannungsmast errichtet. Wir müssen den kürzesten Weg nehmen."

"Aber nicht über meinen Baum..." Sie lächelte wiederum höflich. "Hier, bitte, ein Tässchen Tee. Er wird Ihnen guttun."

Mister Davis erhob sich. "Ich will Ihnen keine Unannehmlichkeiten bereiten, Madam, aber morgen früh komme ich mit einem Trupp Holzfäller. Bis dahin werde ich eine gerichtliche Vollmacht erwirken... tut mir leid."

"Mir auch, Mister Davis, mir auch."

Am nächsten Morgen klingelte Mister Davis erneut. Als niemand öffnete, schüttelte er den Kopf. Den Leuten, die mit Äxten und Sägen neben ihm standen, gab er ein Zeichen, ihm hinters Haus zu folgen.

"Hallo, Mister Davis!" rief eine ihm gut bekannte Stimme.

Betroffen blickte er nach oben.

War es denn möglich? Dort hockte sie, die alte Dame, in Hut und Mantel, auf einem besonders starken und bequemen Ast, den sie mit einem weichen Kissen gepolstert hatte. Auf dem Schoß hielt sie einen prall gefüllten Picknickkorb und überm Arm einen Regenschirm.

"Aber, Madam, was soll das bedeuten?"

"Ich bewache meinen Baum... Keine Sorge, mir geht es gut. Hier im Korb habe ich Verpflegung für zwei Wochen." Sie lachte leise. "Ich alte Frau brauch' nicht mehr viel. Und falls es regnen sollte..." Sie spannte den Schirm auf. "Sollte es aber jemanden einfallen, zu mir heraufzukommen..." Sie klappte ihn wieder zusammen

wie zu einem Schwert und lächelte vielsagend. "Nein, Mister Davis, da ist nun mal nichts zu machen, der Baum bleibt stehen! Und wenn er fällt, dann nur mit mir."
Der Bürgermeister überlegte eine ganze Weile. Dann rief er seine Männer zusammen und ging in sein Büro. Von dort aus telefonierte er mit Ämtern und Behörden und schließlich sogar mit dem Minister persönlich.
Am späten Nachmittag kam er wieder. Allein. Unter dem Baum blieb er stehen und lüftete den Hut.
"Es gibt doch einen anderen Weg, Madam, bitte, kommen Sie wieder herunter... Sie haben gesiegt."
Helmut Pätz

Fremde bunte Welt des Anatole

Unter den tiefhängenden Wolken lastete graue Trostlosigkeit, als ich über den einsamen, weiten Platz ging. Meine Schuhe klebten am lehmigen Boden, und der riesige Bagger, der sich sonst feindselig fauchend in das dunkle Erdreich fraß, stand unbeweglich da - ein grauglänzendes Ungetüm im vorüberhuschenden Regenschleier - als müsse selbst er einmal innehalten in seinem tagtäglichen Werk alles zermalmender Vernichtung.
Ein alter, aufgeschlitzter Autoreifen gab nach unter meinen Füßen, und aus einem Schlammloch ragten die Beine einer zerfaserten Stoffpuppe neben einem rostigen Ofenrohr empor. Mich überkam ein schmerzhaftes Gefühl völliger Verlassenheit, das durch den prasselnden Regen noch verstärkt wurde.
Und dann stand ich vor den drei Birken, von denen eine der Räumbagger auf seiner tödlichen Runde schon entwurzelt hatte. Mit welkem Laub lag sie zu Füßen der beiden anderen, und während ich auf ihre Äste, die wie anklagende Finger nach oben wiesen, starrte, dachte ich an Anatole.

Anatole...

Wie oft hatten wir beide hier gehockt!

Ein wenig abseits stand sein Wagen von den anderen mit den lärmenden Kindern, den schwatzenden Frauen und den kläffenden, streunenden Hunden dazwischen. Stillschweigend gestand man ihm diesen Abstand zu, wohl weil man daran dachte, dass er Tochter und Enkelkinder verloren hatte, in einer Zeit, die hinter uns liegt, die aber immer bedrückend bleiben wird mit den Schatten der Vergangenheit. Stillschweigend auch räumte man ein, dass ich dann und wann bei ihm weilte, obgleich ich von ihren Augen ablas, dass auch ich zu jenen gehörte, von denen sie mit Misstrauen betrachtet wurden, sie und ihr ganzes freies, buntes Leben hier.

Anatole! Alter, unschätzbar alter Anatole, mit seiner ledernen Haut und dem schlohweißen Haar über der faltigen Stirn...

Unter den Birken saßen wir dann und rauchten. Ich hörte ihm schweigend zu. Denn das war es, was unsere kleine, eigenartige Freundschaft begründet hatte - seine wunderbare Art zu erzählen. Schreiben konnte er nicht, hatte es nie erlernt. Wenn er unter irgendein amtliches Schreiben seinen Namen zu setzen hatte, machte er einfach drei Kreuze. Aber erzählen... das konnte er! Er ließ eine Welt erstehen, eine Welt, die eine andere, ganz andere war als die meinige. Nebelhaft erst, dann immer klarer und deutlicher trat sie hervor mit all den Freuden und Leiden einer Kindheit, fern und vergangen, in fremden Ländern, die sonnenüberflutet waren oder auch erstarrt unter der schweigenden Last des Schnees.

Wenn er sprach, verspürte ich mit ihm den nagenden Hunger, fühlte schmerzhaft den schneidenden Bergwind oder die sengende Sonne auf der nackten Haut. Ich nahm teil an der Freude, der Unrast, der Trauer eines ganzen Stammes, hörte die wilden, sehnsuchtsvollen Klänge ihrer Tänze, nachts an den Lagerfeuern. Und während

mein Blick an seinen Lippen hing, sah ich es vor mir...
das wilde Kaninchen, wie es allmählich, ohne Hast, am
Querspieß über dem Feuer gewendet wurde. Ich sah es,
das rosa-violette Fleisch, wie es langsam grau wurde und
dann der erste bräunliche Hauch darüberzog. Ich spürte
den Duft, der mir das Wasser im Mund zusammenlaufen
ließ, bis die ersten Tropfen köstlichen Saftes in der still
lodernden Glut verzischten...

"... Du kommst oft hierher", sagte er einmal und drehte
sich mit geschickten Fingern eine Zigarette aus dunklem,
krausem Tabak. "Ich kenne Dein Haus, da hinten am
Hügel. Es ist ein schönes, ein großes Haus..."

Er sah mich an. Unausgesprochen blieb, dass ich in
seinen Augen ein Sklave eines Lebens war, dessen größte
Sorge galt, dieses feste Haus und den mühsam
erworbenen Lebensstandard darin zu erhalten.

Dann schwieg er wieder, ungewohnt lange dieses Mal.
Plötzlich sagte er: "Wir müssen weg von hier..."

Betroffen sah ich auf.

Sein Gesicht blieb unbeweglich, aber seiner Stimme
fehlte der Klang, jener melodische Unterton, der mich
sonst immer eingefangen hatte in das Netz seiner
farbigen Erzählungen. "Die Wagen sollen weg. Alle." Er
machte eine umfassende Handbewegung. "Sie stören das
Stadtbild, und sie brauchen den Platz zum Bauen. Wir
sollen alle verteilt werden - die einen hierhin, die andern
dorthin. In graue, hohe Steinhäuser sollen wir..."

Auf einmal war Anatole, mein wunderbarer Anatole, nur
noch ein alter Mann, müde, in sich zusammengesunken.

Als ich mich an diesem Abend von ihm verabschiedete,
war es gleichsam ein Abschied von einem Stück
Vergangenheit, das nur noch Erinnerung bleiben sollte,
Erinnerung an das bunte, schöne und wilde Leben eines
ganzen heimatlosen Volkes mit seinen eigenen
fremdartigen und strengen Gesetzen und dessen Glück
und Unglück zugleich seine eigene Ruhelosigkeit war.

Ich durchmaß den ganzen Platz, von der Straße bis zum Wald hinüber, wo sich die Bäume unter der Last des sturmgepeitschten Regens bogen, und von allen Seiten berührte mich etwas von den Klängen einer verwehenden Sinfonie...

Helmut Pätz

Geld spielt keine Rolle

Alfred betrat das Reisebüro.
Marmorhalle. Dezente Tageslichtbeleuchtung. Fremdländische Kühle trotz eines exotischen Wintergartens und tropischen Palmen auf bunten Plakaten. Auf kleinen supermodernen Glastischchen bunte Reisekataloge und aufgeblätterte Prospekte. Gedämpfte Fragen und Antworten der Reiselustigen und Angestellten in schicken blauen Kostümen.
Alfred trat näher. Seine Finger schwenkten unternehmungslustig Reisemütze und Handschuhe. Eine blonde, uniformierte Schönheit schwebte auf ihn zu. "Der Herr wünschen?"
Alfred, offenbar in unternehmerische Gedanken versunken: "Überseeaufenthalt. Drei bis vier Monate. Kürzeste Reisezeit erwünscht."
"Per Flugzeug?"
Alfred nickte kurz. "Bedingung."
Die blonde Schönheit geleitete ihn an einen der Tische. Der Experte für Übersee-Flugreisen werde sofort da sein, versicherte sie. Alfred blätterte gelangweilt in den Katalogen. Da kam auch schon der Experte, breitete eine Mappe vor ihm aus. "... hier haben wir zum Beispiel eine exklusive Route über Rom, Tanger, mit Zwischenaufenthalt in erstklassigem Hotel in Teneriffa... unvergleichlich mildes Klima... dazu noch ein besonders preisgünstiges Angebot."

Alfred schlug die Beine übereinander. Die Preisfrage sei von zweitrangiger Bedeutung. Exklusivität der Unterbringung und landschaftliche Schönheit der Umgebung seien alleinige Voraussetzung... man habe in den letzten Jahren einfach keine Gelegenheit gehabt, mal richtig auszuspannen... er seufzte... Geschäfte, wissen Sie, und immer wieder Geschäfte... aber jetzt sei es an der Zeit, alles nachzuholen.

Der Experte lächelte vornehm zurückhaltend und unterbreitete zahllose weitere Vorschläge. Alfred erfuhr von der Bequemlichkeit und Sicherheit modernster Jets, von der sprichwörtlichen Gastfreundschaft der Menschen ferner Länder, außerdem, wie er seine Devisen am günstigsten nutzen konnte und sonst noch allerlei Tips, wie sie eben nur ein solch versiertes Reisebüro zu geben in der Lage war. Schließlich rauchte man noch gemeinsam eine gute Zigarre, in Qualität und Aroma den Reiseplänen eines Generaldirektors durchaus angemessen, und als der Experte für Flugreisen seinen Vortrag endlich beendet hatte und ihn fragend ansah, erhob sich Alfred würdevoll.

"Zwischen der Polarroute über den Nordpol nach Hawaii und einem Flug zu den Feuerlandinseln wird wohl meine Entscheidung fallen.", sagte er dann. "Ehe ich buche, lasse ich Ihnen noch endgültigen Bescheid zukommen."

Der Experte verbeugte sich, dankte; die blonde Schönheit glitt auf ihn zu, hielt die Tür auf, lächelte zuvorkommend. Alfred lächelte ebenso liebenswürdig zurück, schwang Mütze und Handschuhe und pfiff leise vor sich hin.

Vor der nächsten Milchbar blieb er stehen. Ein eigenartiges Gefühl im Magen machte sich bemerkbar. Er zog seine Brieftasche hervor. Für ein Mixgetränk und ein Brötchen würde es wohl gerade noch reichen.

Als er hinter dem großen Glasfenster auf einem Barstuhl hockte, brach die Sonne durch eine Wolkenlücke hervor.

Der große Platz vor ihm mit den vielen hastenden Menschen war in helles Licht getaucht.

Alfred schlug den Mantel zurück und lüftete den Schal. Der abgetragene Anzug lugte darunter hervor. Und dann ließ er sich wärmen von der heimatlichen Sonne, die in keinem noch so schönen fernen Land der Erde herrlicher scheinen konnte als hier, in diesem Augenblick, durch die leicht verstaubte Fensterscheibe einer kleinen Milchbar...

Helmut Pätz

Glücklicher Irrtum

Sie blickte in den Spiegel und war voller Zweifel.

Nein, es war nicht wegzuleugnen: Um die Augen herum zeigten sich winzige Fältchen, und die Zeit mahnte mit ersten, zaghaften Runen in den Mundwinkeln. Nachdenklich strich sie ein paarmal darüber hin. Dann seufzte sie tief auf und ließ resigniert die Hände sinken.

Sie wandte sich um. Auf der dunklen Tischplatte zeichneten sich deutlich die Umrisse eines Briefes ab. "... und sehe mit zuversichtlicher Erwartung unserer ersten Begegnung entgegen."

Lange hatte sie gezögert, von Bedenken hin- und hergerissen, bis sie sich dann doch zu diesem Schritt entschlossen hatte nach der langen Zeit voller Einsamkeit. Sie nahm den Brief auf, las ihn noch einmal -Zeile für Zeile - ließ ihn wieder sinken und faltete ihn sorgsam zusammen. Plötzlich trat sie entschlossen vor den Spiegel, fuhr mit der zarten Puderquaste über das Gesicht und zog mit kräftigen Strichen die Lippen nach. Dann versuchte sie ein Lächeln festzuhalten, schlüpfte in ihre Kostümjacke und eilte hinaus, ehe unzählige Für und Wider, die immer und überall unsichtbar auf der Lauer lagen, sie zurückhalten konnten.

In der Straßenbahn aber waren alle Zweifel wieder da. Sie hatte versucht, sich mit den Augen jenes unbekannten

Mannes, der sie zum ersten Mal erblicken sollte, zu sehen. Wie würde sie auf ihn wirken? Würde er womöglich enttäuscht sein? Sie dachte wieder an die Fältchen in ihrem Gesicht, die mit schalkhafter Bosheit viele kleine Schatten warfen auf ihre ängstliche Ungeduld. Plötzlich verlor sie wieder all ihren Mut, und sie dachte, dass jeder ihr ansehen müsste, wie verzweifelt sie war - und wie müde und deprimiert sie sich fühlte...

Der beleibte Herr ihr gegenüber und auch die Frau mit dem kleinen Jungen daneben schienen sie unentwegt anzustarren. Oder kam es ihr nur so vor? Sie blickte weg, aber irgendetwas zwang sie, wieder hinzusehen. Der Junge starrte sie an, dann über sie hinweg und wandte sich dann an seine Mutter:" Du, Mutti, ist die aber hübsch..." Ganz laut hatte er es gesagt.

Sie fühlte, wie es ihr siedendheiß vom Hals her über das ganze Gesicht kroch. Der dicke Herr lächelte verständnisvoll, sah sie ganz kurz an und dann über sie hinweg, und die Mutter des Jungen meinte entschuldigend, verlegen, und doch mit einer winzigen unüberhörbaren Spur von Stolz, dass ihr Bub eben schon ein kleiner Kavalier sei.

Sie selbst aber fühlte wieder Zuversicht wachsen, ihr Lächeln vertiefte sich und fast beschwingt erhob sie sich an der nächsten Haltestelle, um auszusteigen.

So konnte sie nicht mehr sehen, dass ein junges Mädchen, irgendein bedeutungsloses junges Ding, welches unmittelbar hinter ihr gestanden hatte, sich auf ihren freien Platz setzte, und sie hat auch nie erfahren können, dass der Junge nicht sie , sondern eben jene andere gemeint hatte!

Getragen von der Kraft dieses glücklichen Irrtums, schritt sie aus, fast federnd, und ging auf die nahen Parkanlagen zu, aus denen sich eine männliche Gestalt löste, zögernd erst, und dann immer schneller ihr entgegenkam...

Irene Pätz

Nachts spielten sie Karten

Jedem, der sie hören wollte und der bereit war, ihm ein Glas Wodka zu spendieren, pflegte der alte Stephan die Geschichte zu erzählen.

"Ich sage Ihnen, im Umkreis von ganzen zweihundert Werst gab es keine zweite Gutsbesitzerin, die so hart und herzlos war wie Olga Kirowa, Herrin auf Wiluna. Keine, sag' ich Ihnen... Wen konnte es da schon wundern, daß ihr Gemahl, der gute Pjotr Kirow selig, es vorgezogen hatte, sich beizeiten aus dem Staub zu machen, - und sei es um den Preis des eigenen Ablebens! Aber selbst danach wurde es nicht besser mit ihr. Sie nörgelte an allem herum, peinigte die Leute, die ihr untertan waren, trieb sie an mit Drohungen und der Peitsche und kürzte die Löhne, ganz nach Lust und Laune. Ja, und so blieben nur noch wenige in ihren Diensten. Vor allem jene, die zu alt waren, um noch einmal woanders neu anzufangen... so wie ich.

Die Jahre vergingen, Herr, es war nicht mehr auszuhalten. Die Hölle konnte nicht schlimmer sein. Unsere Gedanken kreisten nur noch um Olga Kirowa und wie wir ihr all die Schlechtigkeiten und Demütigungen heimzahlen konnten. Also taten wir uns zusammen, der alte Fjedor, die kleine listige Alexandra und ich. Oh, es sollte ihr kein Haar gekrümmt werden, nur Angst sollte sie kriegen, die Herrin auf Wiluna, furchtbare Angst...

Und so erschien eines Nachmittags ein altes, gebeugtes Weiblein auf dem Hof, um uns im Schatten einer riesigen Eiche die Zukunft aus der Hand zu lesen. Jeden Bettler, Herr, jeden Almosenjäger vertrieb Olga eigenhändig mit der Peitsche... 'Diebesgesindel', rief sie dann aus, dulde sie nicht. Dennoch, bei all ihrer Hartherzigkeit, ihrer Unerbittlichkeit und ihrem Geiz - vielleicht gerade deshalb - war sie abergläubisch wie kein anderer Mensch.

Niemals habe ich sie so gierig lauschen sehen, als wenn jemand ihr aus ausgelaugtem Kaffeesatz oder dem Heulen eines Wolfes in fahler Mondnacht den weiteren Lebenslauf weissagte! Und so ließ sie sich dann auch aus der Hand lesen von dem alten Weibchen.

Mit kreidebleichem, aber unbewegten Gesicht, vernahm sie, dass sie keines natürlichen Todes sterben würde, sondern gewaltsam - von Menschenhand. Wann, das allerdings wisse sie nicht vorauszusagen. Es könne schon in dieser Nacht, ebenso aber erst in ein, oder gar zwei, drei Jahren geschehen. Feststehe nur, dass sie getötet werden würde, nachts, im Schlaf, in ihrem Bett. Sie sähe das ganz genau vor sich, sagte das alte Weib mit düsterer Stimme.

Noch nie hatte ich Olga so verstört, so in sich gekehrt ins Haus gehen sehen, wie an diesem Nachmittag, da die tief stehende Sonne rotgolden über den dunklen Wäldern stand. Wir sahen ihr nach, wir alle, und der alte Fjedor und ich blinzelten einander zu, und außer uns beiden hatte keiner bemerkt, dass die kleine Alexandra nicht dabei war.

In dieser Nacht geschah nichts Auffälliges. Auch in der nächsten nicht. Aber Olga Kriowa litt unter Weissagung. Sie dachte daran... immerzu. Ich sah es ihr an, war ich es doch, der ihr jeden Morgen das vorgewärmte Waschwasser in das Zimmer zu bringen hatte. Bestimmt hatte sie die ganze Nacht aber kein Auge zugemacht! Hatte nur dagelegen und gelauscht, auf jedes Geräusch, mit angehaltenem Atem. Tage ging das so. Wochen. Nicht schlafen zu können aus Angst, Herr, das ist schlimmer als Hunger und Durst. Wir aber - wir schwelgten in befriedigten Rachegelüsten.

Aber dann kam es anders, als wir es uns gedacht hatten. Olga verlegte sich darauf, tagsüber zu schlafen. Tagsüber könne ihr ja nichts zustoßen, hatte das alte Weiblein gesagt. Nachts aber, da war sie jetzt munter wie ein

Fischlein. Sie legte sich Patiencen, neben der Tür postierte sie zwei riesige Doggen, die nur ihr aufs Wort gehorchten.

Aber wie das so ist, es wurde ihr alles auf die Dauer zu langweilig. Also ließ sie den Verwalter kommen. Er musste mit ihr Karten spielen. Nur nicht einschlafen - nur das nicht. Aber der Verwalter hielt das nicht lange durch, und so befahl sie einem von uns, vom Gesinde, nachts mit ihr Karten zu spielen. Reihum ging das, und es fiel uns nicht leicht, hatten wir doch tagsüber unsere schwere Arbeit zu verrichten. Außerdem war Olga durch das Spielen mit so vielen verschiedenen Partnern derart versiert geworden, dass sie uns nach und nach unser ganzes sauer verdientes Geld abknüpfte. Aus Kopeken wurden Rubel, aus Rubel Tscherwonetz. Nach einem Jahr hatte keiner von uns mehr Lohn von ihr zu bekommen. Im Gegenteil, alle standen wir hoch in ihrer Schuld.

Ach, Herr, wir hatten mit unserem Racheplan nicht nur Olga gestraft, sondern noch viel mehr uns selbst geschlagen. Alexandra hatte die Wahrsagerin zu gut gespielt, und sie litt noch am meisten darunter, ihre Seele, verstehen Sie.

Und so ging das arme Mädchen eines Tages zum Popen und beichtete ihm die ganze Geschichte. Der hörte sich alles an, schmunzelte erst und hielt sich dann den Bauch vor Lachen. Schließlich versicherte er, einmal mit Olga zu reden.

Und das tat er denn auch. Sie werde das Zeitliche segnen, wenn es dem Herrn gefalle, sagte er zu Olga, und ob sie sich denn nicht schäme, sich von dem albernen Geschwätz einer alten, einfältigen Frau so beeindrucken zu lassen.

So oder ähnlich muss der Pope zu ihr gesprochen haben, ohne allerdings Alexandras Geheimnis auch nur im geringsten zu lüften. Und in Olgas Herzen muss noch Platz gewesen sein für die mahnenden Worte des guten

Popen, denn wirklich gab sie das Schlafen tagsüber auf und verlegte es wieder, wie es sich gehört, in die Nacht. Vorbei war es mit dem Kartenspielen. Alles war wie früher. Und der Pope behielt recht. Sie starb eines natürlichen Todes, und zwar im hohen Alter.

Dennoch, die Angst ist nie mehr ganz aus ihrem Leben gewichen. Sie behielt die beiden Doggen in ihrem Zimmer, und jeden Morgen fuhr sie mit einem Angstschrei aus dem Schlaf.

Ich muss es schließlich wissen, Herr, bin ich es doch, der ihr jeden Morgen das vorgewärmte Waschwasser..."

Helmut Pätz

Wer zuletzt lacht

Es ist unwesentlich, wann sich diese Begebenheit zugetragen hat. Möblierte Zimmer, besonders aber solche für Studenten, waren schon immer knapp. Auch in Russland. Umso überraschender aber war es, als der weltgewandte und sonst jeder Situation gewachsene Wladimir Pazenko seinen Freunden mitteilte, dass er sein Zimmer aufzugeben gedenke. "... zugegeben, es ist das schönste und dabei billigste Zimmer, das ich je besaß, aber meine Wirtin, das ältliche Fräulein Olga Winokurowa, stellt mir nach, wenn sie mich nur erblickt... ich halte das nicht mehr aus."

Die stürmische Forderung seiner Freunde, doch einen von ihnen die so begehrte Räumlichkeit zu überlassen, tat er mit einer Handbewegung ab. "Nein, nicht ihr, Freunde", sagte er nach einer Weile angestrengten Nachdenkens. Dann funkelten seine Augen in listiger Vorfreude. "Pjotr Ipatiew soll das Zimmer haben... stellt euch vor, wie sie ihm nachstellen wird, dem Jüngling, der nichts von Frauen weiß und nur über seinen Büchern hockt. Freunde, das wird der größte Spaß, den wir je erlebten."

Wie erwartet, Pjotr Ipatiew war höchst erfreut über das Anerbieten, welches ihm Pazenko am nächsten Morgen unterbreitete, wenngleich er auch ein wenig nachdenklich über seine Brillengläser hinwegschaute, als vermute er hinter dem großherzigen Angebot irgendeine versteckte Falle, - und dann sah man ihn den kommenden Wochen kaum noch. Wer ihm jedoch zufällig begegnete, fand ihn noch blasser, noch versonnener als je zuvor, und man zwinkerte sich verständnisinnig zu.

Dann aber geschah eine Entwicklung der Dinge, die selbst Pazenko nicht erwartet hatte, - als er nämlich erfuhr, daß Ipatiew und die Winokurowa sich verlobt hätten und in absehbarer Zeit zu heiraten gedächten. Eine ganze Weile dauerte es, bis sich die Wogen der Überraschung und der Schadenfreude geglättet hatten.

So ergab es sich, daß Pazenko eines Tages dem jungvermählten Ipatiew auf der Straße begegnete. Nachdem sie sich höflich und wortreich begrüßt hatten und Pazenko daran dachte, wie behaglich und preiswert das Zimmer bei der Winokurowa gewesen und wie wenig sie ihn jetzt, da sie verheiratet war, noch belästigen würde, fasste er sich ein Herz. "... verstehen Sie, lieber Pjotr, Sie benötigen es ja nicht mehr, und ich würde das Zimmer sehr gern wiederhaben..." Ipatiew nickte nachdenklich. "Nun ja, schließlich haben Sie mir gleichsam zu meinem Glück verholfen, lieber Wladimir, ich werde also Olga Winokurowa Ihr Anliegen vortragen..."

Schon in der folgenden Woche war Pazenko wieder Besitzer seines alten Zimmers, und während er sich auf dem breiten Diwan räkelte, dachte er, dass es von nun an immer so bleiben könnte, und entschlummerte sanft in der Gewissheit inneren und äußeren Friedens. Er erwachte erst am späten Nachmittag, als die Tür langsam aufging und - Pazenko traute seinen Augen nicht - Olga Winokurowa eintrat, vor sich ein Tablett mit Gebäck und dampfendem Tee. "Mein lieber Wladimir..." Ihre Augen glänzten vor unverhohlener Freude. "Wie bin ich glücklich..."

Mit einem Satz war der Student vom Diwan. "Olga... Sie?"

"Aber natürlich. Söhnchen, wer denn sonst?"

Erstmalig in seinem Leben war Pazenko ratlos. "Aber Ihr Gatte... ich meine,,, ist er denn damit einverstanden, dass Sie mir den Tee persönlich..."

Olga Winokurowa setzte das Tablett ab. "Mein Gatte?" fragte sie im Urton tiefster Verständnislosigkeit.

"Nun, Pjotr Ipatiew... mit dem Sie seit einem halben Jahr glücklich verheiratet sind..."

Es war Olga anzusehen, dass sie angestrengt nachdachte, dann aber erzitterte ihre Leibesfülle unter einem dröhnenden Gelächter. "Pjotr Ipatiew? Oh, ich glaube nicht, dass er etwas dagegen hat. Warum sollte er auch? Schon fast ein halbes Jahr lang bewohnt er das Stockwerk über mir, seit er..." Sie nahm ein Foto von der Wand, auf dem Ipatiew und ein schönes, junges Mädchen im Hochzeitsgewand abgebildet waren. "... seit er vor einem halben Jahr Fräulein Serafina Winokurowa, die einzige Tocher meines reichen Bruders Fedor, geheiratet hat... Nein, den stört es bestimmt nicht, wenn ich... ach, mein lieber, liebster Wladimir, wie werde ich Sie bemuttern und verwöhnen..."

Sich in den seelischen und geistigen Zustand des armen Pazenko zu versetzen, bleibt der Fantasie des geneigten Lesers überlassen.

Helmut Pätz

Wie jeden Morgen

Er zog die Jacke aus und hängte sie an den Kleiderhaken. Die Frau war an der Tür stehen geblieben. Er hatte sie nicht angesehen, als er an ihr vorbei in die Wohnung getreten war. Dennoch spürte er ihren prüfenden Blick. "Ist etwas, Albert?"

Zum zweitenmal heute diese Frage. Nein, sie durfte nichts wissen. Langsam drehte er sich um. "Was soll denn sein?"

Wie an jedem Morgen, so hatte er sich auch heute frei und glücklich gefühlt, wenn auch der Wind stärker geweht und die Wolken schneller vor sich hingetrieben hatte. Nie hatte er ihn versäumt, diesen gewohnten, befreienden Blick über das Häusermeer, über die vielen verschiedenen Dächer, schräge und flache, dunkelbemoost und rauchgeschwärzt die alten, hellrot und übermütig jungfräulich blinkend noch die der Neubauten. Er sah hinab auf die Straßen, die hellen, weiten, und auch auf die dunklen, schmalen, auf den Marktplatz und die vielen Menschen tief unter sich, kleine, bewegte Punkte, die gemächlichen, die fast stillzustehen schienen, und die anderen, die eilig auseinanderstrebten. Ganz deutlich unterschied er sie voneinander. Seine Augen waren gewohnt, weit und scharf zu blicken wie die eines Adlers, jeden Morgen, seit vierzig Jahren, Tag für Tag, - ja, und dann fühlte er sich glücklich.

Plötzlich aber war es dagewesen. Es war, als er sich gerade die Pfeife stopfen wollte. Nie vorher war es dagewesen. In all den vierzig Jahren nicht. Nie hatte er daran gedacht, dass es einmal kommen könnte, und darum hatte er sich auch nie davor gefürchtet. Jetzt aber kam es als etwas völlig Unbekanntes, und ihn packte eisiger Schrecken. Die Dächer schienen sich gegeneinander zu verschieben, schwankten wie die Planken eines Schiffes auf hoher See, und alles um ihn herum verschwamm, wurde immer unklarer, ertrank in einem wogenden, farblos-grauen Meer. Er sah keine Menschen mehr, keine Autos, keine Straßen. Und das Brausen in seinem Kopf verdrängte den fernen Lärm der Stadt wie ein verhallendes teuflisches Gelächter. Er ließ sich gegen das schräge Dach sinken und schloss die Augen.

"Ist was, Meister?" vernahm er eine ferne und zugleich nahe Stimme. Sie klang besorgt, und er fühlte eine Hand auf seiner Schulter. "Ist Ihnen nicht gut?"

Er schüttelte den Kopf. "Nein, nein, es ist nichts... ich bin nur falsch getreten..." Keiner durfte etwas merken. Keiner. Er biss die Zähne aufeinander und spürte dabei, wie kleine Schweißperlen auf seine Stirn traten.

Das ist es also, dachte er, so also ist das!

Und auf einmal sah er Magnus vor sich, ganz deutlich sah er ihn, obwohl es schon über dreißig Jahre zurücklag. Nach einem schweren Unwetter arbeiteten sie an einein beschädigten Dach. Magnus hatte sich plötzlich zurückgelehnt und hielt die Augen geschlossen. Ganz lange hatte er so gelegen, dann hatte er ihn angeschaut, mit fahlem Gesicht, die Hand aufs Herz gepresst. "Ich kann das nicht..." hatte er gestammelt, "ich dachte, ich könnte das... aber ich bin nicht schwindelfrei." Noch ganz jung waren sie gewesen, sein Bruder und er, und Magnus war nie wieder zu ihnen aufs Dach gekommen. Er selbst hatte das nie begreifen können. Jetzt aber wusste er, wie das war.

Nach und nach verlor sich der flimmernde Schleier vor seinen Augen und gab die Dächer wieder frei, klar und farbig aufleuchtend in der Sonne. Er erkannte die Häuser wieder, die Straßen und die Menschen unter sich. Er drehte sich um und blickte in den Himmel. Keiner durfte etwas erfahren. Keiner. Die Leute nicht und vor allem die Frau nicht. Sie durfte vor allem nichts merken. Ganz allein musste er diesen Kampf führen, einsam, wie ein Artist auf dem Drahtseil, nur ohne Zuschauer, ohne Beifall. Tag für Tag von jetzt an mit der Angst allein vor dem, das da auf der Lauer lag, und ihn jeden Augenblick wieder packen konnte.

Drei Jahre noch, die musste er durchhalten, dann konnte er sich zur Ruhe setzen...

Die Frau stand immer noch an der Tür. "Ist wirklich nichts?" "Wirklich nichts, Muttchen... man wird eben älter... weiter nichts."

Helmut Pätz

Zu Gast bei Monsieur Fernand

Ich weiß nicht, was mich damals dazu bewogen haben mochte, ausgerechnet vor diesem kleinen, engbrüstigen Haus eines Städtchens in der Auvergne meinen Schritt zu verhalten. Unterschied es sich doch kaum von all den anderen altersgrauen Häusern nebenan und gegenüber... Aber vielleicht war es jener unvergleichliche Duft, der mir durch die nur angelehnte Tür entgegenwehte, und die unbestimmte Ahnung, daß Monsieur Fernand, dieser kleine, lebhafte Mann mit dem schwarzen Zwirbelbart, diese Tür gleich aufstoßen und mir auf seine später so vertraute Art zulächeln würde.

"Willkommen, Monsieur..."

Willkommen! Mit einem einzigen Blick mußte er erfasst haben, wie es um mich stand: meine ungewollt in die Luft witternde Nase, die jenen unsagbar köstlichen, zugleich aber nicht zu enträtselnden Gerüchen nach-spürte, einem Duft, der einfach hierher gehörte, zu diesem Raum mit der niedrigen, rauchgeschwärzten Decke und den wenigen Holztischen, - wie andererseits meine äußere Erscheinung ihm sofort verraten haben mußte, dass es kaum reichen würde für eine noch so schmale Zeche.

"Tripous..." erklärte Monsieur Fernand dann mit einladendem und zugleich verstehenden Lächeln, "... nur ein wenig Geduld, gleich ist es so weit..."

73

Er schob mit ein Glas Pouilly über die rohe Tischplatte zu und verschwand geschäftig durch die offene Tür hinter der altersblinden Zinktheke.

Ich hörte ihn hantieren mit Töpfen und Pfannen, und dann dampften sie vor mir auf dem Teller, die Tripous! Dazu gab es gebackene Kastanien. Bei Gott, ich erinnere mich nicht, jemals wieder mit einem derartigen Appetit über eine Mahlzeit hergefallen zu sein - mit einem solchen Heißhunger, den allerdings allzu schnell zu stillen ich mir streng versagte in Anbetracht der Hochachtung, die dem Meister solcher Kochkunst zu zollen war...

Dann saß er neben mir, rauchte eine seiner schwarzen Zigarren, schimpfte mit der ihm eigenen Lebhaftigkeit auf den Präsidenten und die seiner Ansicht nach viel zu hohen Steuern und sah mir lächelnd zu, wie ich außerstande war, auch nur den kleinsten Rest in Schüssel und Teller zurückzulassen. Als ich später einmal erfuhr, dass 'Tripous' aufgerollte und gekochte Lammkaldaunen waren, konnte diese Erkenntnis meine einmal für sie gefasste Vorliebe und meine freundschaftliche Zuneigung zu Monsieur Fernand und seine liebenswerte Art, seine Mitmenschen und die große Politik gleichermaßen zu bekritteln, nicht im mindesten schmälern. Im Gegenteil, so oft mein Weg mich in die Nähe jenes kleinen Städtchens führte, weilte ich stets und gern bei ihm zu Gast.

Jahre sind seither vergangen...

Wieder stehe ich vor seiner Tür. Ich gestehe - etwas in ein wenig banger Erwartung. Denn ich finde sie nicht nur nicht mehr angelehnt, es fehlt auch jenes einladende Bukett von Düften, wie es immer meiner Nase so geschmeichelt hatte. Ich trete ein, und wie ich hinter mir die Tür ins Schloss ziehe, bleibe ich erschrocken stehen. Der ehemals so anheimelnd dämmerige Raum ist in kaltes Weiß getaucht, an den Wänden hängen Bilder jener

Modernität, mit der ich nur schwerlich etwas anzufangen weiß. Anstelle der gemütlichen, alten Theke erkenne ich eine chromblitzende Bar mit hohen lederbezogenen Hockern. Es riecht nach zerstäubtem Odeur und in der Luft hängt ein Hauch kalten, parfümierten Zigarettenrauchs. Ich bin der erste frühe Gast.

An einem Tisch mit Onyxplatte nehme ich Platz. Und während mir der Garçon die Speisekarte reicht, atme ich sterile, scheußliche, ja, fast feindselige Luft ein. Und plötzlich wusste ich, meine mir auf den Lippen liegende Frage würde vergeblich sein. Kohlsuppe und Tripous gedeihen nicht zwischen weißen Wänden und Neonlicht, ebensowenig wie gemütlicher Klatsch und Gespräche über Politik aus der Sicht des kleinen Mannes.

Ich bestelle lediglich einen Pernod und frage so ganz nebenbei nach Monsieur Fernand...

Eine Stunde später sitze ich ihm in seiner kleinen Behausung am Rande der Stadt gegenüber. "Monsieur..." sagt er immer wieder fassungslos und in seinen Augen glänzen Tränen, "... Monsieur, dass Sie gekommen sind!" Er ist erschreckend alt geworden, der Zwirbelbart ergraut, und unter den Augen haben sich kleine Säckchen gebildet. Ich erzähle ihm von meiner Bestürzung, ihn und die geliebten Tripous nicht mehr am alten Platz vorgefunden zu haben.

"Tripous..." Er nickt und starrt versonnen vor sich hin. Auf einmal erhebt er sich mit fast gewohnter Behendigkeit. "Einen Augenblick, Monsieur, bitte..."

Ich höre, wie er das Haus verläßt, nach geraumer Zeit wieder zurückkehrt und wie er dann nebenan in der kleinen Küche hantiert. Bald ziehen die altbekannten herrlichen Düfte durch die Räume, und ich sehe ihm zu bei seinem lukullischen Zeremoniell, wie er, über Töpfe gebeugt, mit fast beschwörender Geste Kräuter dosiert und Knoblauch zwischen den Fingern zerreibt.

Und wieder sitzt er mir gegenüber und erzählt mit leiser Stimme nicht wie ehedem von der großen und kleinen Politik, sondern dies Mal von sich selbst, von dem Bistro, das er hat aufgeben müssen, weil er zu alt geworden war, und, naja, die Gäste dann auch nach und nach älter wurden und schließlich allmählich ausblieben...

Immer wieder blicke ich verstohlen zu ihm hinüber, und das Essen, das vorzüglichste, das er mir je servierte, will mir dennoch nicht so recht munden. Tief im Innern habe ich das Gefühl, daß ich zum letzten Mal bei ihm zu Gast bin.

Als er mir eine seiner schwarzen Zigarren anbietet, nehme ich sie dankend an. Um Monsieur Fernands Lippen huscht ein schwaches, doch so vertrautes Lächeln. Und ich lächle zurück.

Helmut Pätz

Zum letzten Mal

Als er an diesem Morgen das Haus verließ, wandte er sich noch einmal um und winkte seiner Frau zu, die ihm wie gewöhnlich aus dem Fenster nachblickte. „Das letzten Mal..." dachte er.

Alles war wie immer - und doch schien heute alles anders zu sein. Die Häuser, die Vorgärten mit den vielen Büschen darin und sogar die Menschen, denen er fast immer um diese Zeit begegnete. Und auch der Bus, als er kurz vor der Haltestelle aus der Kurve einbog, kam ihm irgendwie fremd vor. Er fand, dass man ihn anders grüßte als sonst. Man schien ihn anzublicken, verstohlen, ihn, den sonst kaum jemand beachtete, als ahnte man, dass er morgen nicht mehr unter den Fahrgästen sein würde, die hier in den Bus stiegen...

Wie ein vor langer Zeit geträumter Traum kam es ihm vor, als er dann an seinem Arbeitsplatz stand und hinausblickte auf das Werkgelände und auf die langgestreckten grauen Gebäude, deren Fenster in der frühen Sonne aufleuchteten. Er sah die Männer vorbeihasten, wie er sie unzählige Mal hatte vorbeieilen sehen, ein Bild, das er Tag für Tag, Jahr für Jahr in sich trug, das ihn aber jetzt, da es das letzte Mal war, zu seiner eigenen Verwunderung mit Trauer erfüllte.

Als er seinen Arbeitskittel überziehen wollte, standen plötzlich der Direktor und der Abteilungsleiter neben ihm. Der Direktor legte die Hand um seine Schulter. "Nein", sagte er, "heute nicht. Gehen Sie noch einmal durch den Betrieb und lassen Sie sich Zeit dabei. Es ist schließlich das letzte Mal." Und er lächelte jovial dabei. Und auch der Abteilungsleiter lächelte ein termingehetztes Lächeln.

Wie im Fluge vergingen die restlichen Stunden des Tages, und als er abends im Bus dem Fahrer das Geld für eine Wochenkarte zuschieben wollte, besann er sich schnell und zog seine Hand mit dem bereitgelegten Münzen wieder zurück. "Nein", sagte er, entschuldigend lächelnd, "Nein, ich brauche ja keine mehr. Es ist das letzte Mal heute. Ich gehe nämlich in Rente..." Der Busfahrer sah ihn für einen Augenblick an. Dann nickte er ihm zu und lächelte kurz.

Später dann stand er mit seiner Frau am Fenster. Sie hatten eine gute Flasche Wein geöffnet, und im Zimmer hing der Duft seiner Lieblingszigarre.

"Das war heute das letzte Mal", sagte auch sie. "Morgen früh kannst Du erst einmal richtig ausschlafen. Solange du willst. Und das mitten in der Woche. Ist das nicht herrlich?"

Er nickte. "Ja", sagte er und legte den Arm um sie, "es ist ein wunderbares Gefühl. Einfach wunderbar."

Und er verstand es selbst nicht, woher er kam, dieser feine, ziehende Schmerz in seinem Herzen...

Helmut Pätz

Zwischenlandung

Während des Fluges war er nur von einem einzigen Gedanken erfüllt, und seine Augen verfolgten die Zeiger der Uhr über dem Eingang zum Cockpit. In einer Stunde würden sie landen. Wenn er dann sofort ein Ferngespräch anmeldete, könnte er Henderson noch erreichen. Er musste ihn erreichen! So wie die letzten Nachrichten lauteten, würden die Kurse der Stahlgesellschaften schon morgen früh ungeahnte Sprünge vollführen. Henderson musste das wissen und dementsprechend handeln. Sofort! Er lehnte sich zurück, und sein Blick ruhte auf der Bergkette mit den zartvioletten Gipfeln, fern und doch so klar gezeichnet, dass man versucht sein könnte, sie mit dem ausgestreckten Finger zu berühren. Vom Osten her schob sich eine graue Wolkenbank über den azurblauen Himmel. Der weite Ozean trug sich träg und bleifarben.
Er nahm das alles nicht wahr. Nichts hatte Bedeutung für ihn außer den vielen Zahlen in seinem Kopf. Nichts anderes hatte es je für ihn gegeben als diese Zahlen und das Jonglieren mit ihnen an allen Börsen der Welt, - ein Leben lang. Genauso hatte er mit Menschen gespielt, sie ausgewechselt nach seinem Willen wie Figuren auf dem Schachbrett, hatte wie im Rausch nur der Macht der eigenen Persönlichkeit gelebt...
Auf einmal aber hörte er das Geräusch der Triebwerke. Er hörte es, weil es sich anders anhörte als sonst, und neben sich im Mittelgang sah er die Stewardeß stehen. Der Klang ihrer freundlich-gleichmütigen Stimme hing noch im Raum. "... bitte, behalten sie Platz, meine Damen und Herren... nur eine kleine Störung ... es besteht keinerlei Anlaß zur Beunruhigung... wir werden auf einer der 'Inseln unter dem Winde' zwischenlanden..." Sie lächelte beruhigend, aber das feine Flackern in ihren Augenwinkeln entging ihm nicht.

Er schaute auf seine Hände. Er hatte sie zu Fäusten geballt. Niemand sah es. Aber er spürte die Unruhe, die sich der Fluggäste bemächtigt hatte.

Er lehnte sich wieder zurück. Er hatte keine Angst, aber zum ersten Mal spürte er die eigene Ohnmacht, fühlte er, dass es Mächtigeres gab als den eigenen Willen und dass es vielleicht nur am seidenen Faden hing, ob er Henderson anrufen würde oder die Zeitungen in aller Welt morgen in Schlagzeilen von einem Flugzeugunglück berichteten und in diesem Zusammenhang ein letztes Mal seinen Namen erwähnten.

Nein, Angst hatte er eigentlich nicht. Aber das Unbekannte war bei ihm, ließ nicht von ihm ab. Es war in den Wipfeln altersschwarzer Urwaldriesen, die sich wie beschwörend ausgestreckte Finger dem tiefer und tiefergehenden Riesenvogel entgegenstreckten und ihn in das tödlichsanfte Ruhebett der grünen Matten einzufangen schienen; es war in den scharfen Falten schroffer Gebirgsabhänge und in der gleichmäßig lockenden Meeresbrandung, die jetzt wieder unter ihnen auftauchte. . .

Und auf einmal war da Corinna, und er hörte ihre Stimme wie damals, als sie von einem der so seltenen gemeinsamen Opernbesuche nach Haus fuhren, und es war ihm, als erreichten erst jetzt, in diesen Augenblicken, nach all den Jahren, ihre Worte sein Ohr:"... weißt du, Jake, auf der Bühne ist es eigentlich wie im wirklichen Leben. Hier wie dort gibt es Stars und Statisten, die einen im Licht der Scheinwerfer, die anderen im dunklen Hintergrund, kaum jemals beachtet... du, Jake, bist der Star, ich aber..." Es war kein Vorwurf in ihrer Stimme gewesen, und ihre dunklen Augen hatten gelächelt wie über einen Scherz. Und doch hatte sie Recht gehabt. Immer hatte sie im Schatten gestanden, in seinem Schatten, war immer zurückgeblieben in einem Hauch von Wehmut und Einsamkeit irgendwo am Rande eines Flugfeldes oder an irgendeinem Pier der Überseehäfen.

Corinna... Henderson... Aktien, Börsenkurse... Motorschaden.... und wieder Corinna... Seine Gedanken überstürzten sich.

Er, der bisher jede noch so schwierige Situation mit Überlegenheit und eiskalter Routine gemeistert und sich noch für viel zu jung gehalten hatte, sich zur Ruhe zu setzen und Rosen zu züchten, fühlte sich plötzlich machtlos. Die Schalen seiner Lebenswaage pendelten aus dem gewohnten Gleichgewicht. Ein anderer hatte die Gewichte aufgelegt.

Sie landeten auf dem behelfsmäßigen Flugplatz einer winzigen Insel. Alles verlief glatt. Erst später erfuhren sie, dass es eine Notlandung gewesen war.

Von See her wehte ständig eine leichte Brise, und die Palmen am Strand wiegten sich leicht im ständigen Rhythmus. Als er sich in dem kleinen Ort umsah - ungepflasterte Straßen, Bambushütten, freundlich lächelnde Inselbewohner - hatte er das Gefühl, durch ein großes Tor in eine unbekannte, ihm völlig neue Welt einzutreten und selbst jemand ganz anderer zu sein.

Auf der Terrasse des einzigen Restaurants erkannte er einige Fluggäste. Er erwiderte ihre Blicke, und sie tauschten gegenseitig ein Lächeln gelöster Spannung aus. Man hatte sich vorher nie gesehen, jetzt aber, nach gemeinsam durchstandenem Schrecken schien man sich bereits eine Ewigkeit zu kennen.

Dann betrat er das Postamt, eine Holzbaracke, in die der ständige Wind weißen Sand hineingetragen hatte. Der einheimische braunhäutige Beamte wischte sich die Stirn. So viele Telegramme wie in der letzten Stunde hatte er sonst im ganzen Jahr nicht durchgegeben.

Er gab zwei Depeschen auf.

An Henderson: "Nach eigenem Ermessen handeln. Ziehe mich zurück."

Und während er den zweiten Text auf ein vergilbtes Formular schrieb, war ihm, als tauchten Corinnas fragende Augen zwischen den Zeilen auf. Seine Worte lauteten:

"Suche Hauptdarstellerin. Spiele ab sofort nur noch Nebenrollen. Jake."

Helmut Pätz

Alexander - der neue Redakteur

Es war Dienstag. Also fuhr ich zu Berger, meinem Redakteur, unterm Arm die Mappe mit den neuesten Manuskripten.

Ich klopfte. Jemand rief: „Herein!"

Es war nicht Bergers Stimme.

Die Sonne fiel ins Zimmer, blendete mich. Am Schreibtisch erkannte ich eine schmale Silhouette, nicht so groß, nicht so wuchtig wie die von Berger. Und in der Luft hing nicht der altgewohnte Qualm seiner Tabakpfeife. Eine schemenhafte Handbewegung bedeutete mir, Platz zu nehmen.

„Alexander..." sagte eine ruhige, fast monotone Stimme.

„Ich wollte eigentlich zu Herrn Berger..."

„Herr Berger ist seit Anfang des Monats im Ruhestand."

Ich wusste, was ein Stuhlwechsel in einer Redaktion bedeutete. „... wie die Zeit vergeht. Er hat mir gegenüber nie erwähnt, dass er schon... Herr Alexander..."

„Für jeden von uns gibt es einmal den Termin... übrigens, sagen Sie einfach Alexander. Das genügt."

Ich nannte meinen Namen und öffnete, dieses Mal ohne viel Hoffnung, die Mappe. Mein Gegenüber sah mir zu, dann nahm er so etwas wie eine Lochkarte in die Hand. Sekunden vergingen. „Ja, Sie stehen mit auf der Liste.

Wir werden Ihre Arbeiten weiterhin prüfen... unverbindlich selbstverständlich."

Unverbindlich. Das hatte Berger auch immer gesagt, der breitschultrige Berger, der nie eine Krawatte trug, sondern immer nur den alten ausgeweiteten Pullover. „Unverbindlich", aber er druckte dann, auch unverbindlich, seit vielen Jahren.

„Wir werden Ihre Manuskripte prüfen," wiederholte Alexander. Wir kamen ins Gespräch, und ich erfuhr, dass der neue Redakteur alle Sparten koordinierte, fast alle: Kultur, Wirtschaft, Lokales, Sport. Das verblüffte mich. Das war neu, eigentlich nicht zu fassen. Bei einer so großen Zeitung. „Sehen Sie, zum Beispiel der Sport. Ein Verein kann gewinnen, verlieren oder unentschieden spielen. Etwas anderes gibt es nicht. Oder ein Boxer. Auch er kann gewinnen, verlieren oder unentschieden boxen. Alles reine Routinesache.... Kultur...alles Routine...Wirtschaft, nun, das ist die Summe unserer aller Verhalten ... Ihrer Verhalten."

„Aber... die Politik..." warf ich ein.

Er wirkte nachdenklich, fast ein wenig ratlos jetzt. „Politik, ja, das ist das, was immer auf der ersten Seite steht und die dicksten Überschriften hat."

Ich sah ihn an. Ein merkwürdiger Gedanke kam mir, aber ich wagte nicht, ihn zu Ende zu denken.

Er lehnte sich zurück. „Ja, Politik. Das ist so eine Sache für sich. Heute so und morgen schon wieder ganz anders... Politik, das machen sowieso ganz andere..."

Jetzt konnte ich nicht mehr an mich halten: „Sie sind... Sie sind..."

Alexander schien zu lächeln. Übrigens das erste Mal. „Was bin ich? Sagen Sie es ruhig."

„Sie sind..." Ich wagte es: „... ein Roboter."

Seine Stirn runzelte sich leicht. „Roboter... Das klingt so nach Arbeit, nach Treppensteigen, schwere Lasten schleppen, unzählige Schrauben festdrehen... Tagein, tagaus.."

„Ich wollte Sie nicht kränken, Alexander."

Er winkte ab. „Ich bin, wenn Sie so wollen, ein Computer, auch wenn ich menschliche Gliedmaßen besitze, ein Computer, zusammengesetzt aus unzähligen kleinen Computern, Mikroprozessoren, wenn Sie verstehen..." Ich nickte, ohne mir sicher zu sein. „... vom Menschen geschaffen, ihm zu Diensten... noch!"

Ich schwieg betroffen, und er wechselte taktvoll das Thema. „Sie brauchen sich nicht mehr persönlich herzubemühen, schicken Sie uns Ihre Arbeiten zu, ganz einfach per

Fax oder E-Mail. Wir prüfen... wie bisher... unverbindlich."

Später geleitete er mich zur Tür. Sein Händedruck beim Abschied war fest, und ich fand ihn eigentlich gar nicht so unsympathisch.

„... wissen Sie", sagte er, „ich gehöre zur 25. Generation. Die 26., von deren Planung ich noch ein wenig profitieren konnte, steht kurz vor der Auslieferung. Sie ist noch einen Schritt weiter." Auf einmal geriet er in einen Redefluss.. „Sie ist kreativ, intelligent, sensibel. Sie schreibt ihre eigenen Artikel und ...Geschichten." Er flüsterte. „Sie hat Phantasie."

„Roboter, die selbst schreiben... Verzeihung, Computer, meine ich?!"

„So ist es. Ein Tipp von mir: Es gibt da Werkexemplare aus der Entwicklung. Sie könnten einen zum Sonderpreis erstehen. Stellen Sie sich vor: Er schreibt für Sie, Ihre Feuilletons, Ihre Berichte, was Sie wollen. Sie brauchen nicht einmal mehr daran zu denken. Er tut das für Sie, während Sie Ihrem Hobby nachgehen oder gar einen längeren Urlaub machen. Anfangs kann er sicherlich noch von Ihnen lernen, aber schon bald wird er ein Meister Ihres Faches sein... der nur für Sie arbeitet."

83

Dann, bevor er die Tür hinter mir schloss: „... aber vielleicht lassen wir das mit dem Fax und der e-Mail, und Sie schauen hin und wieder mal bei mir herein..., bis Alexander 26 den Weg kennt und Ihnen auch das abnimmt."

Auf dem Heimweg hatte ich auf einmal die bedrückende Vision, dass eines Tages nur noch Computer Zeitungen lesen werden, Artikel, Berichte, Geschichten, die ihresgleichen geschrieben haben, und dass wir Menschen tagein, tagaus Treppen steigen, schwere Lasten schleppen und Schrauben festziehen, große und kleine, unentwegt...

Keine Angst, den neuen Redakteur in der geschilderten Art wird es nicht geben ... oder?

Helmut Pätz

Alles beim alten...

Es war noch dunkel, als der Lärm begann.

Er war schon lange wach. Wie jeden Morgen war er auch heute früh aufgestanden, obwohl er es eigentlich nicht nötig hatte. Schon lange hatte er es nicht mehr nötig.

Aber der Lärm in dieser kleinen, stillen Straße war ungewohnt, herausfordernd, feindselig fast. Er nahm den Stock und schlürfte ans Fenster. Gegenüber sah er die hohe Hecke und dahinter - etwas zurückliegend - das hinter Bäumen versteckte Haus, in das die "Neuen" eingezogen waren. Das war vor etwa vier, fünf Jahren gewesen. Aber er nannte sie immer noch die "Neuen". Er mochte sie nicht, und sie grüßten einander nicht.

Jetzt tauchten Männer aus der Dunkelheit auf und hinter ihnen riesige Schatten, lärmend, mit dröhnenden Motoren. Ein Ungetüm von Bagger mit ausladender Schaufel, ein Werkstattwagen und dahinter noch zwei, drei Laster. Genau vor seinem Haus blieb der Bagger stehen, und es dauerte eine ganze Weile, bis sie den Motor abgestellt hatten.

Er spürte das Unbehagen und humpelte am Stock durch den Vorgarten auf die Straße. Er sah die Männer geschäftig umherlaufen. Sie riefen sich etwas zu, was er aber nicht verstand. Dann bemerkten sie ihn. Einer trat auf ihn zu. "Es ist wegen der Kanalisation, der ganze Bereich hier soll angeschlossen werden... aber das wissen Sie ja."

Ja, er wusste es. Alle hier wussten es. Die meisten waren dagegen, nur wenige dafür. Man sah es nicht ein. Seit über fünfzig Jahren waren sie hier ohne Kanalisation ausgekommen. Alle hatten sie eine Klärgrube, die bestens funktionierte, und das hätte auch in hundert Jahren noch geklappt. Alles nur völlig unnötige Neuerungen, war die einhellige Meinung.

Der andere nickte ihm nochmals zu, tippte an den Helm und ging weiter. Bald darauf kam der Wagen mit dem Presslufthammer, und dann ging der Lärm erst richtig los. Wie der Zahn eines gigantischen Riesen fraß sich der Hammer in die Asphaltdecke...

Als er wieder sein Haus betrat, schien es bis in den letzten Winkel hinein zu zittern und zu beben, und er fühlte Groll in sich aufsteigen.

Tagaus, tagein ging das nun so. Frühmorgens, noch vor Anbruch des Tages bis spät abends, wenn die Dunkelheit hereinbrach.

Einmal, da stand er wieder mal am Gartentor. Der "Neue" von gegenüber kam gerade nach Haus und sah zu ihm herüber, machte eine vielsagende Handbewegung und schüttelte dann resigniert den Kopf. Er nickte zurück. Zum ersten Mal verband sie etwas Gemeinsames.

Und der Lärm ging weiter - den ganzen Tag über. Manchmal hockten die Männer tief unten im Graben und wenn es regnete, versanken sie bis zu den Knien im Schlamm und Morast.

Eines Vormittags klingelte es und als er an die Tür schlürfte, sah er durch die Milchglasscheibe zwei verschwommene Schatten. Er öffnete. Es war der Bauleiter. Neben ihm stand, lehmverschmiert mit graubleichem Gesicht, einer der Arbeiter von südländischem Aussehen. Um die eine Hand hatte man ihm einen Notverband gewickelt, der schmutzig und blutdurchtränkt war. "... ein Unfall..." sagte der Bauleiter, "kann er einen Augenblick bei Ihnen bleiben? Der Krankenwagen muß bald hiersein."

Als er mit dem Mann allein war, dachte er... ich lege eine alte Zeitung auf die Polsterbank, damit er sie mir nicht verschmutzt...

Der Mann sah ihn an, - er sah den Mann an. Ja, jetzt erkannte er ihn. Das musste der sein, der immer so lautstark sang bei jedem Schaufelaushub. Nun, jetzt saß er nur noch so da, - er musste starke Schmerzen haben.

"Warte", sagte er nur. Die Sache mit der Zeitung zum Unterlegen war vergessen. Er humpelte, so schnell er konnte, in die Küche und holte ein Glas. Der Mann nickte dankbar, seine Augen schlossen sich, als er den Schnaps mit wenigen Zügen herunterschluckte, und die Verkrampfung in seinem Gesicht löste sich.

Bald darauf kam der Krankenwagen.

Eines Tages dann war alles vorbei. Die Straße war wieder still und leer. Jetzt stand er am Fenster und wartete vergeblich auf den Lärm der Motoren und die lauten Stimmen der Männer. Alles war wie früher. Wirklich alles?

Nein, nicht ganz. Der "Neue" von gegenüber hatte gestern wieder zu ihm herübergeblickt und ihm zugelächelt. Und er hatte zurückgelächelt und sogar die Hand erhoben zum Gruß...

Helmut Pätz

Der Herr aus dem Fernseher

Es war schon spät, als ich in meinem Sessel vor dem Fernseher erwachte. Neben mir auf dem kleinen Tischchen stand die Weinflasche, meine Lieblingssorte. Sie war noch halbvoll. Über den Bildschirm flimmerte ein nichtssagendes Programm, und da ich sehr müde war, schlief ich gleich wieder ein.

Auf einmal aber war ich hellwach. Neben mir in dem anderen Sessel saß ein Herr, ein mir nicht ganz unbekannter.

Ich hatte ihn nicht hereingelassen.

Es war der Herr aus dem Fernseher, jener, der seit Jahren, Tag für Tag, vom Bildschirm her zu mir sprach, die Nachrichten abends und manchmal auch den Kommentar. Nein, ich hatte ihn nicht hereingelassen, wer also könnte es getan haben? Außer mir war niemand im Hause. Dennoch, leibhaftig saß er neben mir und lächelte mich an, zurückhaltend, wie es seine Art war...

"Sie?" Ich war fassungslos. "Wie kommen Sie denn hierher?"

"Sie werden es nicht erraten". Er machte eine Handbewegung zum Gerät, aus dem es jetzt flimmerte, wie immer nach Programmschluß. "... durch Verstrahlung. Ein Kollege von der Technik arbeitet daran, seit Jahren schon. Ich komme direkt aus dem Bildschirm zu Ihnen. Und jetzt sitze ich hier, wieder personifiziert also."

Er lächelte immer noch. "Hier..." Er reichte mir die Hand. Sie fühlte sich warm an, geradezu vertrauenerweckend.

Ich war noch immer verwirrt. "Aber wieso kommen Sie ausgerechnet zu mir?"

Er lehnte sich zurück. "Seit Jahren, jeden Abend sehe ich Sie, sind Sie nur einer unter Millionen. Dennoch sind Sie mir irgendwie aufgefallen. Und jeden Abend sitzen Sie hier vor dem Fernseher - ein Glas Wein in der Hand. Ein guter Tropfen, wie ich immer am Etikett erkennen konnte. Ich muss gestehen, manchmal habe ich sie sogar ein wenig beneidet..."

Ich bot ihm ein Glas an, aber er winkte ab. "Nein, danke. Ich habe ja noch die Rückstrahlung vor mir. Ich möchte da lieber vorsichtig sein. Übrigens, Sie sollten zu niemanden darüber sprechen, dass ich hier bei Ihnen war, jetzt, zu so später Stunde, um mit Ihnen zu plaudern. Es würde Ihnen doch keiner glauben."

Wir unterhielten uns noch eine ganze Weile, über persönliche Dinge zumeist, bis ich schließlich Mut fasste und ihn bat, doch demnächst einmal seine nette Kollegin zu mir schickem, die hübsche, blonde, die immer die Ansage machte.

Er lächelte, dieses Mal um eine geringe Spur kühler. "Das geht nicht, noch nicht. Wegen der Verstrahlung. Mein Kollege hat es bisher noch nicht geschafft. Die Frauen sind zu eigenwillig, meint er. Das läge wohl an der Emanzipation." Auf einmal wurde er ganz ernst. "Außerdem... werden wir demnächst heiraten."

Am nächsten Abend saß ich wieder vor dem Bildschirm. Ich wollte mich auf jeden Fall davon überzeugen, dass mein Gast wieder gut "zurückgestrahlt" worden war. Ich musste lange darauf warten, denn dieses Mal sprach er erst die Spätnachrichten. Nach der Absage hob ich ihm mein Glas grüßend entgegen, und mir schien, als blinzelte er mir zu... mir ganz persönlich…

Helmut Pätz

Der Stein der Weisen

"Hallo, Gate..."

Einen Augenblick lang sah die alte Frau sie verwundert an. Dann umarmte sie das junge Mädchen und zog es in die Diele.

"Wie schön, dich zu sehen," sagte sie dann herzlich, bemerkte aber gleich darauf den Schatten, den das junge Gesicht überflog. Aber sie sagte nichts - und fragte nichts. Das war schon immer einer ihrer hervorstechendsten Eigenschaften gewesen.

Gute Gate, dachte die Junge, beste aller Großmütter. Nur dieses Mal wirst auch du mir nicht helfen können.

Wenig später saßen sie dann einander gegenüber in der gemütlichen Erkerecke - wie früher manches Mal, so, als sei die Zeit stehen geblieben. "... mit Thomas ist es aus, Gate. Die ganzen Jahre über war es beschlossene Sache, dass wir zusammenbleiben, gemeinsam eine Praxis aufbauen würden. All die Semester haben wir zusammen gepaukt, jedes Examen gemeinsam durchzittert. Und jetzt... und dann ist da auch noch die Tochter vom Chef..."

Die Ältere schwieg noch immer. Liebeskummer, dachte sie, du meine Güte, Liebeskummer, und das in dieser Zeit, die mit Gefühlen doch so wenig anzufangen weiß.

"Gate," die Junge sah sie mit schwimmenden Augen bittend an, "Gate, ich möchte heute Nacht hierbleiben. Und dann erzählst Du mir eine von Deinen wunderbaren Geschichten. Kein Mensch außer Dir kann so herrliche Geschichten erfinden... und erzählen."

Später dann, nach dem Abendessen, lehnte sich die alte Dame zurück, stopfte sich ein weiches Kissen in den Rücken und nippte genüßlich an dem Likörglas.

"... nun gut...", sagte sie nach einigem Nachdenken, "ich werde sie Dir also erzählen - meine beste Geschichte, meine allerbeste sogar. Denn auch ich hatte einmal Liebeskummer, genauso wie Du jetzt. Was habe ich für Ströme von Tränen vergossen damals! Auch ich fühlte mich restlos getäuscht und schmählich verraten. Und zuletzt, da hatte ich nur noch einen Gedanken... Rache! Ja, ich wollte mich rächen, fürchterlich rächen, und dann hatte ich auch schon einen grandiosen Einfall - wie ich meinte. Ich suchte mir auf dem benachbarten Bauland einen Stein - den größten, den ich tragen konnte, schleppte ihn ins Haus, packte ihn in eine Kiste und adressierte ihn an den Ungetreuen. Zugefügt hatte ich nur einen kleinen Zettel: „...und das hier ist der Stein, der mir vom Herzen gefallen ist vor Erleichterung, Dich endlich losgeworden zu sein."

Sie kicherte und nahm ein weiteres Schlückchen, während das junge Mädchen sie verdutzt ansah. Aber nur für einen kurzen Augenblick, dann lachte sie plötzlich los. Sie lachte, bis ihr die Tränen kamen, und sie lachte noch, als sie schon im Bett lag. Ach, Gate, dachte sie dann noch, schon im Einschlafen, gute, alte Gate, was bist du doch für eine wunderbare Lügnerin... aber die Idee... die Idee ist eigentlich gar nicht schlecht... da sollte man doch... " morgen, hörst Du, Gate," murmelte sie, "gleich morgen früh, da hole ich mir aus Deinem Steingarten den größten heraus."

... nein, dachte die alte Dame, als sie in ihrem Schrank herumkramte, nein, mein Kind, den brauchst du nicht erst zu suchen, und sie wickelte den schweren Stein behutsam aus einem Bündel alter Tücher. Es gibt nämlich auch Geschichten, die sich zwar wie Märchen anhören, aber dennoch keine sind! Und es war kein Märchen, sondern ganz reale Wirklichkeit, als "er" schon einen Tag später in der Tür stand, mit dem Stein im Arm... und dann für immer bei ihr blieb - ein ganzes glückliches Leben lang...

Vorsichtig legte sie den Stein auf den Nachtisch neben dem Bett der schlafenden Enkelin... Nimm ihn nur, dachte sie dann und lächelte zärtlich dem Bild eines schnurrbärtigen Mannes zu, das auf der Kommode stand, nimm ihn nur, mein Kind, Großvater würde bestimmt nichts dagegen haben…

Irene Pätz

Der Waffenhändler

Er stand am Fenster und sah in die Nacht hinaus, in der es am Horizont rötlich aufleuchtete. Ein dumpfes, kaum vernehmbares Grollen drang an sein Ohr und schien ihm die lieblichste Musik der Welt zu sein. Er lächelte zufrieden, trat auf den Balkon hinaus und rieb sich die Hände.

Das Grollen kam näher, die Fensterscheiben klirrten leise, und wie wetterleuchtend flammte es von den Wänden des Hotelzimmers zurück. Er trat einen Schritt rückwärts, dachte: "...das macht sich..." und rieb sich die Hände.

Später erzitterte das Haus. Von draußen hörte er die Schreie der Wut, der Angst, der Schmerzen und der Verzweiflung. Es waren viele, die da schrien. Er vernahm das Dröhnen der Panzer, und das Heulen der Flugzeuge lag wie eine dunkle Glocke über dem gequälten Land. Er hielt die Hände stumm gefaltet...

Eine Fensterscheibe zersprang. Ein Geschoss schlug neben ihm in die Wand, und das Zimmer war voller Staub. Über seine bebenden Lippen kam ein stummes Gebet...

Der Lärm verebbte, die Schreie verstummten. Aber am Horizont leuchtete es immer noch, und das ferne Grollen hing in der Nacht. Da trat er wieder ans Fenster und rieb sich die Hände…

Helmut Pätz

Die „Herzogin" und ihr Hund

Als ich die Straße überquerte, wusste ich, dass ich ihr nie wieder begegnen würde. So wie sonst alle Tage.

Ich kannte sie eigentlich gar nicht, und mit einer einzigen Ausnahme – es war im vergangenen Herbst, als ein heftiger Sturm uns allen das Fortkommen auf den

Gehwegen erschwerte, ja fast unmöglich machte - hatte ich auch noch nie mit ihr gesprochen. So ganz für mich hatte ich ihr den Namen "Herzogin" verliehen, weil sie so ungeheuer distanziert wirkte, ja, distanziert und trotz ihres hohen Alters von mädchenhafter, fast zerbrechlicher Anmut. Ihre Kleidung zeugte von der verblichenen Eleganz und dem Charme vergangener Jahrzehnte, und nie hatte ich sie ohne weiße Handschuhe gesehen - ob Sommer oder Winter. Ich wusste ihren Namen nicht, nur den ihres ständigen Begleiters, eines Mischlingshundes. Er war von der allergewöhnlichsten Sorte, aber das Flair seiner Herrin verlieh ihm natürliche Würde und Gelassenheit.

"... Prisca..." so nannte sie ihn mit lockender, zwitschernder Stimme, und wann immer sie mit ihm sprach, ihn rief oder ihn streichelte, entspannten sich ihre streng gemeißelten Züge auf wundersame Weise und die Harmonie zwischen den beiden trat deutlich zutage.

Neulich aber - da geschah etwas Unvorhergesehenes. Schon von weitem bemerkte ich, wie unsicher die trippelnden Schritte der "Herzogin" waren und eine fahle Blässe bedeckte die fast durchsichtige Haut, die sich wie Pergament über die hohen Backenknochen spannte. Sie ist krank, dachte ich erschrocken, als ich sie auf der gegenüberliegenden Straßenseite straucheln sah. Ich hastete mit einem plötzlich auftretenden Gefühl von Sorge, beinahe Angst hinüber und ergriff ihren Arm. "... danke..." fast wie ein Hauch kamen die Worte über ihre zusammengepressten Lippen, und dann, beinahe unwillig:"... vielen Dank. Es geht schon wieder." Und die geknickte, schmale Gestalt richtete sich mit einem energischen Ruck wieder auf.

Seitdem hatte ich sie nicht mehr gesehen. Manchmal dachte ich sogar nicht mehr an sie - aber irgendwie ließ es mich nicht los. Immer stärker wurde in mir der Drang zu erfahren, was mit ihr geschehen war, wie es ihr ging.

Und so betrat ich eines Tages das alte, düstere Mietshaus, in das ich sie einige Male hatte verschwinden sehen, und erkundigte mich dort nach einer alten Dame mit einem Hund namens Prisca. "... ach die..." Die Frau in der Kittelschürze musterte mich misstrauisch,
"... wenn sie die meinen... gestorben ist sie halt... schon vor einiger Zeit. Naja, das Alter hatte sie ja schließlich. Und der Hund... als wir sie fanden, hockte er ihr zu Füßen. Auch tot. Komisch, was?" Die Frau schien aufs höchste verwundert.
Ich nicht. So und nicht anders musste es gewesen sein. Es war, als hätte einer auf den anderen gewartet...
Irene Pätz

Eine merkwürdige Begegnung

"... ein bisschen einsam liegt es schon, zugegeben, aber Sie werden sehen, es ist wunderschön." Der Makler händigte dem jungen Paar ein großes Schlüsselbund aus und entschuldigte sich wortreich, dass er sie aus Zeitmangel leider nicht weiter begleiten könne. Zeit sei heutzutage nicht nur Geld, sondern pures Gold wert... Mit diesen Worten warf er zugleich einen schnellen Blick auf die Armbanduhr und schwang sich in sein Auto.
Die junge Frau und der junge Mann aber - sie waren ganz mit ihren eigenen Gedanken beschäftigt. Eine ganze Anzahl von Häusern hatten sie sich schon angesehen, viele Eindrücke verarbeitet und manche Enttäuschung erlebt. Diesmal aber hatten sie das unbestimmte Gefühl, vor einer denkwürdigen Begegnung zu stehen...
Das Grundstück schien ihnen riesig und das Haus trotz der vielen Räume preiswert zu sein... ein Schnäppchen sozusagen, wie ihnen der Makler immer wieder eifrig versichert hatte. Gewiss, es läge etwas abseits der Stadt, aber das senke ja schließlich den Preis. Trotzdem bohrte

in ihnen tiefer Zweifel - sie hatten zu viele ernüchternde Erfahrungen gemacht.

"Ist das herrlich!" Wie gebannt stand die junge Frau, dann fasste sie aufgeregt die Hand des Mannes. Sie mussten mehrere Schlüssel durchprobieren, ehe das verrostete schmiedeeiserne Parktor aufsprang. Ein breiter vermooster Weg mit wildwuchernden Rosenhecken zu beiden Seiten führte zu dem Haus mit dem runden Erker und den vielen hohen Fenstern.

"... wie im Märchen..." Die junge Frau sah sich staunend um, strich mit der Hand über den Kopf einer pausbäckigen Marmorfigur, die neben ihr im hohen Gras stand, und fuhr erschrocken zusammen, als plötzlich eine ältere weißhaarige Dame vor ihr stand.

"... Sie wollen das Haus kaufen..." Mit diesen Worten - eher eine Feststellung, als eine Frage, bat sie mit freundlichem Lächeln die beiden, ihr zu folgen. Die junge Frau sah ihren Mann verwirrt und bestürzt zugleich an. Hatte der Makler ihnen doch gesagt, dass das Haus schon seit längerer Zeit unbewohnt sei.

"... ja, es ist ein schönes Haus und es hat viel erlebt." Liebenswürdig forderte sie die beiden auf, Platz zu nehmen. Ihre Augen glänzten und ein zarter Duft von Veilchenparfüm umwehte sie. Dann begann sie angeregt zu plaudern. Sie erzählte von ihrer Kindheit und Jugendzeit, der frühen Heirat, vom Kauf dieses Hauses, von der Tochter, die in der naheliegenden Kreisstadt studiert, und von dem Mann, der fast ausschließlich auf Geschäftsreisen, die ihn in aller Herren Länder führen, weilt. Sie beschrieb alles so anschaulich, dass die Zeit wie im Flug verging. "... aber nun wollen Sie sicher das Haus auch näher kennen lernen... kommen Sie, ich zeig' Ihnen alles... alles."

Sie führte sie dann von Zimmer zu Zimmer, dabei ununterbrochen plaudernd, treppauf und treppab, und den beiden war, als blätterten sie in den aufgeschlagenen

Seiten eines fesselnden Buches. Da hingen wertvolle Familiengemälde an den Wänden, und zu jedem hatte sie eine Geschichte zu erzählen. Auch viele Fotografien waren darunter, und die meisten von ihnen zeigten den Mann, die Frau und die Tochter über die Zeitdauer eines Vierteljahrhunderts hinweg.

Etwas Unerklärliches schnürte die Kehle der jungen Frau zusammen und auch der Mann schien betreten, je mehr die alte Dame in Erinnerungen versank.

Später dann nötigte sie das junge Paar erneut zum Bleiben, setzte sich zu ihnen und fuhr fort mit ihren Erzählungen, die immer persönlicher wurden. "... es tut so gut, mit jemanden zu sprechen, der einem wirklich zuhört." Sie seufzte. "... meine Tochter, ja die kann das auch. Gottlob ist ihr Studium bald beendet und dann kommt sie wieder nach Hause... zu mir."

Mitleid und Verwirrung lösten einander ab, als sich die beiden entschlossen, Abschied zu nehmen. Die alte Dame begleitete sie bis an die Pforte und winkte ihnen nach, - eine kleine, unendlich verlorene Gestalt.

"Sie müssen sich irren!" Der Makler fiel ihnen fast unhöflich ins Wort. "... nein, nein, das ist ausgeschlossen, ganz ausgeschlossen. Eine traurige Geschichte, müssen Sie wissen, eine ganz traurige Geschichte ist das... Der Besitzer war ein vielbeschäftigter, sehr wohlhabender Mann, der seine 'Kindfrau' geradezu anbetete. Nach einer glanzvollen Hochzeit kam sehr schnell die Tochter, die das einzige Kind blieb und das von ihren Eltern vergöttert wurde. Sie verunglückte tödlich. Der Mann flüchtete sich noch mehr in die Arbeit, die Frau verfiel in schwere Depressionen. Sie lebt heute in völliger geistiger Umnachtung in einer geschlossenen Anstalt, aus der es kein Entweichen gibt..." Er warf einen gehetzten Blick auf die Uhr. "... ach, du liebe Güte, in einer knappen Viertelstunde habe ich den nächsten Termin. Wenn Sie es

sich dann nachmal überlegen wollen... und denken Sie daran, so ein günstiges Angebot gibt es nicht alle Tage..."
Seit einigen Jahren bewohnen die beiden inzwischen ein gemütliches Reihenhaus in einer Kleinstadt. Sie leben ihr Leben wie alle anderen auch, haben zwei Kinder, und sind das, was man allgemein glücklich und zufrieden nennt. -
Nur über jenes Haus und dessen Geschichte sprachen sie nie wieder miteinander, noch mit irgend jemand anderem sonst. Es war, als hätten sie Angst davor, es jemals wieder auch nur mit einem einzigen Wort zu erwähnen...
Irene Pätz

Immer nur Zaungast...

Sie war bedrückt, als sie das Haus verließ - aber zugleich auch wütend. Wütend auf Dora, auf die Kinder - und am meisten auf sich selbst. Und das nur wegen der wenigen unbedachten, einfach so dahingesagten Worte der Schwester, die dabei lebhaft unterstützt wurde von den Kindern, die wie immer auf der Seite der Mutter standen. Natürlich... sie war ja auch nur die Tante! "... was weißt denn Du schon davon? Du hast ja nur für Dich selbst zu sorgen... da ist ja alles so viel einfacher."
Was wussten denn die   schon von ihr? Wieviel Nichtverstehen, wieviel vielleicht ungewollte Lieblosigkeit hatte da mitgeklungen. Zum ersten Mal eigentlich hatte sie mit ungewohnter Heftigkeit und scharfen Worten reagiert.
Und das bedauerte sie. Was konnte Dora schließlich dafür, dass sie immer nur auf der Sonnenseite des Lebens gestanden hatte, dass sie immer nur die Strahlendere, die Schönere war? Dass alle Herzen immer nur ihr zugeflogen waren und dass Robert, der Mann, den sie beide liebten, sich schließlich für Dora entschieden hatte. Und sie war es auch, die Mutter von zwei schönen,

gesunden Kindern geworden war, obwohl sie, die Ältere, schon von Kindheit an immer die Mutterrolle gespielt hatte? Was konnte Dora schließlich dafür, dass sie, die Unscheinbare, immer nur Zaungast gewesen war - immer nur Zaungast...

Vor ihrer Wohnung angekommen, überkam sie plötzlich das Bedürfnis, noch ein paar Schritte weiterzugehen. Der Abend war schön, die Luft so milde und außerdem war sie viel zu erregt, um gleich ins Bett zu gehen. Sie entschloss sich zu einem kurzen Spaziergang in den nahen Park. Vielleicht konnte sie damit die quälenden Gedanken vertreiben.

Es war inzwischen schon dunkel geworden, aber nicht dunkel genug, um nicht an der Ecke eines kleinen Seitenweges den Wagen ihres Schwagers zu erkennen. Robert! Was machte er hier zu der ungewohnten Zeit in der ungewohnten Gegend? Sie trat vorsichtig näher. Ja, es war tatsächlich Robert. Aber die Frau neben ihm war nicht ihre Schwester. Sie erstarrte.

Robert, zärtlicher Umarmung mit einer anderen Frau! Nach einem anfänglichen Gefühl des Entsetzens überkam sie eine Woge grenzenlosen Triumphes.

Dora, dachte sie, wenn sie davon erfährt, wenn ich ihr das erzähle... wenn ich ihr sage...da... da hast du dein Glück, da hast du sie, deine scheinbare Sicherheit! Was bleibt dir noch davon übrig? Nichts. Nichts als ein gewaltiger Scherbenhaufen...

Schnellen Schrittes eilte sie jetzt ihrer Wohnung entgegen. Schon im Treppenhaus hörte sie das unaufhörliche Klingeln des Telefons. Mit zitternder Händen schloss sie auf - riss fast atemlos den Hörer ans Ohr.

Es war Dora.

"... endlich... Klara... ich habe mir ja schon solche Sorgen gemacht... Wo warst Du denn nur so lange, Du wolltest doch gleich von uns aus nach Hause gehen... Du, Klara, ich wollte mich bei Dir entschuldigen, bitte, sei nicht böse, wenn ich etwas Dummes gesagt habe. Du warst ja so erregt... Klara, hörst Du mich? Bist Du mir noch böse? Ist irgend etwas? So sag doch was!"

Die Kehle war ihr wie zugeschnürt. Mein Gott... Robert... die fremde Frau neben ihm...

Gedanken schossen ihr blitzschnell durch den Kopf. Sie würde mit Robert sprechen. Sie wusste doch genau, wie sehr er Dora liebte und wie er an den Kindern hing.

Und plötzlich überkam sie ein Gefühl der Ruhe und Sicherheit. Es würde schon alles wieder gut werden. Und Dora... sie sollte ihn gar nicht erst sehen - den Scherbenhaufen!

"... nein Dora, Liebes, es ist nichts. Gar nichts. Es ist alles in Ordnung. Und entschuldigen muß ich mich... ich war so dumm... so schrecklich dumm..."

Irene Pätz

Kathi entscheidet sich

Das Telefon läutete. "... Hallo, Kathi, ich wollte dich noch mal daran erinnern. Du weißt doch, morgen, der Senioren-Ausflug. Es ist dieses Mal eine besonders schöne Tour und vor allem sehr preiswert. Die andern kommen auch alle mit. Gib mir doch Bescheid, ob du auch mit willst..." Kathi legte zögernd den Hörer auf. Sie wusste, irgendwie musste sie sich nun entscheiden.

Sie starrte auf das Schreiben in ihren Händen. Sie kannte den Inhalt auswendig... Wir gratulieren Ihnen ... Dauerlosnummer ... folgende Summe steht zu Ihrer Verfügung...

Sie hatte nie mehr daran gedacht, und Friedrich sicherlich auch nicht, sonst hätten sie wohl noch einmal darüber gesprochen, damals, als er noch einmal alles ordnete, kurz vor seinem Tod. Sie lächelte wehmütig. Oh, ja, er hatte immer alles fein säuberlich geordnet, ihr Friedrich, so wie er sein und auch ihr Leben immer in sichere Bahnen gelenkt hatte. Er war eben ein durch und durch zuverlässiger Mann gewesen. Und immer korrekt.

Doch einmal hatte er ihr verschmitzt lächelnd eingestanden, dass er regelmäßig in der Lotterie spiele. Sie war damals sehr verwundert darüber, denn so ein etwas "unseriöser Hang" passte eigentlich ganz und gar nicht zu ihrem nüchternen Friedrich. Aber er hatte immer wieder davon gesprochen, dass sie dann ihr Häuschen mit einem Schlag abbezahlen und sich viele, viele kleine Wünsche erfüllen könnten. Sie hatte nachdenklich und zustimmend zugleich genickt - sie waren sich eigentlich immer in allem einig gewesen - und dann die ganze Angelegenheit wieder vergessen. Inzwischen waren im Laufe der Jahre die Schulden längst getilgt - aber auch ihr gemeinsamer harmonischer Lebensweg zu Ende gegangen.

Wieder griff sie nach dem Brief. Eigentlich war ihr jetzt erst richtig klar geworden, was sein Inhalt bedeutete: eine große, eine fast unvorstellbar große Summe Geld!

Sie begann zu grübeln. Geld, viel Geld, das bedeutete Sicherheit, Unabhängigkeit, Freiheit. Nun, Sicherheit, die hatte sie sowieso, das Häuschen, ihr schuldenfreier Besitz, ihre Witwenrente ausreichend. Kinder hatten sie nicht, also war sie unabhängig und frei. Sie hatte ihren kleinen, aber festen Freundeskreis, man traf sich regelmäßig, machte gemeinsame Ausflüge, tauschte Haus- und Gartenerfahrungen miteinander aus – kurzum: ihre kleine Welt war in Ordnung. Aber dann fiel ihr fast gleichzeitig ein, dass noch vor wenigen Tagen ihr Weg an dem Möbelgeschäft vorbeigeführt hatte, in dem sie ihn jedesmal bewundert hatte... den kleinen Dielenschrank ganz in der Ecke mit den anmutig geschwungenen Türschlössern und den wunderschönen Schnitzereien an den Kanten. Sie sparte schon länger darauf, und der baldige Kauf würde sie bestimmt so glücklich machen wie die mit froher Erwartung angefüllte Vorfreude. Und bei der nächsten gemütlichen Kaffeerunde in ihrem Heim würden sie dann alle davorstehen, ihre Freunde, und sagen:" Na, Kathi, nun hast du es ja mal wieder, geschafft. Und was kommt denn nun als nächstes dran?" Und sie würde ihnen erzählen, dass sie jetzt darauf sparte, die beiden Sessel in der Leseecke neu zu beziehen. ... Und die Freunde, sie würden sich mit ihr freuen. Ja, überhaupt die Freunde... das viele Geld auf einmal - wie würden sie sich verhalten? Würde nicht nach und nach die alte Vertrautheit abbröckeln, das gegenseitige Verständnis für all die kleinen und großen Sorgen, die sie nun nicht mehr hatte? Und was dann? Diese Mitteilung hier in ihren Händen könnte vieles verändern und alles in ihr wehrte sich dagegen. Und ihr fiel ein nur wenige Tage zurückliegendes Gespräch mit ihrer Nachbarin ein:"... ach, wissen Sie, was meine Schwester ist .. also mit der möchte ich nicht tauschen! Was die für Sorgen hat! Wie sie ihr Geld am günstigsten anlegen, ihren wertvollen Besitz sichern und sich vor missgünstigen Freunden schützen kann! Immer nur diese Angst um das Geld, ach nee, das ist doch kein Leben." Sie hatte zugehört, nicht sonderlich interessiert, und schließlich gedacht, was geht mich das an...

Der Brief in ihrer Hand begann wie Feuer zu brennen, und sie dachte, dass er sie nun schon eine schlaflose Nacht gekostet hatte. Und das wäre erst der Anfang! Da wusste sie mit einem Mal, was sie zu tun hatte...

Sie fühlte sie sich zum ersten Mal seit Tagen wieder frei. Sie atmete tief durch und griff zum Hörer:"... Hallo, ja, hier bin ich, Kathi. Ich komme mit. Wir treffen uns wie immer…"

Irene Pätz

...hat ja noch Zeit

"... nimm doch endlich mal ein Glas", sagte sie verdrossen. "Immer dieses Trinken aus der Flasche. Es ist so ordinär und außerdem unhygienisch."

Er machte es sich im Fernsehsessel bequem. "... hält aber so besser die Temperatur. Im Glas wird es zu schnell schal. Das wird dir jeder Biertrinker bestätigen."

Sie schnaufte verächtlich. "Du bist der einzige Biertrinker, den ich kenne"

Über den Bildschirm huschten menschliche Gestalten, graue Gesichter, zerlumpte Kleidung, ausgemergelte Leiber. Die Wolken hingen tief, und dichter Regen ging über Elendshütten nieder.

Sie nahm eine Praline aus der knisternden Umhüllung.

"Ich weiß nicht, ich finde, die Farben lassen nach. Wir sollten uns ein neues Gerät anschaffen. Du, da waren neulich welche im Katalog..."

Er nickte. "... ja ja, wir können ja mal sehen..."

Ein Kind, hohlwangig, mit riesengroßen, hungrigen Augen sah ihnen auf dem Bildschirm beschwörend entgegen.

"Schrecklich..." Sie schüttelte bekümmert den Kopf. "... willst du noch ein paar Salzstangen?"

Er nickte wieder und schob sich mehrere auf einmal in den Mund. "... sind nicht mehr knackig." Er legte mit verärgertem Gesichtsausdruck die Tüte beiseite.

"Gib her, ich werfe sie nachher in den Mülleimer. Sind auch schon einige Tage alt."

Die Stimme des Ansagers gab mehrere Kontonummern bekannt. "... wir wollten doch auch was spenden, neulich," sagte sie mit leisem Vorwurf, "du wolltest das über die Bank erledigen."

Er nahm einen kräftigen Schluck Bier. "Wollte ich ja. Aber die letzten drei Raten für den neuen Wohnwagen stehen noch aus. Könnte ein bißchen eng werden."
Sie schob sich noch eine weitere Praline in den Mund. "Naja, es hat ja auch noch Zeit..."
Helmut Pätz

Auf dein Wohl, Vater...

Alle warten darauf, dass ich eine Rede halte.
Eine Rede über dich, Vater. An deinem Ehrentag. Sie sitzen alle da, warten darauf, dass ich mich erhebe und an mein Glas klopfe: "... Lieber Vater, liebe Gäste..." So, wie eben der Herr Vorsitzende jenes Vereins, dessen Mitglied du seit vielen Jahren bist. Von deinem arbeitsreichen und untadeligen Lebenslauf hat er gesprochen, - unter dem beifälligen Kopfnicken der Anwesenden. Eine gute Rede war es, finde ich. Und ich habe gesehen, wie du dir verstohlen mit dem Handrücken über die Augen gewischt hast.
Und jetzt wäre ich dran. Alle erwarten es von mir.
Ich aber kann das nicht. Nicht hier und jetzt - nicht vor all den Leuten -und überhaupt...
Wie soll ich das alles in armselige Worte kleiden, was da tief in mir sitzt. Weil es doch nur mir gehört, mir und dir ganz allein.
Bruchstücke der Erinnerung, kleine Begebenheiten, schnell wechselnd, einander verdrängend, scheinbar vergessen, aber doch für immer in mir.
Die Erinnerung an jenen Tag - mein achter Geburtstag - ich weiß es noch wie heute... mitten auf dem Tisch das so heiß ersehnte, doch nie wirklich erwartete Feuerwehrauto, leuchtend rot, mit ausfahrbarer Leiter... mühsam erspart von deinem schmalen Lohn... nichts in meinem späteren so erfolgreichen Leben kam dieser Glückseligkeit, die mich erfüllte, gleich. Und dann die

Wärme deiner Hände, die sich schützend um mich legten, wenn ich, laut schluchzend mit blutig aufgeschlagenen Knien mein Gesicht in den rauhen Stoff deiner Joppe presste... oder das andere Mal, wie du vor mir standest, mein Schulzeugnis in der Hand, ein Zeugnis, das von schlechten Noten und flegelhaftem Benehmen berichtete. Du legtest es auf den Tisch und sahst mich an, traurig und ein wenig ratlos zugleich. "Warum?" sagtest du -einfach nur "Warum?". Sonst nichts. Aber dieses eine Wort traf mich mehr als eine Tracht Prügel.

Bilder fliegen an mir vorbei, schemenhaft und doch eingebrannt für immer: sonnenüberflutete Tage, ein weißer Strand, irgendwo, ausrollende Brandung, grünlichschimmernde Gischt, Möwengeschrei, eine zusammenstürzende Strandburg, dahinter dein lachendes Gesicht... und dann viel, viel später: der Bahnhof, riesig, grau, erfüllt von feindseligem Lärm und Müttern, die Abschied nehmen mussten von ihren Männern, ihren Söhnen. Und dazwischen dein Gesicht, Vater, seltsam fern in seiner weißen Starre dieses Mal, und doch so nah wie nie zuvor...

Ich schrecke auf aus meinen Gedanken, und auf einmal weiß ich, dass ich sie schon gehalten habe - meine Rede. Es hat sie nur keiner gehört. Keiner - außer dir, Vater. Als sich eben unsere Blicke trafen, fand ich darin jenes verhaltene Leuchten, das ich so gut kenne. So hast du immer gelächelt, wenn wir uns wieder einmal so ganz ohne Worte verstanden, dieses Lächeln, das mir damals wie heute sagt: "Lass man, mein Junge, es ist schon gut." Und jetzt stehe ich wirklich auf, erhebe mein Glas und sage nur: "Auf Dein Wohl, Vater!"

Helmut Pätz

Lebenslauf

Am Start sind es viele.

Man stößt sich, knufft sich, drängelt sich, bis man genügend Platz hat, und geht dann auf die Bahn.

Man lächelt sich an, spricht sich gegenseitig Mut zu, atmet tief und kräftig durch.

Dann bleiben allmählich die Ersten zurück, das Lächeln verschwindet nach und nach. Die Gesichter verzerren sich, und der Atem geht keuchend.

Man stützt mal den einen, dann den anderen, bringt ihn an den Wegesrand. Die Bahn muß frei bleiben!

Noch ist man mit dabei, mit ganz vorn, und die Sonne schießt seitlich durch die Lücken zwischen den Bäumen, steigt höher und höher und leuchtet alles aus.

Man spürt Stiche in der Lunge, hält die Hand unters Herz. Der eine ist schneller gar, der andere ausdauernder... Dann läuft man allein, bleibt allmählich zurück. Man sieht die anderen nicht mehr. Die Lungen schmerzen, die Beine sind wie Blei. Man wird langsamer. Die Sonne verschwindet, und die Schatten werden länger. Die Zuschauer an den Seiten werden weniger, gehen auseinander, verlaufen sich. Man ist nicht mehr interessant, nicht mehr wichtig. Es gibt keine anfeuernden Zurufe mehr.

Das Ziel - wo ist es?

Und dann auf einmal - dann geht es nicht mehr. Ein paar Schritte noch, und man stolpert von der leeren Bahn. Da ist niemand mehr, der vor einem läuft, niemand, der einem nachfolgt, niemand, der einem zusieht.

Und zuletzt - da ist man immer allein, ganz allein...

Helmut Pätz

Schau in die Regenpfütze

Der Junge hüpfte an der Seite des Mannes die kleine Straße entlang. Sein Gesicht glühte vor Stolz und Aufregung: Sein Vater ging mit ihm spazieren! Sein Vater, der immer so beschäftigt war, dem kaum Zeit blieb, seinen Jungen zu einem flüchtigen Kundenbesuch im Auto mitzunehmen und der nur hin und wieder durch kleine Mitbringsel zu erkennen gab, dass er an ihn dachte! Dass er jetzt nur wegen einer Reparaturarbeit seines Wagens gezwungen war, eine eilige geschäftliche Besprechung ganz in der Nähe zu Fuß zu machen - alles das interessierte den Kleinen nicht - er hielt die Hand des Mannes ganz fest in der seinen und war nichts als rundherum glücklich.

Plötzlich riss er sich los, lief ein paar Schritte voraus, drehte sich um, und legte warnend den Zeigefinger auf seinen Mund. "... pssst, Vati, ganz leise, sonst erschrickt er..." Der Vater, eben noch tief in Gedanken, die sich um Preistabellen und Kalkulationsangebote drehten, versunken, sah ihn verwundert an. Die Straße war menschenleer, eine Sackgasse, in der es offensichtlich nichts, aber auch gar nichts Bemerkenswertes zu sehen gab. Vorsichtig näherte er sich dem Jungen, der am Rande einer großen Regenpfütze stand. "... schau, er hat gar keine Angst vor mir..." Ein kleiner Spatz, ungeheuer dick durch das aufgeplusterte Gefieder, tummelte sich im Wasser, tauchte wieder und wieder hinein, übermütig Kaskaden unzähliger Tropfen versprühend, schüttelte sich kurz, schilpte aufgeregt nach allen Seiten, tauchte wieder unter und begann das muntere Spielchen von neuem. Es schien, als gäbe er eine Sondervorstellung - nur für sie.

Dann flog er davon. Die kleinen, durch Sand aufgewühlten Kreise im Wasser verschwanden schnell, und dann spiegelten sich Himmel und Wolken darin.

Der Junge stand mit glänzenden Augen darüber gebeugt. Er schaute und schaute. Der Mann stand regungslos neben ihm, und sah auf ihn hinab. Ihm war auf einmal klargeworden, dass dies das erste wirkliche kleine Abenteuer seines Sohnes war, nicht von einem flimmernden Bildschirm vorgeführt, sondern selbst erlebt, und er dachte weiter, dass ihn dieses winzige glückhafte Erlebnis vielleicht durch sein ganzes weiteres Dasein begleiten würde...

Irene Pätz

Zwischenspiel an der Ampel

Obgleich sie in Gedanken versunken war, lenkte die junge Frau den Wagen mit fast automatischer Sicherheit durch den Feierabendverkehr.

Als die Ampel auf Rot wechselte, sah sie das zitronengelbe Auto vor sich. Das war doch... Natürlich waren sie es. Sie hatte die beiden so lange nicht gesehen, und so hupte sie zwei-, dreimal. Der Mann am Steuer drehte sich um, und sie winkte eifrig mit beiden Händen. In diesem Augenblick wechselte die Ampel auf Grün, der zitronengelbe Wagen fuhr auch schon wieder an, und da sich ein anderer Wagen, aus der Seitenstraße kommend, dazwischenschob, verloren sie sich rasch wieder aus den Augen.

"... wer war das?" fragte die Frau im zitronengelben Auto beiläufig.

"Wer war was?" brummte der Mann am Lenker.

"... die hinter uns, die da so hupte..." Ihre Stimme klang jetzt ungeduldig.

"Weiß ich nicht. Kenn' ich nicht." Der Mann konzentrierte sich ganz auf das Verkehrs- geschehen.

"Sie hat dir aber zugewinkt."

"Blödsinn!" Er schaltete den Gang herunter.

"Das sagst du immer, wenn du ein schlechtes Gewissen hast. Ich kenne dich, ich bin ja schließlich lange genug mit dir verheiratet... Neulich im Theater hast du auch so getan, als hättest du Vera nicht gesehen, obwohl sie nur zwei Reihen hinter uns saß. Es ist immer dasselbe mit dir, immer wieder diese Mätzchen... aber was zuviel ist, ist zuviel..." Ihre Stimme klang jetzt scharf und erregt. Er antwortete nicht minder heftig. Ein Wort ergab das andere, und als sie vor ihrem Haus anhielten, stiegen sie wortlos aus und gingen, ohne sich anzusehen, hinein…

Später, als sie zu Haus war, fiel der jungen Frau plötzlich ein: Nein, sie waren es nicht, sie konnten es gar nicht gewesen sein. Vor Monaten hatten sie doch schon ihren zitronengelben Wagen verkauft. Du meine Güte, da hatte sie doch wildfremde Menschen angehupt und ihnen sogar zugewinkt! Ach was, vielleicht hatten die das gar nicht mal mitgekriegt...

Und fröhlich vor sich hinpfeifend stellte sie die Kaffeemaschine an.

Irene Pätz

...nur leichte Bewölkung

... so lautete die Wettervorhersage. Aber am Nachmittag gab es einen regelrechten Wolkenbruch.

Auf der Straße war Aquaplaning, und als meine Frau meinte, dass ich trotz der Sintflut den Abfalleimer noch unbedingt entleeren müsse, erwies sich der hintere Hofplatz als einziger abgrundtiefer See. Die Fluten ergossen sich in den Gully, und ich strebte durch das knietief im Keller stehende Wasser zurück in die Wohnung.

Nun aber sollte sich erweisen, was eine gute Hausgemeinschaft wert ist...

Zu Fünfen, zu Sechsen, in Gummistiefeln oder mit hochgekrempelten Hosenbeinen schöpften wir im

Schweiße unseres Angesichts mit Eimern und diversen anderen Gefäßen das Wasser aus dem Keller: der Nachbar zur Linken, der Wohlbeleibte über mir, die beiden Studenten aus der Souterrainwohnung. Sogar der frühreife Oberschüler von ganz oben aus dem Mansardenzimmer, den ich nie so recht leiden konnte, beteiligte sich an der Wasserentsorgung, indem er, auf einem umgestülpten Fass hockend, eine an die elektrische Bohrmaschine montierte Saugpumpe in der Hand hielt.

Unsere Frauen standen währenddessen auf den noch trockenen Treppenstufen und feuerten uns lautstark an.

"... und dabei sollte es doch gar keinen Regen geben", sagte schließlich eine von ihnen, "... nur schwache Bewölkung. Hat der Wetterfrosch gestern abend im Fernsehen noch gesagt. Da kann man mal wieder sehen... und dabei ist er doch so ein gutaussehender, netter Mensch..."

"... nett oder nicht nett", knurrte mein Nachbar und wandte sich keuchend zu mir um. "Mann, Sie sind doch Schriftsteller. Rufen Sie doch mal an beim Fernsehen. Sie können doch besser mit solchen Leuten umgehen als unsereins."

"... wenn Sie meinen...", ächzte ich und reichte ihm den vollen Wassereimer weiter, "halte aber sowieso nichts von deren Vorhersagen. Wenn die schönes Wetter ansagen, nehme ich grundsätzlich meinen Regenschirm mit."

Die beiden Studenten sahen mich an. "So, unsere Fahrräder haben wir in Sicherheit gebracht," Hinterhältigkeit lag in ihren Blicken, "... aber was ist mit Ihrem Vorrat an kostbaren Weinen?"

Wie ein Blitz durchzuckte es mich. Mein sorgsam gehüteter, ständig kontrollierter Bestand an alten Weinen! Mit Schrecken dachte ich daran, dass sich die Etiketten lösen und ich nicht mehr wissen würde, welch edlen

Tropfen ich wann und zu welcher Gelegenheit meinen Gästen präsentieren könnte...

Als wir die dritte Flasche geleert hatten - die Frauen waren inzwischen mit nicht zu überhörenden vorwurfsvollen Anmerkungen in die Wohnungen zurückgegangen -, sagte auf einmal der vorlaute Knabe auf dem Fass:" Alles Quatsch, was wir hier machen. Das Wasser wird nie weniger werden, solange es draußen so gießt. Bei einer solchen Niederschlagsmenge läuft es immer wieder in den Keller zurück. Die Kanalisation kann das nicht bewältigen... kommunizierende Gefäße..."

"Kommunizierende Gefäße", wiederholte mein Nachbar mit hörbar schwerer Zunge, "so'n Quatsch. Nie gehört von so was..."

Die beiden Studenten, gerade dabei, einen meiner besten Jahrgänge zu köpfen, setzten vorsichtig die Flasche wieder ab. "Natürlich, er hat Recht... verbundene Gefäße... es hat keinen Sinn, weiterzumachen, solange es regnet. Trinken wir lieber noch einen..."

Mir wurde leicht übel. Ich dachte angestrengt an meine Schulzeit zurück. Physikunterricht beim alten Ohlsen. Plötzlich begriff ich.

Später dann lag ich mit weinumnebeltem Kopf und schmerzenden Muskeln auf der Couch. Trotzdem raffte ich mich auf und rief beim Fernsehsender an. Versprochen ist versprochen! Ich bat, mich mit dem Wetterfrosch zu verbinden. Eine etwas strenge Stimme teilte mir in aller Förmlichkeit mit, dass der Herr Obermeteorologe immer nur für eine Stunde im Studio sei, um die Vorhersage zu machen. Ansonsten sei er im Institut, um auf Grund seiner Berechnungen und Messungen seine Wettermeldungen machen zu können.

Das leuchtete mir ein. Nichtsdestotrotz bat ich die Dame, dem Herrn Obermeteorologen mitzuteilen, dass meine Nachbarn und ich mindestens zehn bis zwanzig Kubikmeter seiner "leichten Bewölkung" aus dem Keller

ins Freie geschöpft hätten und dann sei da schließlich noch die Sache mit den kommunizierenden Gefäßen...
Als ich auflegte, war ich nicht ganz sicher, ob sie mich auch verstanden hatte. Nicht einmal ein Diplom-Obermeteorologe würde das, denke ich...
Helmut Pätz

Begegnung im Warenhaus

"Soll es diese Bluse sein?" Die Stimme der Verkäuferin klang ungeduldig.
Die Frau sah sie erschrocken an. "... nein, warten Sie, das heißt, ich weiß nicht so recht... ich glaube, ich überlege es mir noch einmal..." Sie fühlte die Röte in ihr Gesicht steigen und stellte sich aufatmend schnell hinter einen Pfeiler des großen Warenhauses. Sie war wütend und hilflos zugleich. Dass ich mir das nicht abgewöhnen kann, dachte sie. Immer wieder diese demütigende Unsicherheit!
Und dann sah sie die Frau und den Mann, wie sie an den Verkaufstisch herantraten, an dem sie gerade eben noch gestanden hatte. Sie erstarrte, und ihre Hand fuhr unwillkürlich ans Herz. Zu unvermittelt war er gekommen, dieser Augenblick, vor dem sie sich schon so lange gefürchtet hatte, und der ihr in vielen schlaflosen Nächten den Angstschweiß auf die Stirn getrieben hatte.
Da stand er nun, ganz nahe bei ihr. Ihr Mann. Nein, nicht mehr ihr Mann. Ihr geschiedener Mann. Der Mann, mit dem sie fast zwanzig Jahre lang verheiratet gewesen war. Der Mann, der sie vor zwei Jahren verlassen hatte, um mit einer anderen Frau zusammenzuleben, einer Jüngeren. So einfach war das. Ein abgedroschenes, tausendfältiges Geschehnis, an dem sie fast zerbrochen war.
Ihre Lippen pressten sich zusammen.

"... ach sieh nur, ist die nicht hübsch?" Die Finger der Frau wiesen auf die Bluse, die sie selbst eben noch unschlüssig in den Händen gehalten hatte.

Welch ein Zufall... derselbe Mann - dieselbe Bluse! Wir scheinen den gleichen Geschmack zu haben, dachte sie und war in demselben Augenblick fast erschrocken über ihren eigenen, ungewohnten Sarkasmus.

Und dann hörte sie seine Stimme, diese Stimme, die sie unter hunderttausenden mit verbundenen Augen herausgehört hätte: "Was ist denn nun schon wieder? Ach so,... nein, nein, Blödsinn. Du hast genug anzuziehen... das hängt doch nur alles im Schrank herum... Komm jetzt!"

Dieselben Worte, hunderte Male gehört, dieselbe verdrossene, ungeduldige Stimme... Und dann sah sie die Frau. Die Andere. Wie eine vergrößerte, unbarmherzig scharfe Fotografie. Da war der gleiche verbitterte Zug in den Mundwinkeln, den sie im Spiegel im Verlauf ihrer langen Ehezeit immer ausgeprägter an sich selbst entdeckt hatte, die ersten Anzeichen von Resignation und Müdigkeit in den Augen. Winzige Spuren, kaum erkennbar vielleicht für Außenstehende, doch für sie unübersehbar.

Und seltsam, plötzlich schien es ihr, als falle alles von ihr ab, was sie so lange gequält hatte - das erste fassungslose Entsetzen, als er zu ihr sagte "... ich verlasse dich", die schmerzlichen Stunden durchweinter Nächte, die nie verstummenden Fragen ohne Antwort, der brennende Hass auf sie - die Andere, die ihr ihn weggenommen hatte.

Wieder fühlte sie, dass sie errötete, als die erneut an den Verkaufstisch trat. Aber dieses Mal störte es sie nicht. "Ich habe es mir überlegt, ich nehme sie doch, die Bluse." Fast übermütig klang ihre Stimme, und die Verkäuferin sah sie verwundert an. Freundlich sagte sie: "... ja, nicht wahr, sie ist aber auch wirklich wunderhübsch. Ich glaube, sie wird Ihnen gut stehen."

Ja, dachte sie. Das glaube ich auch. Und zum erstenmal fühlte sie sich wirklich frei.

Irene Pätz

Diesmal kam er nicht zu spät

Er begann zu laufen.

Die Angst wurde stärker. Er wusste, dass er wieder zu spät kommen würde. Wie schon so oft. Dabei hatte er seiner Mutter versprochen, dass es nie wieder vorkommen sollte. Er liebte seine Mutter, und es tat ihm weh, dass er sie wieder einmal enttäuschen musste. Denn sagen würde er es ihr. Zwischen ihnen gab es keine Geheimnisse.

Er hatte ja versucht, rechtzeitig von zu Hause wegzukommen. Seine Mutter hatte ihm wie immer die Schulbrote auf den Tisch gelegt, und seine Schultasche hatte er gestern abend noch gepackt. "... und denk daran..." hatte sie noch gesagt, "Junge, denk daran, dass du rechtzeitig wegkommst. Du weißt, ich habe diese Woche Frühschicht, und immer, wenn ich Frühschicht habe, kommst du zu spät in die Schule." Und sie hatte ihm den Wecker mit den großen, mahnenden Ziffern mitten auf den Frühstückstisch gestellt.

Er wusste selbst nicht, wieso er es nie schaffte. Dabei saß ihm die Angst immer wie ein schwerer Kloß im Magen, - saß da drinnen und wurde größer und größer, Angst, dass er wieder zu spät kommen würde, Angst vor den anderen, die sich lässig auf ihren Stühlen lümmelten und ihn herausfordernd angrinsten, Angst vor der Mathearbeit, die sie heute schreiben sollten und auf die er sich überhaupt nicht vorbereitet hatte, und Angst vor allem vor Petersen, dem dicken, allmächtigen Hausmeister mit der lauten Stimme. Petersen mochte ihn nicht und er mochte Petersen nicht.

Petersen war der Inbegriff all seines Unbehagens.

Jetzt rannte er. Weit und breit war kein Schüler mehr zu sehen, es musste also schon sehr spät sein, aber er hatte vergessen, seine Armbanduhr umzubinden. Auch das hatte er vergessen! Warum bloß konnte er nicht so sein wie die anderen alle, die immer alles wussten und konnten - oder wenigstens so taten?

Er war eben ein Versager...

Der Schweiß lief ihm in Strömen in den Nacken. Seine Zunge fühlte sich dick und pelzig an, sein Atem ging keuchend und die Handflächen wurden ihm feucht.

Plötzlich, wie aus dem Boden gewachsen, stand Petersen vor ihm. Seine kleinen Schweinsäuglein funkelten boshaft."... na, Bürschchen, musst ja mächtig viel Sehnsucht nach uns haben, was? Oder hast du mal wieder nicht zugehört, was man euch gesagt hat? Wohl mal wieder auf den Ohren gesessen, was?" und er lachte dröhnend wie über einen gut gelungenen Witz. Seine kurzen, dicken Finger wiesen auf das schwarze Brett mit den großen, in Kreide geschriebenen Worten:

„Schule morgen wegen Schulkonferenz geschlossen!"
Eine ganze Weile stand der Junge da, mit geschlossenen Augen. Vergeblich versuchte er sich zu erinnern, und als er sie wieder öffnete, war Petersen fort, - und mit ihm die Angst. Er sah auf den leeren Schulhof und ein ungeheures Gefühl der Erleichterung überkam ihn.

Er war frei!

Ein langer, ein einsamer Tag lag nun vor ihm, aber das machte ihm nichts aus. Er hatte sich noch nie gelangweilt allein. Er würde nach Hause gehen, ein bisschen spielen, den Tisch decken und auf seine Mutter warten.

Tief atmete er die klare Luft ein und ganz langsam wieder aus. Dann drehte er sich um und ging. Und obwohl er jetzt Zeit genug hatte, fing er wieder an zu laufen...
Irene Pätz

Eine verrückte Idee

Er stand an der Straßenkreuzung.
Seinen Wagen hatte er in einer Nebenstraße abgestellt. War schon eine verrückte Idee von ihm gewesen, sich mitten in der City mit seinem Geschäftspartner zu verabreden. Er hatte gedacht, vielleicht könnten sie diese so wichtige Unterredung besser in irgendeiner der kleinen, gemütlichen Bierstuben führen als in den hauseigenen, so perfekt klimatisierten Geschäftsräumen samt der ebenso perfekt klimatisierten Sekretärin.
Kam es ihm nur so vor, oder hatte Petersen, sein langjähriger Prokurist, ihn ein wenig verwundert angesehen, als er ihm seine Idee unterbreitete? Fast konnte er ihm seine Gedanken vom Gesicht ablesen - ging es doch schließlich und endlich um einen wichtigen Vertragsabschluss.
Um ihn herum brandete der Großstadtverkehr, schwappte wie eine riesige Woge auf und ab. Dazwischen die Verkehrsampelsäule, grotesk anzusehen, als zwinkerten sie ihm zu mit wechselnden Lichtern in ihren großen, viereckigen Augen.
Es frisst mich auf, dachte er. Dieser ganze Stress - er bringt mich noch einmal um! Mensch, aufhören... einfach hinschmeißen den ganzen Kram! Man hat doch schließlich nur dieses eine Leben! Merkwürdig, wie klar ihm das auf einmal wurde - und doch gleichzeitig schmerzhaft bewusst, dass es nicht zu ändern war.
Mitten in seine Überlegungen hinein spürte er fast körperlich eine Veränderung um sich herum, und es dauerte nur Bruchteile von Sekunds, bis er die

Erklärung dafür fand: Die Roboteraugen der Ampeln waren plötzlich erloschen! Irgendein wie von Geisterhand ausgelöster technischer Defekt. Und plötzlich ratlos geworden, wogte die Menschenmenge führungslos zwischen wild hupenden und gestikulierenden Autofahrern hin und her.

Da auf einmal fühlte der Mann eine kleine, warme Kinderhand in der seinen. Verwundert drehte er sich um und erblickte einen lakritzverschmierten Mund und einen viel zu großen Schulranzen auf einem schmalen Rücken - dazu einen fast erschütternd vertrauensvollen Blick aus großen, dunklen Augen...

„Kannst Du mich bitte über die Straße bringen?"

Wirklich, er mußte verrückt geworden sein. Wie anders war es sonst zu erklären, dass er - ein gesetzter, nüchterner Geschäftsmann - es nicht im geringsten merkwürdig fand, dass sich die kleine Hand nicht aus der seinen löste und dass er das auch gar nicht einmal wollte...

Und war es nicht noch verrückter, dass er kurze Zeit darauf in einem kleinen Cafe saß, neben sich einen Jungen, der mit strahlenden Augen bedächtig eine Riesenportion Eis mit Früchten und Sahne in sich hineinlöffelte?

Am allerverrücktesten aber war es wohl, dass er selbst sich glücklich fühlte. Einfach rundherum glücklich wie seit langem schon nicht mehr!

Helmut Pätz

Er wollte nicht sein Großvater sein

Der alte Mann schloss die Augen.

Er hoffte, dass niemand ihn ansprechen würde. Er hasste es, angesprochen zu werden, wenn er auf der Bank saß. Er wollte nichts anderes als nur so dasitzen, die frische Luft genießen, und in Ruhe gelassen werden.

Dennoch hatte er auf einmal das Gefühl, angestarrt zu werden. Unwillig öffnete er einen Spaltbreit die Augen: Die Hände tief in den Hosentaschen vergraben, die Beine breit gegrätscht - so stand der kleine Bursche da und sah ihn an, schweigend. Eine ganze Weile stand er so da, mit einer Frage in den großen dunklen Augen, die er nicht verstand. Der Mann sah gleich, dass er eines von den "Fremdenkindern" war. In der Nähe des Rentnerheimes, in dem er wohnte, hatte man ganze Blocks für die Ausländer mit ihren Familien freigestellt. Das wusste er von den Alteingesessenen, denen das nicht passte. Man duldete sie, mehr oder weniger murrend oder schweigend. Ihn selbst kümmerte das nicht. Er interessierte sich überhaupt nicht sehr für andere Menschen. Und für Kinder schon gar nicht. Jetzt aber, da er sich auf ärgerliche Weise gestört fühlte, langte er in die Jackentasche und holte ein Geldstück daraus hervor. "... hier", sagte er verdrossen, "kleiner hab' ich es leider nicht. Nun lauf und hol' dir was dafür."

Der Junge sah ihn noch immer an. Dann nahm er das Geldstück zögernd, aber die stumme Frage in seinen Augen blieb. Als der Mann die Augen wieder schloss, drehte er sich auf den Hacken um und verschwand.

Na also, dachte der Alte, denen braucht man doch nur etwas Geld in die Hand zu drücken... er kannte das von den eigenen Enkelkindern. Er sah sie nicht allzu oft und er liebte sie eigentlich auch nicht besonders. Und sie ihn wohl auch nicht. "... du machst dir eben nichts aus deinen Enkelkindern." hatte ihm seine Tochter wiederholt vorgeworfen. Nein, er machte sich wirklich nicht viel aus diesen kleinen, gierigen Blutsaugern. Macht nichts, dachte er grimmig. Sollen sie mich doch gefälligst alle in Ruhe lassen. Ich bin alt, ich habe ein Recht darauf, in Ruhe gelassen zu werden. Jawohl, das habe ich.

"So, da bin ich wieder!" Vor ihm stand der Junge. In der Hand hielt er eine kleine Tüte mit Bonbons. "... und hier, das ist übrig geblieben." Die schmale, schmutzige Kinderhand drückte die restlichen Geldstücke in die seine. Er war verblüfft, aber ehe er noch etwas sagen konnte, setzte der Kleine sich wie selbstverständlich neben ihn und hielt ihm die Tüte mit den klebrigen Süßigkeiten entgegen. Er schüttelte den Kopf, aber als er die bittenden Blicke des Kindes sah, griff er zu.

Und dann saßen sie einträchtig nebeneinander und lutschten Bonbons aus bunten Papierhüllen.

"... alle haben sie einen Opa", sagte der Kleine auf einmal schmatzend. "... alle. Ich habe auch einen... aber der wohnt weit, weit weg..." Er machte eine ausholende Handbewegung, die die ganze Welt einzuschließen schien. Und dann erzählte er von dem alten, fernen Mann, den er noch nie gesehen hatte, und der das einzige, winzige Geschäftchen im ganzen Dorf besaß und daher ein mächtiger, ein berühmter Mann sein musste "... aber hier, hier habe ich keinen Großvater."

Der alte Mann hatte zugehört, schweigend, schüttelte nur dann und wann den Kopf oder nickte zustimmend oder ablehnend. Dann aber sah er wieder diese Frage in den dunklen Augen - und plötzlich begriff er...

"Nein, nein, das geht nicht, das geht absolut nicht. Man kann doch nicht einfach so losgehen und sich einen anderen Großvater aussuchen. Das musst du doch einsehen."

Beschwörend, ja fast ärgerlich klangen seine Worte, aber als er die Ratlosigkeit und die Trauer in den Augen des Kindes sah, fügt er beschwichtigend hinzu: "aber besuchen darfst du mich schon - ab und zu wenigstens. Naja, meinetwegen jeden Nachmittag. Ich wohne da drüben im Heim."

Dann stand er auf und stapfte davon. Plötzlich blieb er stehen, drehte sich um und rief zurück: "... aber nicht um die Mittagszeit, da muss ich meine Ruhe haben, hörst du...?"

Irene Pätz

„...einmal Stammgericht!"

"... einmal Frikadellen mit Kartoffelsalat."
Seine Stimme klang anders als sonst, und das war es
wohl auch, was mich aufhorchen ließ. Selbst seine
Bewegungen, mit denen er die bestellten Gerichte von
der Theke nahm, waren nicht so schwungvoll wie sonst.
Was war los mit ihm? So kannte ich ihn gar nicht,
obgleich ich fast jeden zweiten Tag in seine Grillstube
kam. Ich war gern hier. Das Essen war gut, nicht zu teuer,
und man wurde schnell bedient. Er hatte die Sache immer
gut im Griff.
Nur heute nicht. Den anderen Gästen, die er bediente,
mochte es nicht aufgefallen sein. Sie bestellten, aßen -
schweigend oder schwatzend -, zahlten, gingen wieder.
Ich aber wusste plötzlich, was ihn so verändert hatte.
Sie war nicht da! Saß nicht an ihrem gewohnten
Stammplatz neben der Theke, ganz in seiner Nähe.
Ich kannte sie nur vom Sehen, hatte nie ein Wort mit ihr
gewechselt. Ich wusste auch so, wie es um die beiden
stand, erlebte jedesmal ein bisschen mit von diesem
kleinen Stück Glück inmitten all dieser hektischen
Betriebsamkeit.
Heute jedoch war sie nicht da, und ich spürte beinahe
körperlich, wie sehr er sie vermisste.
"... einmal Stammgericht... einmal Nachtisch..."
Ununterbrochen gab er die Bestellungen weiter nach
hinten in den Küchentrakt, nahm dampfende Teller in
Empfang, reichten sie weiter an ungeduldig fordernde
Hände. Es schien, als bliebe ihm kaum Luft zum
Atemholen, aber jedesmal, wenn die Eingangstür
aufgestoßen wurde und neue Gäste hereinkamen, glitt ein
Schatten über sein Gesicht.
Endlich kam sie.

Aber auch sie war anders als sonst. Ich merkte es sofort. Und irgend etwas Unerklärbares bewog mich, noch zu bleiben. Ich nahm mir noch einen Sprudel.

Jetzt stand er an ihrem Tisch. Sie sprachen miteinander, und dabei schüttelte sie den Kopf, so heftig, dass die langen Haare über die Schulter flogen. Ich verstand kein Wort von ihrem Wortwechsel, aber ich wusste auch so, dass da etwas zu Ende gegangen war. Und ich begriff sofort, was er nicht wahrhaben wollte. Dann sah ich, wie er zwischen zwei Stammgerichten an ihren Tisch eilte, verzweifelt auf sie einredete, dann wieder an die Theke lief, Bestellungen nach hinten rief.

Plötzlich stand sie auf und ging zur Tür. Sie drehte sich nicht einmal um, aber ich sah am Zucken ihrer Schultern, dass sie weinte.

Er stand an der Kasse - wie erstarrt für Sekunden. "... einmal Stammgericht... zweimal Erbsensuppe außer Haus..." Mit gewohnter Geschäftigkeit gab er die Bestellungen weiter. Alles schien wie immer.

Aber eine unsichtbare Traurigkeit umgab ihn von nun an, teilte sich mir mit und begleitete mich über den ganzen Tag.

Irene Pätz

Es machte ihm nicht mehr so viel aus

"Nun iss doch noch eine Wurst..."

Der Junge schüttelte den Kopf und schob den Pappteller zurück. Er wusste, dass der Vater jetzt ärgerlich sein würde. Aber es hätte keinen Sinn gehabt, es ihm zu erklären.

"... ich mag nicht. Ich hab' Bauchweh."

Das Gesicht des Mannes verfinsterte sich. Es war doch immer dasselbe mit dem Jungen. Jedesmal. Er war einfach zu empfindlich. Nein, er verstand das wirklich nicht. Schließlich war ja nur zweimal im Jahr Kirmes.

119

Zweimal nur, im Frühjahr und im Herbst. - Er starrte in das Gesicht des Jungen, aber es blieb verschlossen.

Der Mann seufzte und zuckte dann die Achseln. Ach was, das ging schon wieder vorüber. Es war ja immer vorübergegangen. Jedes Mal. Er jedenfalls ließ sich seine gute Stimmung nicht verderben durch solche Launen...

Er versteht mich nicht, dachte der Junge. Nein, er versteht überhaupt nichts. Er betrachtete seinen Vater verstohlen von der Seite. Ja, der genoss es von Herzen, von der drängelnden, lärmenden Menschenmasse vorwärts geschoben zu werden, er schrie lauter vor Vergnügen als alle anderen, wenn sie in der Achterbahn von schwindelnder Höhe jäh in die Tiefe stürzten, er blieb schmunzelnd vor jeder Bude mit lauthals angepriesenen, noch nie dagewesenen Sensationen stehen und kaufte schließlich eine Unmenge zusammengerollter Lose, um sie dann immer wieder enttäuscht wie ein Kind auf den papierübersäten Boden zu schnipsen.

Ja, sein Vater liebte das alles, was ihm hingegen das größte Unbehagen bereitete. Er aber hasste es. Ihm drehte sich der Magen um, wenn er an die schnellen Karussells dachte, die Schläfen schmerzten ihm von dem endlosen Gedudel der Drehorgeln, und seine Nerven reagierten schmerzhaft auf die Püffe und auf die plumpen Zutraulichkeiten der fremden Menschen.

Er fürchtete sie immer mehr, diese beiden Tage im Jahr. Als er einmal der Mutter gegenüber eine Andeutung machte, fiel sie ihm fast erschrocken ins Wort. "... nein, nicht doch... wo dein Vater sich doch immer schon so lange vorher darauf freut. Du weißt doch, als er in deinem Alter war, da waren die Zeiten so schlecht, dass er das alles nicht mitmachen konnte, und nun ist er glücklich, dass er dir das bieten kann, was er selbst nie erleben durfte."

120

Ja, das hatte sie gesagt, und er hatte es nie vergessen können, obwohl er es sich so manches Mal gewünscht hatte.

Wieder betrachtete er den Vater. Lange. Und dabei hätte er mit geschlossenen Augen jede Linie seines Gesichtes nachzeichnen können. Es wurde ihm bewusst, wie sehr er ihn wieder enttäuschen musste. Und dann plötzlich fiel ihm Harald ein. Harald war sein bester Freund - und Haralds Vater ging nie mit ihm auf den Jahrmarkt. Er war ein vielbeschäftigter Mann und verdiente viel Geld. Nur Zeit, die hatte er nie für seinen Jungen. Und dann sah er vor sich Haralds Gesicht, als der kürzlich zu ihm sagte: "Dein Vater geht sicherlich wieder mit dir auf den Jahrmarkt... meiner hat mir nur wieder Geld gegeben dafür." und dann dachte er an die verächtliche Geste, mit der er mehrere Geldscheine in seiner Hosentasche verschwinden ließ...

Es wurde schon dunkel, als sie den Heimweg antraten. Als der Junge sich umdrehte, sah er die bunten Lichter des Riesenrads in dem dunkelblauen Himmel kreisen und ein leicht aufkommender Wind trug den Duft von ge- brannten Mandeln zu ihnen herüber. Wieder überfiel ihn Übelkeit. Aber merkwürdigerweise machte es ihm nicht mehr so viel aus. Er versuchte, sich dem Schritt des Älteren anzupassen, und nach einer kleinen Weile schob er vorsichtig seine Hand in die des Vaters. Als er den kräftigen Druck der anderen Hand verspürte, überkam ihn eine Welle von Geborgenheit, und sie löschte alles Quälende aus.

Irene Pätz

Fort mit dem Gerümpel

„Willst du es wirklich tun?" Der Blick meiner Frau war voller Hoffnung, als ich die Arbeitsjacke anzog.

Ich nickte. Ja, ich wollte endlich tun, was ich mir seit Jahr und Tag immer wieder vorgenommen hatte: nämlich endlich einmal den Keller gründlich aufzuräumen und sämtliches Gerümpel wegzuwerfen, was seit einer Ewigkeit in der dumpfen Dämmerung da unten moderte und sich ständig vermehrte.

Bis an die Tür schon reichte der Plunder, ganz vorn die Reste zweier Obstkisten, die die Jungen zertreten hatten, weil sie für irgendetwas eine Holzlatte brauchten, den splittrigen Rest aber einfach herumliegen ließen.

Ich schob das Hindernis mit dem Fuß beiseite. Ein Stapel leerer Blumentöpfe kippte um, ergoss sich in Scherben über den Fußboden. Ich zerbiss ein derbes Schimpfwort zwischen den Zähnen, und dann hielt ich die uralten, überschenkelhohen Seemannsstiefel in den Händen. Keiner hatte je gewusst, woher sie eigentlich stammten. Grau und rissig waren sie und mochten vor fünfzig Jahren noch zur Ausrüstung irgendeines Seenotrettungsbootes gehört haben. Unzählige Geschichten hatte ich den Jungen früher darüber erzählt. Vielleicht hatte eine sogar das Richtige getroffen.

Fast behutsam legte ich sie auf die Scherben der Blumentöpfe.

Ächzend hob ich die Bündel alter Zeitschriften aus dem Weg, und dann stand er vor mir, rostig hoch, höchst unmodern und darum schon wieder modern, - der Kinderwagen. Ich zog ihn aus der Ecke hervor und hob vorsichtig die leeren Weinflaschen heraus. Der Kinderwagen! Als Letzter hatte unser Jüngster darin gelegen. Mein Gott, wie lange war das schon her! Später, viel später jagten sie alle drei damit über den ganzen Hof bis nahe an den Stall. Einer saß drin, die andern beiden schoben in wilder Fahrt das Gefährt. Ich erinnerte mich an jene hellen, lichtdurchfluteten Sommertage und an meine Ängste, wenn sie in voller Fahrt immer wieder bis kurz vor die Mauer rannten und dann blitzschnell abbremsten. Was für eine ferne unbeschwerte Sommerzeit, jetzt da ich es ohne Angst nacherleben konnte.

Nachdenklich und innerlich schmunzelnd schiebe ich den Wagen in die finstere Ecke zurück. Es würde schwierig sein, jemanden zu bewegen, ihn abzuholen. Natürlich, geradezu unmöglich würde es sein, ihn überhaupt loszuwerden. Und ihn irgendwo lieblos auf den Sperrmüll zu werfen, - das kam gar nicht in Frage!. Und ebenso behutsam legte ich die alten Seemannsstiefel hinein. In ein, zwei Jahren würde ich mich dann wieder erinnern an jenen unbekannten Seemann, an jene unbeschwerten Sommertage...

Und dann sah ich es, undeutlich, kaum erkennbar erst. An einem rostigen Nagel hing es. Ich nahm es herunter und hielt es gegen das schwache Licht, das alte Ölgemälde, das Geschenk einer längst verstorbenen Tante. Voller Staub war es, in rissigem Prunkrahmen. Das Motiv war nicht zu erkennen. Erst nachdem ich mit dem Ärmel der alten Jacke darübergewischt hatte, gab die dicke Lage Staub das kleine Häuschen der Tante frei. Ganz nahe am Wald hatte es gelegen, und der Tannenduft hing auf einmal wieder in der Luft, wie damals, als wir Stadtkinder unsere Ferien bei ihr verbrachten. Ich wischte eine zweite Bahn in die dicke Staublage, und ein Streifen Sonnenlicht glitt über die kindheitsvertrauten Felder am Horizont. Ich lehnte das Bild gegen die Wand. Ja, es würde sich gut machen über der Couch in meinem Arbeitszimmer, da hatte schon immer so etwas gefehlt...

"Nun... hast du es geschafft? War wohl viel Gerümpel wegzuräumen, was?"

Meine Frau stand neben mir, und ich kehrte in die Kellergegenwart zurück.

"Nein, nein..." Ich nahm sie am Arm und schob sie zärtlich abwehrend beiseite. " ... war gar nicht so schlimm. Nur ein paar alte Flaschen, Blumentöpfe und

Zeitschriften... und ein paar Erinnerungen. Sonst war da eigentlich gar nichts…"
Helmut Pätz

Kuss am Morgen

Sie war verwirrt.

Als die Tür hinter ihm ins Schloss gefallen war, dachte sie noch nicht daran. Erst später fiel es ihr ein.

Wie gewohnt verrichtete sie ihre morgendliche Arbeit, stellte das Kaffeewasser auf, steckte die Brotscheiben in den Toaster und deckte den Frühstückstisch für sich und die Tochter. Als sie das Radio anstellte, fiel es ihr plötzlich ein.

Der Kuss! Hatte sie ihn nun bekommen - oder nicht? Sie wusste es nicht. Sie wusste es wirklich nicht mehr. Und je angestrengter sie sich zu erinnern versuchte, umso stärker wurden ihre Zweifel.

Seit über dreißig Jahren waren sie nun verheiratet, und noch nie hatte er ihn vergessen, - den Kuss am Morgen. Egal, was auch geschehen war in all den Jahren, ob Krankheit, durchwachte Nächte, dieses oder jenes Zerwürfnis - es gab nichts, was ihn je davon abgehalten hatte. Das war so selbstverständlich wie Tag und Nacht, wie Anfang und Ende. Über dreißig Jahre lang. Dreißig mal dreihundert und fünfundsechzig Tage. Ohne es eigentlich zu wollen, begann sie zu rechnen. Zwischen Kaffeeauf gießen und Toasterabstellen. Sie war schon fast bei zehntausend angelangt...

"Was ist los mit Dir...?" Ihre Tochter setzte sich in gewohnter Eile an den Tisch, während ihre Blicke sie flüchtig streiften.

"Nichts ist... gar nichts..." Nein, dachte sie, es hat keinen Sinn, mit ihr darüber zu reden. Obwohl es sonst eigentlich nichts gab, was sie nicht miteinander besprechen konnten. Aber dieses hier ging nur sie und ihn etwas an. Nur sie beide ganz allein.

Damals, ganz am Anfang, hatten sie sich geschworen, ihn niemals zu vergessen - diesen morgendlichen Kuss. Sie hatten sich vieles versprochen, vieles, was dann doch in Vergessenheit geraten war im Alltag eines langen Ehelebens. Bis auf den Kuss am Morgen. Und nun wusste sie nicht einmal, ob er ihn vergessen hatte oder ob es ihr nicht bewusst geworden war...

Dabei war es wichtig, es zu wissen. Sie überlegte. Sie würde ihn im Büro anrufen! Jetzt gleich. Doch dann fiel ihr ein, dass heute Montag war, der Tag, an dem er mit seinem Chef die wöchentliche Arbeitsverteilung besprach.

Mitten in ihre Überlegungen hinein schrillte das Telefon. Und dann war da seine Stimme, etwas eilig, aber warm und vertraut wie immer. "... ja, ich habe es vergessen, ich weiß auch nicht, wie das passieren konnte, man wird eben doch älter... aber der Tag ist ja noch nicht zu Ende. Ich hole es nach, gleich heute Nachmittag, wenn ich nach Hause komme..."

Als sie den Frühstückstisch abräumte, lächelte sie. Gottlob, er hatte doch daran gedacht! Das kann ja schließlich mal vorkommen. Schlimm wäre es gewesen, wenn es ihn gegeben hätte, und sie ihn nicht gespürt hätte...

Die Welt war wieder in Ordnung für sie.

Irene Pätz

Letztes Rendezvous

"... und vergiss bitte nicht, was ich alles getan habe für Dich..." Der Mann trommelte mit den Fingern auf die Tischplatte. Eine Fliege summte, und ärgerlich schlug er nach ihr.

Nur wenige Menschen saßen in dem kleinen Cafe. Ganz hinten, in der Ecke, eine abgehetzte Hausfrau, die prall gefüllte Plastiktasche verschämt zwischen die müden Füße geschoben - am anderen Tisch einige eilige Angestellte für eine kurze Atempause bei einer Tasse Kaffee und einer eilig gerauchten Zigarette. Aus versteckten Lautsprechern über dem Kuchenbuffet kam gedämpfte Unterhaltungsmusik.

"Hörst du mir überhaupt zu?" Die Stimme des Mannes klang gereizt, lauter jetzt,. "... oder darf ich dir vielleicht noch ein paar Dinge ins Gedächtnis zurückrufen?"

Die Frau ihm gegenüber erwiderte nichts. Ihr nachdenklicher Blick ruhte auf seinem erregten, roten Gesicht über dem kurzen Hals mit der auffällig gemusterten Krawatte, wanderte dann über den Ansatz seines Bauches in dem untadelig geschnittenen Anzug bis zu den Füßen, die in demselben Rhythmus wie die Hände gegen das Tischbein klopften.

Gereizt durch ihr fortwährendes Schweigen hob er die Hände und begann an den dicken, kurzen Fingern abzuzählen. "... allein in diesem Jahr drei Brillantringe, dann die goldene Armbanduhr und letzten Weihnachten die Perlenkette..." und dann, als die Frau immer noch nichts sagte, in verstärktem Tonfall: "... und zu Deinem Geburtstag der Pelzmantel... ist das vielleicht nichts? Weißt Du überhaupt, was mich das alles gekostet hat? Schließlich habe ich ja auch noch so nebenbei für eine Familie zu sorgen."

Seine Stimme überschlug sich jetzt fast, und die Hausfrau und die Büroangestellten blickten - teils neugierig, teils peinlich berührt - zu ihnen hinüber. Doch das schien den beiden gleichgültig zu sein.

Die Frau wandte jetzt den Blick von ihm ab. Ihre Aufmerksamkeit galt einem jungen Paar, das eben den Raum betreten hatte und sich an einem der runden Tische niederließ. Sie waren noch sehr jung, und ihre Hände lösten sich auch nicht voneinander, als sie sich setzten. Sie trugen verblichene Jeanshosen und viel zu weite Pullover, und sie waren so verliebt, dass sie ihre Umwelt gar nicht wahrnahmen. Die Kellnerin stellte zwei Tassen Kaffee vor ihnen hin und lächelte nachsichtig.

Zum ersten Mal schien es, als käme Leben in die starren Züge der Frau. Ihr Gesichtsausdruck wurde weich. Der Mann ihr gegenüber verstummte und sah sie irritiert an. Aber sie sagte noch immer nichts.

Plötzlich nahm sie ihre Handtasche, riss sie auf und leerte den gesamten Inhalt aus. Sie fischte mehrere funkelnde Gegenstände heraus, streifte einen Ring vom Finger und löste mit einem Ruck die Perlenkette vom Hals. Mit einer einzigen Handbewegung fegte sie alles zusammen und häufte es vor dem Mann auf.

Dann stand sie auf.

Der Mann sah sie fassungslos an. "... aber nicht doch, was soll denn das... so hör doch... das kannst Du doch nicht machen!"

Die Frau ging zu dem Garderobenständer, nahm den Pelzmantel vom Haken, legte ihn sich achtlos über den Arm, ging zum Tisch zurück und ließ ihn auf den Schoß des Mannes gleiten. "... doch, ich kann." sagte sie dann. Mehr nicht. Nur diese drei Worte. Aber sie klangen endgültig.

Als sie an dem Tisch des jungen Paares vorbeiging, schien es, als wollte sie stehen bleiben. Aber dann ging sie doch weiter, und nur das leise Lächeln in ihren Mundwinkeln hatte sich verstärkt.

Irene Pätz

Sie hatten beide grüne Augen

Fast gleichzeitig betraten sie das Antiquitätengeschäft, das Ehepaar und das junge Mädchen. Die Glocke über der Tür schepperte leise, aber niemand ließ sich blicken.

"Merkwürdig," die Frau sah sich suchend um. "Hoffentlich ist der Schreibtisch noch da. Heutzutage will ja jedermann so etwas haben..." Ihre misstrauischen Blicke streiften die Junge.

"Ich brauche ihn dringend zum Arbeiten." Das junge Mädchen schien nicht empfindlich zu sein. "Meine Wirtin hat mir zwar ein Tischchen ins Zimmer gestellt, aber der ist entschieden zu klein für all meine Bücher und Aufzeichnungen..." Sie lächelte die beiden offen an. "Dann habe ich das Inserat gelesen, und hab' gedacht, da geh' mal hin, vielleicht ist er erschwinglich."

Also eine Studentin, signalisierten die Blicke der Frau, und der Mann zuckte die Achseln. Habe ich mir doch gleich gedacht. Lange Haare, verblichene Jeans, eine selbstgefertigte Leinentasche lässig über die Schulter geworfen. Keine Gefahr, antwortete die Miene des Mannes, die haben doch sowieso nie Geld. Und wenn der Schreibtisch es wert ist, bieten wir eben mehr. Für Geld kann man alles haben heutzutage.

Die Frau wandte sich beruhigt ab, und ein leiser entzückter Aufschrei ließ erkennen, dass sie gefunden hatte, was sie suchten.

"Mein Gott, ist der schön!" Sie strich über die Lederplatte mit den uralten, eingetrockneten Tintenflecken. Der Mann begutachtete inzwischen mit sachkundiger Miene die geschnitzten Verzierungen an den Füßen und die anmutig geschwungenen Schlüsselbleche. Er zog die vielen kleinen Schubladen auf und schloss sie wieder. Dann kroch er unter den Tisch, klopfte gegen das Holz, um schließlich, puterrot vor Anstrengung, wieder aufzutauchen. "... Jugendstil... Ende neunzehntes Jahrhundert... echte Holzwurmlöcher..."

"Mein Gott," wiederholte die Frau, "ist der schön. Viel, viel schöner als der von der Frau Götschen von gegenüber. Was die immer renommiert mit ihrer Barockkommode... pah... die wird Augen machen...Zerspringen vor Neid wird die..." Triumph klang aus ihrer Stimme.

Das junge Mädchen sah sich inzwischen um, nahm mal dieses, mal jenes in die Hand, stellte es behutsam wieder zurück, schien die bohrenden Blicke der Frau gar nicht zu bemerken und verschwand schließlich hinter einem Stapel hoch aufgeschichteter, verstaubter Bücher.

Die Frau atmete erleichtert auf.

Plötzlich schrie sie laut auf und starrte erschrocken in die grünschillernden Augen einer schwarzen Katze, die mit einem mächtigen Satz auf den kleinen Aufbau des Schreibtisches gesprungen war und gleich darauf, als wäre nichts gewesen, mit zierlicher, rosaroter Zunge ihre Pfoten leckte, dann an dem verschnörkelten Holz herunterglitt und sich inmitten der Lederplatte niederließ. Dort saß sie nun, in unendlicher Gelassenheit, regungslos, als ob sie schon Tausende von Jahren so dagesessen hätte.

"Nimm sie weg..." schrie die Frau. "So tu' doch etwas, Eberhard. Dieses grässliche Tier! Es zerkratzt uns noch den schönen Tisch."

Der Mann unterdrückte einen Fluch "... unerhört, so etwas..." Aber er tat nichts. Er schien Angst zu haben.

Und dann war plötzlich das Mädchen da. "... komm, meine Schöne..." mit zärtlich werbender Stimme näherte sie sich dem Tier und begann es behutsam zu kraulen, während sie es weiter mit leiser Stimme lockte. Ihre Hände strichen immer wieder über das seidige Fell. Die Katze schloss die Augen und begann zu schnurren.

Plötzlich erklang ein Räuspern. Niemand wusste, wie lange sie schon dagestanden haben mochte, die alte Dame mit den altmodischen Kringellocken und dem weißen Spitzenkragen um den mageren Hals. Sie stand nur da und sagte nichts. Erst als die Frau gerade den Mund öffnen wollte, sagte sie schnell: "Nein, sie können ihn nicht haben, den Schreibtisch... er ist... nun, er ist schon verkauft." Ihre Stimme klang so endgültig, dass es dazu nichts mehr zu sagen gab.

Das schien auch der Mann einzusehen. Er drehte sich abrupt um und zog seine widerstrebende Frau mit sich. Er sprach auf sie ein, und ohne sich noch einmal umzudrehen, verließen die beiden grußlos den Raum.

Da lächelte sie plötzlich, die alte Dame. Sie nickte dem jungen Mädchen freundlich zu. "... ich hab' es versprechen müssen, dass er in gute Hände kommt... der Schreibtisch. Er hatte einer alten Freundin von mir gehört. Sie hing so sehr an dem wertvollen Stück. Sie hatte ihn als ganz junges Mädchen von ihrem Vater bekommen. Wo sie jetzt ist, braucht sie ihn nicht mehr..."

Ihr Lächeln war jetzt unergründlich. Ihre grünen Augen verengten sich. "... ich habe ihn fast geschenkt bekommen. Ich verlange nicht viel dafür. Viel weniger, als er wert ist. Aber Sie sollen ihn haben! Ich möchte das - und Minka auch..."

Als es seinen Namen hörte, hob das Tier den Kopf, und zwei gleichfarbige Augenpaare trafen sich. "Nicht wahr, Minka?"

Die beiden begleiteten sie zur Tür, die alte Dame und die schwarze Katze. Doch als das junge Mädchen sich grüßend umdrehte, waren sie verschwunden. In der Luft hing nur das leise Scheppern der Türglocke.

Irene Pätz

Warten auf den Bus

Sie standen an der Haltestelle.

Georg lehnte an der Wand des Wartehäuschens und las in der Morgenzeitung. Albert blickte gelangweilt die Straße hinab, in der frühe Morgendämmerung lastete, und sah einem Mädchen nach, dass morgenmuffelig an ihnen vorbeischlenderte. Er gähnte verstohlen.

"Der Bus kommt heute wieder mal zu spät", sagte er verdrossen und warf Georg einen vorwurfsvollen Blick zu. Der nickte nur und las weiter, ohne aufzusehen.

"Jeden Morgen dasselbe." Albert ging einige wütende, kurze Schritte auf und ab. "Nie pünktlich, dieser verdammte Bus."

"Nein", sagte Georg gleichmütig und blätterte, ohne den Kopf zu heben, die Zeitung um auf. "Nie..."

Plötzlich blieb Albert stehen und blickte einem schwarzen Mercedes nach, der fast lautlos an ihnen vorbeiglitt.

"Schrenker... Georg, das war Schrenker. Nicht mal gegrüßt hat der, nicht mal aufgeblickt. Du, der weiß nicht einmal, dass die Leute, die hier stehen und auf diesen verdammten Bus warten, für ihn malochen... Nee, bestimmt weiß der das nicht... Georg, hörst du mir überhaupt zu?"

Georg antwortete nicht. Da bog der Bus um die Ecke, und er faltete in aller Ruhe seine Zeitung sorgfältig zusammen. Erst nach einer ganzen Weile, als er sich neben dem Jüngeren in die Sitzpolster fallen ließ, sagte er; "Doch, Albert, ich hab Dir genau zugehört..." Und dann dachte er daran, dass er früher auch immer auf den Bus geschimpft hatte - wie Albert - und dass Albert in fünf, in zehn Jahren nicht mehr schimpfen, sondern genau wie er jetzt, seine Zeitung lesen und warten würde...

Warten, bis der Bus kam.

Helmut Pätz

Abstellgleis

Um elf Uhr kam der Anruf. "Hallo, Tom..."

Tom Webster stand am Fenster und beobachtete die Fliege, die sich hoffnungslos in den Fäden eines Spinnennetzes verfangen hatte. Er nahm den Hörer ab.

"Blockstelle zwei..." vernahm er die ferne Stimme. Er wusste, dass es Seddy war. "...hörst, du, Tom? Gerade eben ist ein Zug durchgefahren. Richtung Hauptbahnhof. Sechs leere Waggons. Ohne Lok."

"Ja." sagte Webster. Er starrte auf die Spinne, die auf der Lauer lag.

"Kein Mensch drauf..." hörte er Seddys Stimme, "leere Bremserhäuschen..."

Die Erregung des anderen griff auf ihn über. In einer Viertelstunde kam der Schnellzug durch. "Was ist los?" fragte er zurück.

"... sie sind schon auf der Gefällstrecke... du musst etwas tun, Tom!"

Webster wusste nicht, wie lange er dastand, den Hörer ans Ohr gepresst. Die Fliege hing leblos im Netz, die Spinne hockte wieder in ihrem Versteck.

Da unten der Bahnhof mit den ahnungslosen Menschen, Frauen und Kindern... Sechs Güterwaggons, die schneller und schneller wurden...

"Mein Gott", murmelte er.

Die Sonne drang durch die verstaubten Scheiben, und in dem stickigen Raum roch es nach Gummi und Maschinenöl. Ungelenk fuhren seine Finger über den vergilbten Gleisplan, vor und wieder zurück, und ebenso sprunghaft arbeiteten seine Gedanken, planten, verwarfen wieder. Was sollte er tun? Den Bahnhofsvorstand anrufen, die Direktion, die Polizei? Auch sie konnten den Zug nicht mehr anhalten. Keiner konnte das. Es war zu spät!

Nur er allein wusste, dass es auf sie zukam, näher und näher, und allein der Gedanke daran, drohte ihn zu erdrücken. Er stöhnte auf. Er kannte die Strecke. Sie war abschüssig und sieben Kilometer lang. Wenn sie Glück hatten, jagten die Waggons, mit stoßenden Rädern die Gleise stampfend, sich selbst aus der Bahn, überschlugen sich, stürzten die Böschung hinab...

Wenn sie Glück hatten...

Er glaubte nicht an dieses Glück. Sie würden nicht aus den Gleisen springen. Sie würden vorbeijagen, hier, unter ihm, stoßend und schlagend. Schneller als ein Expresszug würden sie in die dunkle, verräucherte Bahnhofshalle hineinrasen.

Er spürte die Faust, die sich um sein Herz schloss. Heute war Dienstag! Dientags kam Mary immer in die Stadt. Sie erledigte dann ihre Einkäufe und fuhr noch vor Mittag wieder zurück. Meistens nahm sie die Kinder mit. Eben war der Vorortzug aus dem Bahnhof ausgelaufen und wand sich unten am Fluss vorbei. Er war voll besetzt. Er war immer besetzt um diese Zeit - dienstags. Nur wenige Minuten, und er hatte das Gleis erreicht, auf dem ihm die Waggons entgegenrasten, - auf dem in acht Minuten der Schnellzug durchkam.

Mary - die Kinder!

Er presste die Hand gegen die Schläfe. Die Angst pochte wie irrsinnig in ihm. Es war zu spät! Mein Gott, es war zu spät!

Da hörte er das Wiehern, gedämpft und von weit her. Das Wiehern der Pferde. Vom Abstellgleis an der Verladerampe drang es bis zu ihm herüber. Vor wenigen Minuten waren sie dort mit dem Verladen fertiggeworden. Ein Waggon alter, ausgedienter Gäule, die auf das Festland verschifft werden sollten...

Das Abstellgleis!

Er fühlte den Griff in der Hand. Ein ganz leichter Druck nur, und die Weiche würde nachgeben. Sie würden vorbeijagen, - nicht in den Bahnhof mit den vielen Menschen, die vor Entsetzen erstarren würden, nicht auf den Vorortzug -, sondern auf das Abstellgleis, den Waggon mit den Pferden zwischen sich und dem sich aufbäumendem Prellbock zermalmend.

"Die Pferde..."

Da sah er Delaney. Zwischen den Gleisen stand er in der fahlen Sonne, gebückt, in seinem zerlumpten Anzug. Er riss Grünfutter aus für seine Kaninchen. Man hatte es ihm verboten, immer wieder. Aber Delaney konnte man nichts verbieten. Für ihn gab es kein Verbot. Er begriff es nicht.

Webster war mit wenigen Schritten bei ihm. "Delaney..."

Der Mann schrak zusammen, wandte sich um, und die blassblauen Augen unter dem rötlichblonden Haar starrten ihn betroffen an.

"... nicht, Tom, ruf' nicht erst die Polizei, ich tu's auch nie wieder!"

Webster packte ihn an der Schulter, riss ihn hoch. "Delaney..."

Der andere starrte ihn immer noch an, zitternd, mit offenem Mund. Noch nie hatte er von Webster ein grobes Wort gehört, noch nie war er von ihm so hart angepackt worden.

"Hör zu, Delaney... du liebst doch Tiere, auch die Pferde, nicht wahr? Sie sind besser als die Menschen, das sagst du doch immer..."

Delaney nickte verstört. "Ich mag sie, und sie mögen mich."

Webster stand wie im Fieber. Es schüttelte ihn wie den Tölpel vor ihm. "Du willst doch auch nicht, dass sie sterben, nicht wahr, du willst das doch auch nicht."

Unfasslich, dass der andere sofort verstand. "Nein, nein, sie sollen nicht sterben, Tom!"

Webster stieß ihn von sich, dass er über den glatten Schotter rutschte. "Dann lauf, Delaney... lauf hinüber zum Waggon, drüben am Schuppen! Lass die Pferde raus, Delaney! Sie sollen nicht auf das Festland! Sie sollen nicht in die Schlachthöfe! Nimm einen Knüppel, schlag auf sie ein, was du kannst. Weg von den Gleisen! Jag' sie auf die Weide, so schnell du kannst. Lauf mit ihnen. Keiner ist da, der dich hindern wird... Lauf, Delaney!"

Er starrte dem Irren nach, wie er grotesk mit Riesenschritten über Schwellen und Schienen stolperte. Er presste die Hand zur Faust und taumelte ins Haus zurück. Er stieß die Tür auf. Drinnen warf er sich über die Tafel mit den Schalthebeln. Er hielt die Augen geschlossen. Es gab keinen Plan, der ihm anwies, was zu tun war. Es gab keine Uhr, die die Zeit anzeigte. Er war allein, ganz allein, und alles hing jetzt von ihm ab. Die Weiche stand jetzt quer zum Vorortzug. Die Unglückswaggons hatten freie Fahrt.

"Lauft schneller!"

Er lauschte nach draußen. Aber das Pochen des eigenen Herzens übertönte alles. Nur einmal drang das Wiehern an sein Ohr, deutlicher, flehentlicher, und dazwischen der wütende Schrei, schrill, spontan, wie ihn nur jene ausstoßen, die immer einsam sind in dieser Welt, die nicht die ihre ist.

Der Pfiff der Lokomotive traf ihn wie ein scharfes Messer. Der Vorortzug! Keiner konnte ihn mehr aufhalten. Und in den Pfiff hinein erspürte er das alles überstampfende, ungleichmäßige Aufschlagen der Räder, das gequälte Ächzen der Schienstränge auf der Gefällstrecke.

Die Waggons waren da.

Das Wiehern der Pferde verebbte, und Delaneys Geschrei wurde leiser. Webster fühlte den Hebelgriff. Und mit geschlossenen Augen spürte er, wie die beiden Züge, der mit den ahnungslosen Menschen und der andere ohne Lok, sich aus entgegengesetzter Richtung der todbringenden Weiche näherten. Der Boden bebte, Gleise wimmerten auf. Leise klirrten die Fensterscheiben mit der toten Fliege im Netz.

Es kam Webster nicht zum Bewusstsein, dass er in diesem Augenblick das erste Gebet seines Lebens über die Lippen brachte. Stumm hing es in dem kleinen Raum.

"Schneller... schneller..." Und dann:"Mary, oh mein Gott..."

Er warf den Hebel wieder herum.

Als er die Augen öffnete, sah er unter sich den Vorortzug vorbeiziehen, sich gemächlich der Gefällstrecke nähernd.

Vom Abstellgleis her aber kam es herüber, gedämpft, das Krachen und Splittern von Holz und der Aufschrei von Eisen und Stahl...

Von fern hörte er die Pferde und dazwischen Delaneys sanfte Stimme.

Immer noch lag er über den Schalttisch gebeugt. Tränen liefen über sein Gesicht, und eine Ewigkeit schien zu vergehen, bis er merkte, dass das Telefon läutete.

Es war Seddys Stimme. "Hallo, Tom..." sagte er.

Helmut Pätz

Alberto, der Zauberer

Gemächlich schlenderte Alberto über die Piazetta und ließ alles auf sich herabrieseln: die heiseren Rufe der Budenbesitzer, das Gedudel der Drehorgeln und das helle Jauchzen der Kinder auf den Karussells. Er ließ die Scheine in der Tasche knistern. Siebzehn Jahr jung und so viel Geld, ach, da gehörte einem die ganze Welt. Es lohnte schon, einen ganzen Tag dafür im Steinbruch zu schuften. "... sie brauchen den Marmor für ein großes Denkmal in der Stadt..." hatte Gaetano zu ihnen gesagt und jedem einen Extralohn in die Hand gedrückt.

Fast alles konnte er nun kaufen, fast alles, was er sah und was mit lieblichen Düften die Nase kitzelte, fast alles, - wenn er wollte. Vielleicht ging Maria sogar einmal mit ihm tanzen, wo er doch endlich Geld hatte, um ihr ein paar Chrysanthemen zu kaufen, die sie so liebte, und dann eventuell...

Und dann sah er den kleinen, schmutzigen Pietro. In seiner zerrissenen Hose stand er da und starrte wie gebannt aus seinen großen, schwarzen Augen auf die riesigen Bälle aus bunter, süßer Watte, die der Mann mit der weißen Mütze unentwegt mit schwungvoll-anmutigen Bewegungen aus dem blanken Kupferkessel hervorzauberte und die ihm von den vielen ungeduldigen Kinderhänden gleich wieder entrissen wurden. Nur Pietro stand abseits.

Alberto fühlte das Geld in der Tasche, zwinkerte dem Verkäufer übermütig zu, und dann reichte er dem Jungen einen Wattebausch, der in allen Farben schillerte. Die dunklen Augen leuchteten auf, und die kleinen Hände hatte Mühe, die ganze Kostbarkeit auf einmal in den Mund zu dirigieren.

"Grazia..." strahlte er, "du kannst zaubern, si?"

Alberto lachte und freute sich über das Glück des Kleinen. "Si."

"Bist du ein großer Zauberer?"

"Der größte."

Pietro sah ihn an, zweifelnd und bewundernd zugleich. Dann wies sein kleiner Arm auf den Mann, der von allen am lautesten schrie. Er stand vor seinem Zelt und pries all die schönen Dinge an, die es für ein einziges Los bei ihm zu gewinnen gab.

"Da drüben, der Bär... der Teddy... oh, den möchte ich."

Alberto sah den Kleinen betroffen an, und das Knistern der Scheine in seiner Tasche verstummte. Dennoch kaufte er ein Los von der hübschen Signorina, die ihm aufmunternd zulächelte. Es war eine Niete, und auch all die anderen, die er dann kaufte. Aber was tat es? Man war ja reich, und der Junge neben einem wartete darauf, dass der Zauber in Erfüllung ging!

Alberto kaufte also Lose. Aber wiederum waren es nur Nieten, und immer wieder Nieten...

Und plötzlich fühlte er die Hitze der Nachmittagssonne. Pietro sah ihn an. In seinen Augen schimmerten verstohlene Tränen. Spürte der Junge seine Hilflosigkeit?

Wie ein dicker Kloß saß es in seiner Kehle. Aber er kaufte Lose... Lose... Lose... Immer weniger wurde das viele Geld, das er sich so schwer bei Gaetano im Steinbruch verdient hatte. Als er den letzten Schein herauszog, verschleierten Tränen der Enttäuschung seine eigenen Augen. Er legte die Hand auf Pietros Schulter. Sagen konnte er nichts. Das letzte Los flatterte auf die Erde.

"He, Sie... Signore!" drang da die Stimme der Signorina wie aus weiter Ferne an sein Ohr. "Sie haben gewonnen... Haupttreffer!"

Pietro lachte vor Freude, als sie beide die Piazetto verließen, und presste selig den großen Teddybären an seinen mageren Knabenkörper. Alberto ging beschwingten Schrittes neben ihm. Das Geld war weg, und nichts wurde es aus den Blumen für Maria. Und zum Tanzen würde sie nun wohl auch nicht gehen mit ihm.

Aber er war trotzdem glücklich. Er hatte sein Versprechen gehalten. Der Zauber hatte sich erfüllt. Und was gab es Wichtigeres für einen Mann, als zu seinem Wort zu stehen?

Helmut Pätz

Alter Gauner Mario

Der alte Mario hieb mit der Faust in die hohle Hand. "Und ich sage euch. Hauser, höher als die Masten eurer Boote, und Kathedralen so hoch wie... wie die Felsen da drüben... si, das gibt es in der großen Stadt. Ach, ihr Bambinos, die ihr noch nie aus diesem Nest von Cintaro herausgekommen seid, was wisst ihr schon von der großen Welt, ihr... ihr Narren!"

Die letzten Worte gingen unter in dem Gelächter der Fischer, die auf ihren Booten ringsum hockten.

Anselmo legte die Hand um Marios Schulter. "Und du, amico, bist du schon jemals auf der anderen Seite der

Felsstraße da drüben gewesen? Mir kannst du es doch sagen, Mario, ich bin doch dein Freund."

Mario nickte. "Si, ich war in Servita und Bernadusso... und am Capo Zaffarrano war ich auch."

"Ah bah, Servita, Bernadusso, kleine Nester wie unseres hier. Und am Capo Zaffarrano segeln wir zu jedem Fischfang vorbei,...nein, die Stadt meine ich, die richtige große Stadt, wie Palermo, zum Beispiel... hast du sie gesehen, die Häuser, die Kathedralen so groß wie Felsen, von denen du uns hier erzählst?"

Der alte Mann öffnete ein paarmal hilflos den Mund, in dem ein Backenzahn und ein Eckzahn ein einsames Dasein fristeten. "Noch nicht. Nie hatte ich das Geld für die Fahrt zusammen. Aber ich komme noch mal hin. Einmal in meinem Leben komme ich noch mal nach Palermo, so wahr ich Mario heiße und in drei Tagen achtzig Jahre alt werde... ich wette mit euch!" rief er, und Anselmo, Benito, Alfrede und Giuseppe hielten sich vor Lachen die Bäuche. "Ich wette mit euch um... um..."

"Um eine Gallone Zaffarrano!" rief Giuseppe. "Vino, amico, hab' ich einen Durst!"

Wieder schluckte Mario. Dann nickte er mit düsterer Entschlossenheit. "Um eine Gallone Zaffarrano, bene." Dann wandte er sich um und stapfte über den weißen Sand den Häusern zu, das Gelächter der Männer und das Rauschen des Meeres hinter sich lassend.

In der Nacht darauf klopfte es heftig an Anselmos Tür. Es war Benito. "He, Anselmo! Wach auf! Mario ist krank, sterbenskrank, ganz plötzlich. Er jammert, sein Ende sei gekommen... Der Curato wollt' ihm schon die letzte Ölung 'erteilen, aber jetzt meint er, vielleicht sei doch noch Hoffnung...

Sie wollen ihn ins Spital schaffen, in die Stadt."

Und dann trugen zwei Männer den alten Mario an Anselmos Tür vorbei. Im herausfallenden Schein der trüben Ölfunzel glaubte Anselmo zu erkennen, dass der Kranke ihm zublinzelte.

"Alter Gauner..." murmelte er und schloss die Tür wieder. Drei Tage später lag der alte Mario wieder auf der Seegrasmatratze in seiner Hütte. Die Männer von Cintaro hockten um ihn herum.

"... wie ich euch sagte, Männer, Häuser, wie Felsen so hoch, Kathedralen bis in den Himmel hinein... und Frauen, amici, Krankenschwestern, wie Engel mit weißen Hauben..." Er schnalzte mit der Zunge, und Anselmo, Benito, Alfrede und Giuseppe lauschten hingerissen. "Alle waren sie so nett zu mir. Und was haben die nicht alles aufgestellt mit mir. Geknetet und beklopft haben sie mich von oben bis unten und mir Blut abgezapft wie bei einem Ziegenbock, der geschlachtet werden soll. Rheumatismusanfall hat der Arzt gesagt, und er hat mir meine beiden letzten Zähne gezogen." Zur Bekräftigung fuhr er mit dem Finger in der leeren Mundhöhle herum. Plötzlich aber richtete er sich auf.

"Ja, hört ihr denn nicht, ihr Tröpfe? In einem Hospital war ich! Und wo gibt es Hospitäler? Nur in der Stadt! Versteht ihr nun? Ich, Mario, der heute achtzig Jahre alt geworden ist, war in der Stadt, in einer richtigen Stadt... in Palermo... Wo ist meine Gallone Zaffarano, he?"

Die Fischer sahen sich an mit langen Gesichtern.

"Avanti! Wofür habe ich das alles durchgestanden? Hab' ich nun die Wette gewonnen oder nicht? Los, Giuseppe, geh und hole den Wein. Aber vom besten Jahrgang, sage ich dir. Das wird ein Fest, amici. Ich werde so viel Vino trinken wie noch nie in meinem langen Leben. Und ihr werdet ihn bezahlen."

Und kichernd rieb er sich die Hände.

Helmut Pätz

Antik

"... diesmal haben wir ein ganz besonderes Andenken von unserer Reise in den Süden mitgebracht", sagte meine Frau nach dem Abendessen, und unsere Gäste sahen sie erwartungsvoll an. "Oh", sagte sie nicht ohne Stolz, "Sie hätten sehen sollen, wie mein Mann dem durchtriebenen Händler die Kostbarkeit abgehandelt hat. Zweihunderttausend wollte er dafür haben... aber dann hat er ihn doch noch auf hundertundfünfzigtausend gedrückt."

"Dabei gebe ich zu bedenken", konnte ich nicht umhin zu bemerken, "dass sie gut und gern einen Wert von mindestens dreihunderttausend hatte. Aber unter südlicher Sonne kann man nicht anders", ich lächelte überlegen, "man muss einfach feilschen, sonst verliert man an Ansehen."

Damit griff ich hinter mich in den Wandschrank und holte sie empor, die erd- und altersgraue, schlankhalsige Amphore, in der dunkelhäutige, glutäugige Sklavinnen vor Jahrtausenden der ruhenden Herrin einen kühlen Trunk gereicht haben mochten. "Diese Vase ist von historischem Wert", fuhr ich triumphierend fort, und als ich die zweifelnden Blicke der Anwesenden sah: "Unser Freund, der Archäologe Professor Alteisen, wird mir das sicherlich bestätigen können..."

Der Professor hatte sie mir schon hastig, wenn auch gleichzeitig unendlich vorsichtig aus der Hand genommen und rieb seine Nase an dem rauhen, gesprungenen Gefäß. Mich aber überkam beinahe ein Gefühl der Hochachtung für diese Gelehrten und ihre Nasen, mit denen sie nach so unendlich langer Zeit durch Beriechen der antiken Funde auf Wert und Herkunft zu schließen vermögen. Oder war es vielleicht nur der Ausdruck seiner hochgradigen Kurzsichtigkeit? Auf jeden Fall verhielt ich ein entsprechendes Kompliment auf den Lippen.

141

"Zweifellos ein historischer Fund", meinte er, ohne aufzublicken, "jedes Museum der Welt würde Sie darum beneiden, mein Lieber. Ah, der Händler ahnte sicherlich nicht, was er da für diesen geradezu lächerlichen Preis aus der Hand gab... viertes, fünftes Jahrhundert vor der Zeitrechnung, schätze ich." Er klopfte mit dem Knöchel gegen das Gefäß. "Griechische Arbeit... adriatische oder dalmatinische Küste... vermutlich beim Fischfang zufällig aus den

Tiefen des Meeres emporgeholt... ah, diese einfältigen, braven Leute ahnten sicherlich nicht, welchen Schatz sie da in ihrem Netz hatten...

Stolz blickte ich mich um, während der Professor die Amphore um- und umdrehte. Lehm- und Sandreste fielen auf den Tisch.

"Hier", rief er plötzlich, "ich sehe Schriftzeichen. Gleich werden wir Genaueres wissen über Alter und Herkunft der Vase..." Mit einem Streichholz kratzte er behutsam und voller Ehrfurcht die Erdreste ab, nicht ohne vorher eine Serviette darunter gelegt zu haben. "...wegen des wissenschaftlichen Wertes des Lehms..." Dann waren die Schriftzeichen freigelegt, aber so sehr er auch die Nase darauf drückte, seine Kurzsichtigkeit behielt die Oberhand.

"Bitte, Herr Professor", bat da unser Jüngster, der heute ausnahmsweise mal ein Stündchen länger aufbleiben durfte, "bitte, lassen Sie mich das lesen."

"Wölfchen", gab ich zu bedenken, "du kannst weder Griechisch noch Latein."

"Das macht gar nichts", wehrte der Professor ab, "du brauchst nur zu buchstabieren, mein Junge. Den Sinn der Worte erfasse ich dann schon..."

Und den erfassten wir dann auch alle, als Wölfchen buchstabierte, langsam und deutlich, viel zu langsam und viel zu deutlich:

"Made in Germany."

Helmut Pätz

Binnies Haus war es...

Er stand still und lauschte in die Nacht hinein. Wenn er lief, glaubte er, Schritte und Stimmen zu hören, aber wenn er stillstand, war es nichts als das Rauschen des Windes in den schwarzen Bäumen. Dennoch wusste er, dass sie hinter ihm her waren. Sie waren viele, und sie würden ihn überall suchen. Er musste weg, so schnell er konnte.

Er lief weiter und schwang sich über die Bretter der Einzäunung. Die Schatten der Pferde bewegten sich in der Dunkelheit und wichen scheu vor ihm zurück. Ob er eines von ihnen nehmen sollte? Nein, er war kein guter Reiter, und sie würden ihn bald eingeholt haben. Nachts konnte einer allein sich besser durchschlagen. Es gab für ihn nur eine Rettung: Er mußte an den Fluss!

Er schlich um die Pferde herum und kletterte auf der anderen Seite wieder über den Zaun. Weiter - nur weiter! In einer halben Stunde kam der Raddampfer. Den musste er haben! Wenn er Glück hatte, war es das Boot, auf dem Gil als Heizer Dienst tat. Gil würde ihn verstecken und mitnehmen. Nordwärts. Und wenn es nur bis an die Grenze war. Kapitän O'Flower aber durfte ihn nicht erwischen. Der würde ihn ausliefern, das wusste er mit tödlicher Sicherheit.

Der Schweiß perlte unter dem groben Leinenhemd, und er fühlte, wie es über seinen Rücken rann. Die schwarzen Tannen blieben hinter ihm zurück, und das Rauschen des Windes wurde schwächer.

Er musste auf die Sirene des Dampfers achten. Zweimal würde sie aufheulen an der unteren Flussbiegung. Wer von den Leuten hier etwas mitzugeben hatte, musste sich mit einem Laternenlicht vom Ufer aus bemerkbar machen. Der Dampfer stoppte dann kurz in der Mitte des Flusses, und man musste sich beeilen, um mit einem

Ruderboot dahinzugelangen. Vor der Weiterfahrt gellte die Sirene dann ein zweites Mal in die Nacht, verstärkt durch ein vielfaches Echo zwischen den Felsen an der oberen Flussbiegung.

Er betete, dass heute jemand etwas mitzugeben hatte. Er musste schwimmen. Wenn der Dampfer nicht stoppte, war er verloren. Die Schaufelräder würden ihn erschlagen.

Sein Atem ging keuchend. Er lief jetzt über weites, gewölbtes Gelände. Schlechter Boden, steinig, ungepflügt. Es gehörte dem alten Berret, dem Geizhals, der seine Leute schlecht entlohnte. Wahnsinn -, jetzt an den alten Berret zu denken. Aber war nicht alles Wahnsinn in seiner Situation? Er wusste, wie es war, wenn sie einen lynchten. Einmal hatten sie ihn gezwungen, es mit anzusehen. Das war lange her, aber er hatte noch jede Einzelheit deutlich vor Augen. Sie lynchten jeden, der sich an eine weiße Frau heranmacht, jeden. Aber ein Schwarzer brauchte eine weiße Frau nur einmal von der Seite anzusehen...

Ein Schluchzen quoll aus seiner Kehle.

Dabei hatte er Binnie gar nichts getan. Was konnte er dafür, dass sie einen so wiegenden Gang hatte? Damit machte sie jeden Mann verrückt. Er war nur mit ihr in den Wald gegangen, um Holz zu holen. Das hatten sie schon öfter getan. Aber plötzlich hatte sie geschrien. Er hatte ganz verdutzt dagestanden, - bis die anderen kamen. Sie hatte immer noch geschrien und mit dem Finger auf ihn gezeigt. Da war er getürmt, - und die anderen hinter ihm her, wenn sie auch alle wussten, was Binnie für eine war. Aber es genügte ihnen, dass er mit ihr in den Wald gegangen war und dass sie geschrien hatte.

Wieder lauschte er. Aber es war immer nur der Wind, der ihn zum Narren hielt.

Eine Viertelstunde noch bis zum Fluss!

144

Wie, wenn sie seine Absicht durchschauten und ihm auf Pferden zuvorkamen? Aber die meisten Häuser hatte er schon hinter sich gelassen, und er mied die Pferdepfade. Wenn, dann konnten sie ihn nur noch unten am Fluss schnappen. Hinter dem nahen Hügel strich schwacher, kaum wahrnehmbarer Feuerschein über den Himmel, die Schornsteinlohe des Raddampfers.

Auf losen Gesteinsbrocken rutschte er aus, fiel hin, und die scharfen Kanten stachen in sein Fleisch. Er keuchte. Rasselnd und schmerzend drang die Luft aus seinen gequälten Lungen. Mein Gott, der Dampfer kam schnell näher und näher. Deutlich schon erkannte er den Funkenflug. Und wie er dastand und mühsam nach Luft rang, sah er, dass es nicht der Dampfer war. Der Feuerschein wuchs, und die tiefhängenden Wolken wurden rot befächelt. Da brannte ein Haus! Das letzte vor dem Fluss...

Er wußte, dass es Binnies Haus war.

Binnie war nicht da. Die war bestimmt nicht da. Binnie, um derentwillen er hier um sein Leben lief. Aber Leute würden da sein, um zu löschen. Sie würden ihn sehen. Doch wenn er Glück hatte, konnte er vorbei schleichen, ohne dass sie ihn bemerkten.

Da sah er das Haus. Die Flammen schlugen aus den oberen Fenstern und beleckten schon das Dach. Er sah keinen Menschen und schlich ganz nahe heran. Vom Fluss her fuhr der Wind auffrischend in die Flammen, und das Holz prasselte, - trockenes, willig brennendes Holz, aus dem man diese kleinen, einstöckigen Häuser gebaut hatte. Ein Knistern lag in der Luft, wie von Millionen Heuschrecken, die ein ganzes Kornfeld leerfraßen. Nein, noch war keiner da zum Löschen. Aber der Himmel war rot, und bald würden sie hier sein. Dann gab es nichts mehr zu löschen. Aber sie würden hier sein und reden und glotzen.

Er musste weiter. Die Augen schmerzten von der grellen Lohe. Das Haus würde
bald zusammenbrechen. Binnies Haus!
Und dann sah er den kleinen Schatten hinter dem Fenster im oberen Stockwerk. Binnies Kind! Er hatte es ein paarmal gesehen. Ein kleiner Junge mit blonden Locken, wie Binnie sie auch hatte. Alle mochten ihn gern, weil er ein so hübsches Kind war, und er tat allen leid, weil er eine solche Mutter hatte.
Schrie das Kind oder waren es die Flammen, die in den Himmel schlugen? Er eilte über den Hofplatz und stand jetzt unter dem Fenster. Er erkannte die verzweifelten Bewegungen, mit denen das Kind versuchte, es aufzustoßen. Er lief um das Haus. Eine Leiter war nicht da. Dieses Weib, oh, dieses verdammte Weib!
Er warf die Regentonne um und wälzte sie gegen das Haus. Er kletterte hinauf, konnte aber das Fenster nicht erreichen. Die Flammen waren schon im Zimmer, und vom Fluss her hörte er zum erstenmal die Sirene des Dampfers.
Er wälzte die Tonne weiter. Dann zog er sich an dem schmalen Dach des Windfangs hoch. Das Holz hier oben war morsch und brach unter seinen Füßen. Er tastete sich vorsichtig weiter nach außen, wo er die feste Balkenlage unter sich wusste. Ein falscher Tritt - und er lag unten...
Dann stand er neben dem Fenster. Ganz fest presste er sich gegen die schräge Bretterwand, und mit dem Fuß stieß er in die Fensterscheibe. Seine Hand griff in den Rahmen, und er fühlte, wie die Scherben ins Fleisch drangen. Das Holz zersplitterte krachend auf der Erde, und das Kind fiel ihm entgegen. Mit dem zerschundenen Arm fing er es auf. Dann ließ er sich gegen das schräge, abschüssige Dach zurücksinken. Um ihn tobten Flammen, Hitze und Qualm. Würde das Dach halten, bis sie wieder unten waren?

Am Rande des Daches ging er in die Knie. Das Kind begann leise zu wimmern. Da hörte er unter sich eine Stimme, und undeutlich erkannte er den Schatten eines Mannes. Er ließ das Kind vorsichtig fallen, und der Mann fing es auf. Dann sprang er selbst.

Sein Herz pochte wie ein Hammer, und sein Atem ging keuchend. Er stand regungslos, ohne zu denken. Und dann erkannte er nach und nach die dunklen Gestalten, die im Halbkreis um ihn herumstanden. Keiner bewegte sich. Keiner sagte ein Wort.

Da sah er Binnie. Sie lief auf den Mann zu und riss ihm das Kind aus den Armen. Sie weinte, und das Kind begann zu schreien.

Da rief die Sirene des Flußdampfers zum zweiten Mal.

Er starrte in die schweigende Runde der Männer, und plötzlich schrillte Binnies Stimme auf:

"Schlagt ihn tot, den Nigger... Teert ihn! Federt ihn! Hängt ihn auf! Mein Haus hat er angezündet... und mein Kind wollte er auch..."

Das ist nicht möglich, dachte er, das kann nicht sein! Nicht einmal die kann so sein!

Die Männer aber kamen auf ihn zu. Der Halbkreis zog sich enger, schweigend...

Helmut Pätz

Der heiße Wind kam von Osten

Er trug in sich den Hauch der Wüste, das Singen des feinen Sandes in der Mittagshitze und nachts das Bellen der Schakale und das Heulen der Hyänen. Er versengte das spärliche Gras am Rande der Oase, und er tötete die Hoffnung und die Sehnsucht.

Der Inspektor ging hinaus. Er blieb im Schatten stehen, obgleich es nichts nützte. In der Baracke war es heiß, und hier draußen erschrak man vor der Glut, mit der einen der Wind packte. Er lehnte sich an die Barriere und sah weit

147

hinten den Rumpf des Flugzeuges in der Sonne gleißen und den Mann, der langsam auf ihn zukam. Er trug einen Koffer und eine große Reisetasche. Er hatte es nicht eilig. Hier hatte es keiner eilig.

"Ich bin angemeldet", sagte der Mann, "telegrafisch."

Er setzte das Gepäck ab und reichte dem Inspektor seinen Pass.

"Hier sind alle Passagiere angemeldet." Der Inspektor warf einen Blick auf das Foto, "In Ordnung."

Im Hintergrund fuhr der Pilot die Maschine in den einzigen Hangar des Flugplatzes. Der Mann sah sich um.

"Und wie komme ich weiter?"

"Mit dem Bus. In einer Stunde. Wenn Sie Glück haben. Sonst erst morgen... aber der Doktor möchte Sie noch sprechen. Drüben in der Baracke. Das Gepäck können Sie hierlassen."

Der Inspektor sah ihm nach, wie er langsam, und, obwohl jetzt ohne Gepäck, leicht vornübergebeugt, auf die Baracke zuschritt. Dann machte er sich keine Gedanken mehr.

Nur wenig Licht drang durch die Jalousien in das Barackeninnere, und der Mann blieb tastend an der Tür stehen. Der Arzt erhob sich aus seinem Sessel und ging ihm entgegen. Er gab ihm die Hand. Unter ihren Schuhen knirschte der hereingewehte Sand.

"Ich dachte, es sei alles in Ordnung", sagte der Mann. Seine Stimme war leisen und voll resignierten Erstaunens. "Ich bin doch völlig gesund."

"Wollen Sie Sodawasser?" fragte der Arzt. Der Sessel knarrte, als er sich zurücklehnte. Dann zischte irgendwo in der Dämmerung ein Siphon. "... es ist nur ganz inoffiziell, weshalb ich Sie sprechen wollte. Ich hoffe. Sie nehmen es mir nicht übel." Er sah den anderen nicht an.

"Der Bus bringt Sie jetzt in die Wüste. Es sind viele Meilen, dann haben Sie die Zivilisation hinter sich gelassen. Wir sind hier die letzte Station. Wenn Sie den

Bus verlassen haben, können Sie nicht wieder zurück... nie mehr."

Der Inspektor lehnte immer noch an der Barriere. Er blickte auf, als der Mann nach einer halben Stunde aus der Baracke kam. Der Arzt folgte ihm.

"Sie haben Glück", sagte der Inspektor. "Der Bus ist da."

Dann sahen sie beide dem Mann nach, wie er, in jeder Hand ein Gepäckstück, über den Sand des Flugfeldes auf den alten, klapprigen Autobus zuschritt.

"Wohin will denn der?" fragte der Inspektor.

"Nach drüben." Der Arzt zündete sich eine Zigarette an. Aber sie schien ihm nicht zu schmecken, und nach zwei Zügen schnippte er sie in den Sand.

"Ach", sagte der Inspektor, und nach einer Weile: "Lepra?"

"Seine Frau... die ganze Zeit über habe ich ihm zugeredet.. als wenn andere vor mir das nicht auch schon getan hätten..."

"Er weiß nicht, was ihm blüht."

"Er weiß das ganz genau. Seit drei Jahren kämpft er um die Einreiseerlaubnis."

Sie starrten ihm nach.

"Sicher ist sie eine schöne Frau", sagte der Inspektor, "oder es geht ihm dreckig in Europa."

Der Arzt schüttelte den Kopf. "Er zeigte mir ein Bild von seiner Frau. Sie ist keineswegs eine Schönheit. Unscheinbar wie Tausende andere. Und seine kleine, gutgehende Fabrik hat er verkauft. Nein, nichts von alledem. Und trotzdem kommt er in diese Hölle, freiwillig, für immer... um bei ihr zu sein..."

Sie hörten, wie der Motor ansprang, und der Arzt hob die Hand zu einem letzten Gruß.

Und wieder packte der Wind sie an. Es war ein heißer Wind, und er kam von Osten. Er brachte mit sich das Bellen der Schakale und das Heulen der Hyänen, und er verdorrte die Palmen und das Gras am Rande der Oase.

149

Er tötete die Hoffnung und die Sehnsucht, - aber nicht die Liebe.
Helmut Pätz

Die Fischer von Cintaro

Wie flüssiges Silber lag das Meer, und die Sonne schien auf die kleine Bucht von Cintaro mit dem schmalen Strand, den steilen Felsen und den wenigen halbverfallenen Hütten.

Anselmo hob lauschend den Kopf.

"Ein Auto", sagte er, und Benito, Guiseppe und Alfredo nickten. Sie hockten auf dem Rand ihrer Boote, die halb auf den Strand gezogen waren und sich in der leichten Dünung wiegten. Das Motorengeräusch wurde stärker, brach sich an den Felswänden, und dann hielt der schwarze, chromblitzende Maserati auf der schmalen Straße, die sich nur widerwillig an der kleinen Bucht vorbeiwand. Ein kleiner, rundlicher Herr mit dunkler Brille kam über den weißen Strand auf sie zu.

"Wer von Ihnen ist Signore Venturi?" fragte er. Sie spürten, wie die Augen hinter den Gläsern funkelten.

"Si, Signore." Anselmo ließ die nackten Beine über den feuchten Sand baumeln. Der alte Mario saß neben ihm und zerschlug leere Muschelschalen, weil es im Augenblick nichts anderes zu tun gab.

"Ich bin Bastiano Basti von der Firma Basti, Basti und Basti in Palermo..." Er machte eine kleine, eindrucksvolle Pause. "... ich komme wegen des Netzes."

Anselmo ließ weiterhin die Beine baumeln. "Das dachte ich mir..."

Der kleine Mann hob die Arme und ließ sie wieder sinken. "Ich verstehe nicht, warum Sie es nicht behalten wollen..."

"Es taugt nichts, Signore..."

Signor Basti nahm die Sonnenbrille ab, sah den Fischer eine Weile an und setzte sie dann wieder auf. "Sie sind der erste, der das sagt, Signore. Alle anderen sind damit zufrieden, sehr zufrieden sogar. Alle. Es ist das Neueste und Beste, was wir führen. Unverwüstlich, unzerreißbar. Das Material wurde sogar im Weltraum getestet. Wir geben ein ganzes Jahr Garantie darauf."

"Das stimmt, Signore, aber..."

"Was... aber?"

Anselmo kratzte sich den Kopf. "Es taugt nichts", sagte er dann störrisch.

Der Händler aus Palermo stampfte mit dem Fuß auf, was in dem weichen Sand jedoch nicht zu hören war.

"Mama mia!" rief er aus. "Die ganze Küste fischt mit den Netzen von Basti, Basti und Basti in Palermo. Es sind die besten Netze der Welt, nach einem Jahr noch wie neu, und wenn ihr jeden Tag damit rausfahrt. Es gibt keinen Verschleiß, kein Zerreißen, kein mühseliges Flicken mehr. Nur ihr hier in eurem elenden Nest seid rückständig wie eure Väter und Großväter. Ah, der Fortschritt ist für euch wie das rote Tuch für den Stier... Wo ist das Netz, Signore?"

Anselmo griff unter die Ruderbank. "Hier... es ist sauber und im Süßwasser des Flusses gespült. Wie neu."

Signor Basti rollte es auseinander und hielt es gegen die Sonne. "Ja, wie neu... diabolo, ich begreife das nicht, Anselmo Venturi. Erst bestellst du es, läßt es dir schicken, und nun muss ich selbst kommen und es wieder abholen."

Anselmo wiegte den Oberkörper, dass das ganze Boot ins Schaukeln geriet. "Warum regen Sie sich auf, Signore? Sie sagen selbst, es ist noch wie neu, in einem Jahr noch, sagen Sie. Was wollen Sie? Ich habe das Netz angezahlt und nur zweimal damit gefischt. Nun behalten Sie die

Anzahlung und verkaufen es wieder für neu. Sie haben also auf jeden Fall ein Geschäft gemacht, stimmt's?"

Basti sah ihn nachdenklich an. Dann rollte er das Netz sorgfältig wieder zusammen und klemmte es unter den Arm. "Hm", er nahm einen neuen Anlauf, "aber warum, Signore, warum gefällt es Ihnen nicht?"

Anselmo zuckte die Achseln. "Es... es taugt eben nichts, ich sagte es ja schon."

Dann sahen sie ihm nach, wie er mit kurzen, wütenden Schritten seinem Wagen zustrebte, die Männer auf den Booten und die Frauen und Kinder, die jetzt in den Türen der Hütten auftauchten.

Giuseppe rieb die großen Zehen aneinander, dann sah er Anselmo blinzelnd von der Seite an. "... und warum gefällt dir das Netz nun wirklich nicht?" fragte er, nachdem der Wagen schon eine Weile fort war. "Uns kannst du es doch sagen."

Anselmo lehnte sich zurück, verschränkte die Arme hinter dem Kopf, und Benito, Giuseppe und Alfredo sahen ihn erwartungsvoll an. Der alte Mario ließ den Arm fallen, und eine weitere Muschel zerkrachte unter seiner Faust.

"...weil es nichts taugt", sagte er dann. "Und warum taugt es nichts? Weil es nie kaputtgeht, amici. Was nützt es uns, wenn wir Netze haben, die nicht mehr zerreißen? Wenn wir abends nicht mehr beisammensitzen können, um sie zu flicken, wenn wir nicht mehr unsere Lieder dabei singen und unseren Zaffarrano dazu trinken können?" Er legte die Hand auf Marios Kopf und kraulte die weißen Haare des alten Mannes, der neben ihm im Sand hockte. "Was nützt es uns, amici, wenn er uns nicht mehr seine Geschichten dabei erzählen kann, ah, die vielen Geschichten, die unsere Frauen nicht hören dürfen..." Er nahm die Hand wieder weg. "Und darum, amici, darum taugt das Netz nicht für uns."

Sie sahen ihn an, eine ganze Weile. Dann lachte Benito, und Alfrede fiel mit ein und auch Giuseppe. Und dann lachten alle, auch Mario und Anselmo selber, und sie lachten so laut, dass es von den nahen Bergen zurückschallte. Schließlich lachten auch die Frauen und Kinder in den Türen der Hütten, obgleich sie nicht wussten, worüber sie eigentlich lachten. Aber wenn wie lachten, waren sie glücklich. Und es wurde viel gelacht hier, denn sie waren eine Welt für sich, die Leute von Cintaro.

Helmut Pätz

Drei Männer würfeln

Jefferson hörte das Motorengeräusch. Er trat vor die Tür. Die Straße war nichts weiter als eine endlose Linie von Telegrafenmasten, an der sich die Fahrzeuge orientierten. Langsam kroch die Staubwolke näher, und dann hielt der rote Lastwagen in der Nähe des Hauses. Die drei Männer kamen auf ihn zu, müde und verstaubt, in ihren verdreckten Overalls. Seine Kneipe war die einzige zwischen Crockett und Trinity.

"Ihr kommt jedesmal ein Stückchen näher 'ran", knurrte er, nahm drei Flaschen aus dem Kühlschrank und stellte sie auf den Tisch.

"Es passiert schon nichts", entgegnete Murdock. Er tat einen großen Schluck aus der Flasche. "Haben Sie Würfel und Becher?"

Jefferson nickte und brachte das Gewünschte. Stühle wurden an den Tisch gerückt, und der Italiener war der Erste.

"Chicago", sagte Murdock, "wer die meisten hat..."

Jefferson wischte weitere Flaschen ab. Meistens tranken sie jeder zwei oder drei. Der Staub machte Durst, und seine Kneipe war die einzige zwischen Crockett und Trinity.

Während sie würfelten, achteten sie nicht auf ihn. Sie hatten noch nie bei ihm gewürfelt. Sie hatten nie Zeit. Die Strasse war immer nur zwei Stunden für sie freigegeben. Die gewürfelten Zahlen schrieben sie auf die Marmorplatte. Er hatte nichts dagegen. Das taten sie alle. Er stellte neben jeden eine frische Flasche. "Um was knobelt ihr?"

Murdock schrieb eine Zahl auf den Tisch. Dann blickte er auf. "Wir müssen über den Fluss heute... ausnahmsweise. Ein übler Weg", er lachte trocken, "und wir sind alle drei nicht lebensversichert..."

Der Grieche nahm eine der vollen Flaschen, und der kleine, drahtige Italiener wischte sich den Schweiß von der Stirn.

"Weiter!" Murdock schob dem Italiener die Würfel zu. Seine Stimme knarrte und war ohne jede Spur von Erregung. Die drei Männer sahen sich einen Augenblick lang an. "Los jetzt! Die letzte Runde!"

Jefferson blieb hinter ihnen stehen. Der Italiener presste die Lippen zusammen und würfelte dreimal.

"Sieht schlecht aus für dich, amico. "Der Grieche stieß den Zigarettenrauch in die hitzeflirrende Luft. Dann war er selbst dran, und zum Schluss griff Murdock nach dem Becker.

Es war, als sei mit der jetzt einsetzenden Totenstille eine fünfte Person in den Raum getreten. Nur das Klappern der Würfel auf der rotgeräderten Marmorplatte hing in der Luft. Jefferson starrte auf die braunen Nacken der jungen Männer, in denen der Tod hockte, und gleichzeitig auf die schwarzen Punkte in den elfenbeinernen Würfeln.

Er hatte schon viele Männer würfeln sehen, um alle möglichen Einsätze, hohe wie niedrige, aber noch nie darum, wer einen Lastwagen mit Nitroglyzerin über eine ungepflasterte Felsstraße fahren sollte...

Murdock schob den Becher beiseite und rechnete ein letztes Mal. Seine Begleiter starrten auf die Ziffern, und auch Jefferson, obgleich er sie nicht erkennen konnte.

"Okay." Murdock stand auf und legte dem Griechen die Hand auf die Schulter. "Also, mach's gut, alter Junge... wir gehen schon nach draußen."

Er warf einen Dollar auf den Tisch, nickte dem Wirt zu und forderte den Italiener mit einer Kopfbewegung auf, ihm zu folgen. Das Schild mit der Bierreklame klapperte gegen die Scheibe, als die Flügeltür hinter ihnen zupendelte.

Der Grieche saß nun allein am Tisch, und Jefferson stand hinter ihm. Er nahm den Dollar und steckte ihn in die Tasche, „'n Whisky?" fragte er. Der andere starrte schweigend nach draußen.

Der Wirt nahm die leeren Flaschen vom Tisch, "'nen doppelten...?"

Und jetzt erst nickte der Grieche.

Helmut Pätz

Erdöl aus der Tiefe Siziliens

Nachdem sie ihn drei Tage nicht gesehen hatten, wurden sie unruhig und beschlossen, ihn in seiner Hütte aufzusuchen. „ ...er ist unser Freund, amici". Alfredo, Bandito und Giuseppe, die in ihren Booten hockten und die Netze flickten, nickten und sprangen auf.

„...ein alter Mann, ...er kann krank sein, ...vielleicht schon tot ... wer weiß? Und keiner erteilt ihm die Sakramente ..." Eilig stolperten sie zu Marios Hütte hinüber.

Der Eingang war von einem frisch aufgeworfenen Erdwall verdeckt. Eine Reihe Fußbodenbretter, edelstes Pitchpine, lehnte neben der Tür an der Wand.

„He! Mario!", riefen sie schon von weitem. „Wo bist du? Was machst du?" Aus dem Halbdunkeln im Innern ertönte ein gleichmäßiges blechernes Geräusch. „...wir vermissen dich, amico."

Sie hörten, wie ein Spaten aufgestoßen wurde, einmal, zweimal. Dann kroch ein leises Kichern zu ihnen herauf. Schon immer hatten sie geahnt, dass er ein Geheimnis barg, ein sehr tiefgehendes. „Hört ihr?" Aus dem Dunkel wurde ihnen ein Seilende zugeworfen. „Hier! Wenn ihr schon rumlungert und zuseht, wie ein alter Mann arbeitet! Los! Zieht mal!" Sie legten sich auf den Bauch, um besser sehen zu können, und starrten nach unten. „Erdöl... Madonna mia", flüsterte Bandito, „... und gleich in Kanistern... dass es das gibt!"

„Benzin..." verbesserte Guiseppe.

Dann zogen sie nach Kräften, und mit einem Ruck löste sich ein alter Benzinkanister, über und über mit Rost bedeckt, aus der Finsternis. Dann noch einer, und noch einer. Schließlich kam Mario hinterhergekrochen und ließ sich ächzend in den Sand fallen.

„...mein Papa hat den americanos geholfen beim Verladen ihrer Vorräte, damals, als sie rüber machten auf's Festland... Diese hier hatten sie vergessen, sagte mein Papa, und er hat sie vergraben, hier an dieser Stelle, ganz tief. Später hat er sich das Haus gebaut, genau hier lag das Schlafzimmer mit dem schönsten Fußboden von ganz Cintaro. Dann hat er sie vergessen, die Kanister...

Zwanzig Jahre hab' ich gekämpft, amici, mit mir und den Geistern, die mich des Nachts verfolgten. Entweder der Fußboden oder die Kanister!" Er schnaubte verächtlich. „Aber was nützt mir altem Mann ein schöner Fußboden..."

Alfredo zog ihn zu sich heran und kraulte mitleidig sein weißes Haar. „Ein Genie bist du, Mario. Drei Kanister altes amerikanisches Benzin gegen den schönsten Fußboden von Cintaro!" Und dann lachte er, dass ihm die Tränen kamen, und Bandito und Guiseppe stimmten mit ein, und schließlich erzitterte auch Marios Rücken in

156

lautlosem Gelächter. Doch dann stieß er mit dem Fuß gegen das rostige Blech, und sie hörten, wie es darin schwappte.

„Erdöl?", rief er, „Benzin? Larifari! Ich hab kein Auto, ihr habt kein Auto...in drei Tagen wär' alles verpufft...Glaubt ihr wirklich, ich hätte den Boden 'rausgerissen, den schönsten Fußboden von ganz Cintaro, wie ein Maulwurf gewühlt für stinkendes Erdöl, ich Mario, der älteste Mann im ganzen Dorf?"

Sie sahen ihn erwartungsvoll an, während sich sein Gesicht zu einem einzigen triumphierenden Grinsen verzog.

„Ich will es euch sagen, ihr Grünschnäbel." Geheimnisvoll senkte sich seine Stimme. „Whisky ist da drin, amerikanischer Whisky, echter Bourbon... das ist es, was mich zwanzig Jahre nicht hat schlafen lassen... und nun kommt, wir werden lange gut davon haben, amici, sehr lange..."

Und sahen sie sich an, und ihr Blick war voller Zweifel.....

Helmut Pätz

Liebe in Cintaro

Der alte Mario stapfte gemächlich durch den weißen Sand und hob die Nase witternd gegen den frischen Morgenwind. Munter gischtete die Brandung gegen den Strand. Dann sah er das Mädchen, das am Wasser hockte und ihm den Rücken zukehrte. Schmunzelnd trat er näher und sah ihr zu, wie sie einen Fisch nach dem anderen aufschnitt und in den Wassereimer warf. Es schien, als gäbe es außer dieser Arbeit nichts anderes für sie auf der Welt, aber Mario bemerkte doch, wie ihre Schultern zuckten.

"He, Serafina... Tränen, so früh am Morgen? Was ist los?"

157

Das Mädchen zuckte zusammen, presste die Lippen zusammen und wandte sich ab. Hastig griff sie nach einem neuen Fisch.

"Serafina..." Mario beugte sich zu ihr herab. "Sag, ist es wegen Angelo?"

Das Mädchen schüttelte den Kopf, dass die schwarzen Haare flogen.

"Natürlich ist es wegen Angelo... dachte ich es mir doch." Mario langte in den Eimer. "Schöne Goldbarsche. Hat Angelo sie gefangen?"

"Angelo?" Betroffen sah Mario die Verzweiflung in den Augen des Mädchens, das ihn jetzt traurig ansah. "Seit zehn Tagen ist er nicht mehr zum Fischen hinausgefahren... seit...

"Seit?"

"... seit die blonde Frau da ist..."

" Pah, sie wird bald wieder abfahren. Diese Stadtmenschen halten es nicht lange aus in so einem Nest wie dem unsern."

"Sie wird Angelo mitnehmen."

"Angelo? Mitnehmen? Ich denke, er liebt dich. Ihr seid doch das schönste Paar von ganz Cintaro. Zehntausend Lire hätte ich gewettet, dass ihr beide eines Tages..."

"Ach, Mario, was du schon denkst... Sie ist schöner als ich...Viel schöner. Angelo hat es selbest gesagt. Sie ist schön und reich und klug."

"Klug?" Mit der freien Hand kratzte Mario seinen Kopf. "Was heißt das schon?"

"Angelo sagt es. Schließlich muss er es ja wissen, wo er doch jeden Tag mit ihr am Strand spazierengeht und sogar schon zweimal mit ihr in Palermo war. Er sagt, ich könne doch nur Fische ausnehmen. Er sagt, ich könne das zwar sehr gut und sehr schnell, aber eine Frau müsse mehr können als das, wenn ein Mann sie heiraten solle."

Mario ließ den Fisch wieder in den Eimer gleiten, dann hob er den feuchten Finger in die Luft und kniff ein Auge zusammen. "Wir haben guten Wind, Serafina, du solltest aufhören zu weinen..."

Jedermann lachte hier über seinen alten Scherz, denn in Cintaro weht der Wind immer nur von See her. Aber im Gesicht des Mädchens zeigte sich kein Lächeln.-

Angelo zuckte zusammen, als der alte Mario das leere Weinglas auf den Tisch stellte. "Ich wollte dich nicht erschrecken, Angelo. Ah, du bist so allein. Wo ist sie denn, deine blonde Signora?"

"Die Signora? Sie ist abgereist. Heute morgen schon."

Mario rieb sich den Ohrlappen. "So plötzlich?"

"Ich wusste es... schon lange."

"Dabei hätte ich zehntausend Lire wetten mögen, dass ihr beide ineinander verliebt seid und eines Tages..."

"Die Signora und ich?" Angelo schob die Unterlippe vor. "Pah..."

"Ich dachte... aber eine schöne Frau ist sie doch, die Signora..."

Angelo hob die Schulter. "So, findest du?"

"Und klug, das war sie doch auch, Angelo... oder?"

Der junge Bursche mit dem schwarzen, krausen Haar machte eine wegwerfende Kopfbewegung. "Ich weiß nicht. Wozu muss eine Frau klug sein? Und schön, das sind unsere Frauen hier doch auch."

Mario nickte zustimmend. "So wie Serafina?"

Angelo tat einen tiefen Atemzug. "Serafina? Schön, ja, das ist sie bestimmt. Klug muss eine Frau nicht sein, finde ich. Aber schön kann sie gern sein. Und Fische muss sie ausnehmen können, sauber und ohne Verlust und mindestens siebenhundertundfünfzig Stück in der Stunde, das muss eine Frau können, die man heiratet."

Mario griff nach dem Glas, das Valentino wieder gefüllt hatte. Er sah Angelo von der Seite an. "Und Serafina, meinst du, dass sie das kann?"

Der junge Fischer erhob sich und legte dem alten Mann die Hand auf die Schulter. "Wer etwas anderes sagt, ist ein Dummkopf... So, und jetzt muss ich gehen und das Boot klarmachen für morgen..."

Mario aber blieb zurück und schmunzelte still vor sich hin.

Helmut Pätz

Mario und der Ruhm

Mehr als eine Woche konnten ins Land gehen, ehe sich der Briefträger in diesem von der Welt verlassenen Nest sehen ließ, und daher war es für die Leute von Cintaro jedesmal ein Ereignis, wenn es für einen von ihnen Post gab.

"Für mich!" rief der alte Mario schon von weitem und schwenkte die Zeitung. "Giernale di Sicilia... vom Maestro Corelli!"

Ah, sie erinnerten sich gut, Anseimo, Alfrede, Benito und Giuseppe, an jenen sonderbaren Menschen, der damals, lang und schlaksig, mit Brille und Baskenmütze, zu ihnen ans Wasser getreten war, damals, als sie und ihre Boote sich in der leichten Dünung wiegten. Er starrte sie, nacheinander, lange an. "Ich bin Benevenuto Corelli", hatte er gesagt, "Kunstmaler aus Palermo... und endlich habe ich gefunden, was ich seit Jahren vergeblich suche: einen Charakterkopf!" Er wies auf den alten Mario. "Signore, würden Sie mir Modell stehen zu einem Bild mit dem Meer als Hintergrund?"

Mario hatte dagesessen, mit offenem Mund, und nur ratlos die Schultern bewegt, bis schließlich Anseimo hinter ihn getreten war. "Wie kannst du zögern, amico?" Er legte die Hand auf seine grauen Haare. "Der Maestro wird dich in Öl und Leinen verewigen. Dein Name wird bekannt werden in aller Welt, und von überall werden die Leute kommen und werden fragen: 'Ist das hier Cintaro, wo der berühmte Mario wohnt?'" Und Alfrede, Benito und Giuseppe hatten zustimmend genickt.

In den folgenden Wochen hatte Mario Tag für Tag auf den Planken eines der Boote gehockt, unbeweglich in den Himmel starrend, als prüfe er den Wind, während der Maestro mit Leinwand und Palette bewaffnet, vor ihm saß und nur hin und wieder den Kopf des alten Mannes zurechtrückte, damit die Sonne noch wirkungsvoller die Schatten in das wettergebräunte Antlitz zeichnete. Die anderen Fischer aber hatten in gebührendem Abstand verharrt und sich nur bedeutungsvoll angeschaut, wenn Mario abends mit stolz erhobenem 'Charakterkopf' in Valentinos Kneipe erschien, - um im Bewusstsein kommenden Ruhmes - allein und würdevoll an einem Tisch für sich das Modellhonorar in funkelnden Zaffarano umzusetzen.

Eines Tages dann war das Bild fertig geworden. Der Maestro hatte Mario zum Dank die Hände geschüttelt und war verschwunden, ehe einer von ihnen einen Blick auf seine Schöpfung werfen konnte. Und bald darauf war auch diese Angelegenheit in Vergessenheit geraten.

Jetzt aber scharrten sie sich aufgeregt und neugierig um den alten Mario, der mit zitternden Händen eine Seite nach der anderen aufblätterte.

"Da ist es!" rief Anselmo. "Bildnis eines alten Fischers... erster Preis für einen jungen modernen Maler unserer Gegenwart..." Sein Blick fiel dann auf das Foto. "Dein Charakterkopf, Mario..." Er verstummte plötzlich, und auch Giuseppe, der gerade etwas sagen wollte, schloss verdutzt wieder den Mund. Eine ganze Weile standen sie da, blickten einander fassungslos an und dann auf Mario, der bestürzt im Sand hockte. Auf einmal kicherte Benito, Alfredo prustete los, und auch Anselmos Schultern zuckten in verhaltenem Lachen. Schließlich bogen sie sich vor brüllendem Gelächter und schlugen einander auf die gekrümmten Rücken. Der alte Mario aber ging wie ein Traumwandler über den Strand zurück, wobei er die entfaltete Zeitung immer noch mit beiden Händen vor sich hielt.

Er schloss die Augen, dachte angestrengt nach, aber er verstand nicht. Nein, er hatte damals wirklich nicht den Eindruck gehabt, dass der Maestro nicht ganz richtig sei da oben im Kopf. Wie aber sollte er sich sonst erklären, dass das 'Bildnis eines alten Fischers' nichts anderes war als ein riesiges Auge in der oberen linken Ecke, ein zweites, viel kleineres, in der unteren rechten und ein Bootsmast, der quer durch die sonst leere Bildfläche ragte?

Hinter seinen Rücken hörte er immer noch die anderen lachen, und eine ingrimmige Wut schoss in ihm hoch. Unheilschwere Rachegelüste des geborenen Sizilianers erwachten in ihm, und er sann nach, wie er diese Schmach vergelten konnte.

Und wehe dem Maestro! Am Abend schon hing die Zeitung mit dem ersten Preis für einen modernen Maler hinter Marios Hütte auf einem gewissen Örtchen...!

Helmut Pätz

Noch kein Ende abzusehen...

Der Wind stand nicht günstig, und sie konnten nicht hinausfahren zum Fischfang. Sieben Tage hatte es geregnet, und eines Nachts verschüttete ein Erdrutsch die kleine Straße von Cintaro. Mindestens fünfzehn Autos standen am nächsten Morgen vor dem riesigen Erdwall. Man hupte und hupte, aber die Mauer aus Sand und Felsbrocken wollte nicht weichen.

Ein beleibter Amerikaner stieg aus und begab sich zu den Fischern im Dorf. Er hielt einige Dollarnoten in der Hand. "...wenn Sie uns die Straße freischaufeln. . ."

Anseimo, Giuseppe und Benito sahen sich an. "...unser Handwerk ist der Fischfang,   Signore, auf Hacke und Schaufel verstehen wir uns nicht."

"Fünf Dollar", sagte der Amerikaner, und als sie immer noch zögerten: "Für jeden von euch."

Da gingen sie hin, besahen sich den Schaden, sagten, das würde lange dauern, und fingen schließlich an zu schaufeln. Die Leute, denen die Autos gehörten, sahen sich inzwischen den Ort an und fanden ihn idyllisch und die Bewohner und den Wirt Valentine, der sein bestes Faß aus dem Keller holte, reizend. Am späten Nachmittag war die Straße frei, und die Reisenden aus aller Herren Länder konnten weiterfahren.

Am nächsten Morgen aber war alles wieder zugeschüttet. Wagen reihte sich an Wagen. Man hupte. Man fluchte. Man ging ins Dorf und flehte. Man bot den Männern Geld, und Anseimo, Benito, Alfrede und Giuseppe schaufelten. Nicht allzu schnell, denn obgleich das Wort "Tempo" italienischen Ursprungs war, war seine zeitgemäße Bedeutung doch noch nicht bis hierher durchgedrungen. Also gingen die, denen die Autos gehörten, wieder in den Ort. Die Frauen servierten heißen Kaffee und der Wirt kühlen Wein, wobei er jedesmal sein "einziges bestes" Faß aufmachte...

Am fünften Tag kam ein Reporter. "Ich werde einen Bericht schreiben über die Männer von Cintaro", sagte er zum alten Mario, der auf eine Schaufel gestützt dastand und den anderen zuschaute. "... ob jung oder alt, nicht einer schließt sich aus..."

Mario nickte. "... und noch kein Ende abzusehen, Signore."

Der andere reichte ihm ein Geldstück. "... ja...'ne harte Arbeit.... den ganzen Tag über..."

Der alte Mario sah den Zeitungsmann schräg von der Seite an.

"Tagsüber?... Da sollten Sie mal nachts kommen, wenn wir alles wieder zuschaufeln, damit die Straße bis zum nächsten Morgen wieder zugeschüttet ist..."

Helmut Pätz

Piranhas

Der alte Amadeo zog den Poncho von der Schulter und riss sein Pferd herum. Er ließ die brüllende, stampfende, in eine ungeheure Staubwolke gehüllte Rinderherde hinter sich zurück und ritt hinüber zu dem abseits trabenden Ochsen, auf dessen knochigem Rücken wie leblos der kleine Junge hing. "He, Jose! Was ist los? Warum weinst du?"

Das tränenverschmierte Gesicht hob sich ihm entgegen. "... es ist wegen Papitana..."

Amadeo verhielt sein Pferd. "Was ist mit Papitana?"

Der Junge beugte sich vor und liebkoste den mageren Hals des Tieres. "Alonzo hat gesagt..." er schluckte ein paarmal, "... er hat gesagt, du hast ihn nur deshalb nicht in Tia Marta verkauft, weil er zu alt ist und zu mager und weil sie dir zu wenig für ihn geboten haben und du ihn deshalb lieber den Fischen zum Fraß vorwerfen willst."

"Das hat Alonzo gesagt?"

"Ich schwöre, dass er es gesagt hat... aber, sag, Amadeo, du hast ihn doch nicht behalten, weil er zu mager ist und nicht mehr taugt für die Herde, nicht wahr? Er ist alt, das stimmt, aber er war einmal das beste Leittier zwischen Rio Sao Manoel und den Sucuruina, Vater hat mir das immer erzählt... und du hast ihn doch nur behalten, weil Papitana und ich die besten Freunde sind, weil ich ihn so sehr mag, und er mich auch... sag Amadeo, sag, dass du ihn nur deshalb nicht verkauft hast."

Der Gaucho hob den weißhaarigen Kopf und witterte in die Ferne. Am Horizont waren nur vereinzelte staubgraue Buschreihen zu erkennen, aber er roch es, dass sie nicht mehr weitab waren vom Fluß. Dann blickte er wieder hinüber zu dem Jungen, der mit zärtlicher Hand Papitanas Schnauze streichelte, während das Tier mit dursttrockener Zunge über die braune Haut des Jungen leckte. "Alonzo, ah..." sagte er dann, "... er ist ein alter Schwätzer... er redet nur so daher..."

Joses Augen leuchteten auf. "Ich wusste es, Amadeo, ich wusste es doch... Papitana und ich gehören zusammen. Der eine würde krank werden, wenn der andere nicht bei ihm ist... bestimmt."

Der alte Mann brummte etwas Unverständliches und trieb sein Pferd wieder in eine schnellere Gangart an. "Ich werde den Leuten sagen, dass sie die Tiere etwas zurückhalten sollen", rief er zurück, damit ihr beiden nicht den Anschluss verliert."

Gegen Mittag verließen sie die Savanne und drangen in den schmalen, schwülschattigen Waldstreifen ein. Amadeo wartete, bis Papitano, auf dessen Rücken immer noch der Junge hing - schlafend, zusammengekauert unter dem breitrandigen Hut aus Palmenblättern -, bei ihm war. Behutsam hob er den Kleinen zu sich aufs Pferd. "Laß Papitana ein Weilchen allein laufen, Jose, deine Last ist zu schwer für ihn, jetzt, da die Sonne am höchsten steht."

Der Junge seufzte. Er schlug die Augen auf, und Amadeo konnte nicht verhindern, dass er noch sah, wie Alonzo auf Papitana zuritt, ihm das Lasso um die gekrümmten Hörner schwang und dann das Tier, das einen Augenblick lang störrisch bockte, dann aber willig folgte, in den feuchten, dämmrigen Hintergrund zog.

"Papitana!" Jose war plötzlich hellwach. "Papitana! Alonzo! Nein, nein!"

Amadeo presste das Kind, das sich in seinen Armen wie wild gebärdete, an sich. "Ruhig... ganz ruhig, mein Junge..."

"Alonzo!" Steif aufgerichtet, starrte Jose mit angstgeweiteten Augen dorthin, wo der Reiter mit dem altersschwachen Ochsen gerade verschwunden war. "Papitana!"

Amadeo schwieg. Er presste die Lippen zusammen, hielt den Kopf des Jungen gegen sich und ritt der Herde nach bis an den Fluss, der sich fauliggrün und träge durch die Dämmerung wand. Wortlos ritt er, während der Junge sich verzweifelt in seinen Armen wand und mit seinen kleinen Fäusten gegen seine Brust trommelte.

Am schlammigen Ufer drängten sich die Rinder, brüllten vor Durst und scharten sich um das Leittier, das von den Gauchos immer wieder vom Wasser zurückgetrieben wurde. Amadeo ritt weiter, bis er selbst ganz nahe am Ufer stand und flussabwärts blicken konnte, wo ein breites Bündel goldflimmernder Sonnenstrahlen durch eine Lücke im Dach der Urwaldriesen geschlüpft war und sich, in allen Farben schillernd und die Augen blendend, an dem fast schwarzen Wasserspiegel brach. Amadeo starrte in die Finsternis dahinter, aus der plötzlich ein schwaches, fast menschliches Aufstöhnen erklang, dem ein dumpfer Aufschlag auf das Wasser folgte.

Eine fast unerträgliche Stille setzte ein. Es war, als wagten Mensch und Tier nicht mehr zu atmen. Alles schien in sich erstarrt.

Aber dann kam sie, die ungestüme Bewegung, knapp hundert Fuß entfernt. Widerwillig fast, aber dann unaufhaltsam, gischtete es auf, stieg empor, silberhell erst und dann sich rötlich färbend.

Sprühend verlor es sich, bis es wie feinster Staub in der unbewegten, flirrenden Luft hing. Und über allem lag ein emsiges, feines Sägen, wie wenn Millionen von Heuschrecken ein ganzes Kornfeld leerfräßen...

Amadeo stand immer noch regungslos da, als Alonzo aus der grünen Wand zurückgeritten kam und ihm nur stumm zunickte. Dann gab er den Männern ein Zeichen. Sie zerrten den Leitbullen ins Wasser und trieben die anderen Tiere in höchster Eile hinterher. Amadeo ritt mit ihnen, den Jungen im Arm, der sich hin und wieder zurückwarf und dabei kleine, schrille Schreie ausstieß.

"Alle durch?" fragte Amadeo den Mann, der am jenseitigen Ufer stand und die dem Land zustrebenden Tiere zählte. Und als der bejahend nickte, atmete er tief auf. Er blickte noch einmal zurück zum Fluss, dessen Oberfläche nun wieder bewegungslos dalag, und weiter ab trieb es, nur einmal kurz aus dem Wasser ragend, hellrosig schimmernd, wie ein säuberlich abgenagter Rippenbogen.

Jose, in seinem Arm, war ruhig geworden. Er hielt die Augen geschlossen, und nur das Schluchzen, das hin und wieder den schmächtigen Körper erschütterte, zeigte an, dass er nicht schlief.

"Hör zu, Jose." Amadeo sprach ganz leise, und nur zu ihm. "Alles, was lebt, hat eine Aufgabe. Mensch wie Tier... bis zum Tod. Auch der Tod ist eine Aufgabe... und Papitanas Aufgabe war der Tod. Ohne ihn wär keiner durch diesen mörderischen Fluss gekommen, die Tiere nicht, du nicht, ich nicht... sie liegen auf der Lauer, in jedem Fluss, ob seicht oder morastig, ob wild oder trügerisch ruhig... mit Zähnen, schärfer, als wir jemals unsere Macheten schleifen können... du musst wissen, Jose, ein   Opfer müssen sie haben, jedesmal, diese verfluchten Piranhas..."

Der Junge sagte nichts, und Amadeo wusste nicht, ob er überhaupt zugehört hatte. Er beugte sich herab und rieb sein bärtiges Kinn behutsam an der Wange des Kleinen. Dann gab er dem Pferd einen leichten Schlag und jagte hinter der Herde her. Und über den Tieren stand eine weithin sichtbare Staubwolke, die die blauen Bergrücken am Horizont in eine unwirkliche Ferne rückten.

Helmut Pätz

Streik in Texas

Als Tom Webster in Bigtown ankam, brannte die Mittagssonne auf die kleinen Holzhäuser nieder, und er begegnete keiner Menschenseele auf der Straße. Schnurstracks ritt er auf das Haus des Sheriffs zu und band sein Pferd im Schatten eines Baumes an.

"Hallo!" rief er und stieß die Tür mit dem Fuß auf. "Ich hab' 'ne wichtige Sache zu melden, Slim!"

Slim, der Sheriff, saß mit geschlossenen Augen im Schaukelstuhl. Seine beiden Gehilfen schnarchten, der eine zusammengerollt wie ein Hund zu Slims Füßen, der andere auf dem Schreibtisch.

"All devils!" rief Tom Webster und wischte sich den Schweiß von der Stirn. "Ich hab' 'ne tolle Sache für euch, und ihr schlaft."

"Wir streiken", entgegnete Slim, ohne die Augen zu öffnen. "Darum interessieren uns keine Sachen. Auch keine tollen."

Webster ließ sich auf einen Stuhl fallen, der nur noch drei Beine hatte. "... hab' ich einen Durst... und warum streikt ihr, wenn man fragen darf?"

"Weil der Gouverneur unsere Dienstzuwendungen nicht erhöht. Darum. Ganz loyal. Auf einstimmigen Beschluss von Jonathan und Ben. Ich bin zum Streikleiter gewählt worden. Du musst also warten mit deiner Angelegenheit, bis der Streik beendet ist."

"Es ist aber wichtig, Slim."

Der Sheriff hob abwehrend die Hand. "Nichts ist wichtig... aber du hattest Durst, Tom. Drüben im Schrank steht die Whiskyflasche. Pur oder Soda?"

"Pur. Von Wasser krieg' ich noch mehr Durst... aber willst du wirklich nichts hören, Slim?"

"Nichts will ich, wenn wir Freunde bleiben wollen..."

Tom Webster leerte das Glas in einem Zug. "Okay." Dann sprach keiner ein Wort mehr. Irgendwo in dem dumpfen

Raum summte eine Fliege, und der Sheriff klatschte mit der flachen Hand auf seine Glatze. "Tom", sagte er nach geraumer Zeit und blinzelte schläfrig, "ist es wirklich so wichtig, was du berichten wolltest?"

Tom Webster füllte sein Glas erneut. "Sehr wichtig."

Wieder herrschte minutenlange Stille. "Als Sheriff will ich nichts wissen, Tom, aber als Freund kannst du mir ja erzählen, was du unbedingt loswerden willst, inoffiziell, nur so zur Unterhaltung, verstehst du?"

"Verstehe." Tom Webster nickte. "Es ist wegen Viehraub..."

"In meinem Distrikt?"

"In deinem Distrikt, Slim."

"Woher weißt du das?"

"Hab's selbst gesehen. Könnt' nichts machen. Waren zu viele."

"Tiere?"

"Männer."

"Wie viele?"

"Männer?"

"Rinder mein' ich."

Tom Webster stellte das Glas auf den Tisch. "Ist der Streik beendet?"

"Ich frag' doch nicht dienstlich."

"Schätze... cirka dreihundert Stück."

"Wo?"

"Fünf Pferdestunden von hier. An der Straße nach Mixfield."

"Mixfield, sagst du?" Der Schaukelstuhl stand mit einem Ruck still. "Etwa auf der linken Seite?"

Tom Webster schlug nach der Fliege, die sich auf seiner mächtigen Nase niedergelassen hatte. "Stimmt."

Tiefe Stille. Dann brach ein Donnerwetter los. "Beim Skalp meiner Urgroßmutter! Weißt du denn nicht, dass das meine Viehherde ist? Meine dreihundert Stück Rinder? Gestern hab' ich sie der Southern Corned Beaf

Company verkauft und schon einen Vorschuss von tausend Dollar in der Tasche, du Greenhorn!"

"Slim, ich sagte ja, dass es dringend ist..."

Mit einem Satz war der Sheriff aus seinem Schaukelstuhl, zog den schweren Colt aus dem Halfter und schoss dreimal gegen die Zimmerdecke, so dass die letzten Scherben der längst zerschossenen Fensterscheibe in jähem Schrecken erzitterten. Wie vom Skalpiermesser gekitzelt, waren Jonathan und Ben auf den Beinen. "Holt die Pferde raus und die Gewehre! Viehdiebe sind im Land! Los, old fellows, der Streik ist hiermit beendet." Und dann stürmten sie los, Slim, Jonathan und Ben...

Tom Webster aber sah ihnen kopfschüttelnd nach. So'n Streik war 'ne ernste Sache. Doch Viehdiebe sind 'ne andere Sache, und tausend Dollar sind tausend Dollar.

Aber er hatte immer noch Durst und griff wieder nach der Flasche mit dem Whisky.

Helmut Pätz

Unter den feurigen Kreisen der Sonne

Kenneth verzog das Gesicht und wischte die stechenden Sonnenstrahlen weg, die ihm wie quälende Insekten im Nacken hockten. Dann richtete er sich auf und folgte den anderen. Seine Bewegungen wirkten entschlossen, aber dennoch langsam, und er schien voller dunkler Erwartungen. Unterwegs warf er den Zigarettenstummel weg und trat bedächtig mit dem schweren Gummistiefel darauf.

Der Tank wuchs jetzt vor ihm auf, riesig,... rund, eine endlose, gebogene Mauer. Weißsilbrig und glänzend aus der Ferne - in der Nähe schmutzig und grau, voller Risse und Rostflecken im Farbmantel. Kenneth bückte sich und kroch durch das niedrige Mannloch in die stinkende Finsternis. Der Schatten im Innern kühlte nicht. Tropische Schwüle presste sofort den Schweiß aus der

Haut. Es war hier so dunkel, dass er die feurigen Kreise der Sonne sah, in die er eben noch hineingeblinzelt hatte. Irgendwo aus dem Unsichtbaren drang Burus Stimme an sein Ohr, klanglos, allseitig ohne Echo ... wie aus einer anderen Welt.

Er ging weiter, wesenlos, wie ein Schlafwandler. Unter seinem Schritt federten die breiten Holzbohlen, - ein Fehltritt, und er lag in diesem knietiefen Brei aus Sand, Wasser und Öl. Nach und nach erkannte er die trüben Lichter der Sicherheitslampen - kaum hell genug, dem Sumpf eine bräunlich schillernde Oberfläche zu geben. Nach wenigen Metern verlor sich alles in gähnender Leere. Dort, wo sich in weiter Ferne die vier Mannlöcher als schwache Punkte abzeichneten, konnte man die Wände des Tanks ahnen, dort, wo er die Welt und das Leben hinter sich zurückgelassen hatte.

Ein fremder Rhythmus ließ die Bohlen erzittern. Dann tauchte es auf vor seinen schmerzenden Augen, kaum einen Schritt entfernt. Kenneth sprang in den Sumpf. Er versank bis an die Knie und fühlte neben sich den Schubkarren vorbeigleiten, und undeutlich, darüber gebeugt, erkannte er die Umrisse eines Mannes. Kein Gesicht, das sich graubleich vom schwarzen Hintergrund abhob. Das musste Anthony, der Schwarze, sein. Die Bohlen ächzten, und Anthonys Atem rasselte. Kenneth kroch wieder auf die Bohle zurück. Er schlug den Schlamm von den Stiefeln und tastete sich weiter, dorthin wo er Burus vermutete. Dann trieb er die langstielige Schaufel in den Schlamm und warf ihn in die Blechkarren, die Anthony, Harricks und der andere, der Neue, von drei Seiten an ihn heranbrachten, um dann mit gefüllten Kästen, ächzend und stöhnend, mit zitternden Muskeln und rasselnden Lungen, an die Mannlöcher zu balancieren. Hier kippten sie sie um, und ein anderer schaufelte den ganzen Brei nach draußen, wo er in der Sonnenglut kochte. Stundenlang ging das so, tagelang.

Unablässig floß der Morast zu seinen Füßen zusammen, sich immer wieder erneuernd aus dieser stinkenden, glucksenden Unendlichkeit. Wie er, so standen auch die anderen, Higgs, Moils und Barret. Alle schaufelten. Sie schaufelten schon seit Wochen, und die Southern hatte zweihundert von diesen verdammten Tanks hier stehen.

Ungleichmäßig erklang das Aufschlagen der Schaufeln auf die Blechkarren.

Sonst hatte Kenneth immer ausgespuckt, wenn Burus vorbeikam. Heute nicht mehr. Dabei hatte Burus ihm nichts getan. Burus tat keinem etwas. Er tat überhaupt nichts. Er ging nur umher und hatte Katzenaugen. Sobald die Schaufel nur einen Augenblick lang ruhte und man sich schweratmend darauf stützte, tauchte Burus aus der Dunkelheit auf. Er sagte nichts - oder nur selten. Von Burus hing es ab, ob einer hier arbeitete und ob er morgen noch hier arbeitete. Keiner arbeitete gern hier. Aber es gab keinen anderen Job für sie. Und so blieb man, obgleich es ein Fluch war, hier zu arbeiten. Kenneth wusste das, und auch, dass man nicht loskam von Burus.

Gestern war er bei Willcox gewesen, in seinem Büro, einer alten Bretterbude, nur wenige Minuten von den Tanks entfernt. Willcox suchte einen Mann, der schreiben konnte. Bevor Kenneth hingegangen war, hatte er zu Burus gesagt, dass er wohl nicht wiederkommen werde. Burus hatte ihm verständnislos nachgeschaut, als er losgezogen war in seinem dreckigen Overall und den verschmierten Gummistiefeln. Und Willcox hatte ihn ebenso verständnislos angesehen, eine ganze Weile, von oben bis unten. Dann hatte er die Brille wieder aufgesetzt. "... tut mir leid, Mister Kenneth, aber ich hab' schon jemanden."

Fast eine ganze Stunde hatte er sich dann zwischen den Tanks herumgetrieben, ehe er wieder zurückging. Und auch Burus hatte ihn wieder nur angesehen, wortlos, und in seinen grauen Augen lag nicht eine Spur von Triumph.

"Mach, daß du 'reinkommst", sagte er nur und machte eine Kopfbewegung nach dem Mannloch.

Da wußte Kenneth, dass Burus mehr war als einer, der nur Katzenaugen hatte und umherging. Er spuckte nicht mehr aus, wenn Burus neben ihm stand. Er stak im Sumpf wie eine Fliege im Leim, und er schaufelte, und der Schweiß drang ihn aus allen Poren und verdampfte im Overall. Schaufel rein - Schaufel hoch, rein - hoch...

Und dann war sie plötzlich da, diese kleine, unscheinbare Bewegung in der Finsternis, nicht weit weg von ihm. Dazu die Stimmen der beiden Männer, Burus' und die des Neuen, der seit gestern hier arbeitete.

"Zigarette aus der Schnauze!" brüllte Burus.

Der Neue stand klein und geduckt vor ihm. "Geht dich einen Scheißdreck an, elender Antreiber!"

Kenneth ließ die Schaufel sinken. Er sah, wie es aufglühte, ein winziger Punkt nur.

"Hab' schon woanders gearbeitet, ohne einen wie dich dahinter. Hab' immer geraucht dabei. Verdammt, Burus, ich will dir beweisen, dass der ganze Dreck hier nicht brennt..."

Der Neue bückte sich -, und schon lag Burus über ihn. "Rohöl... du Idiot!"

Aber das Feuerzeug war schon angesprungen. Auf der trägen, fettglänzenden Oberfläche flackerte eine Flamme. Nur wenige Fuß hoch, stand sie zwischen den beiden Männern. Unentschlossen, rötlich trüb, schien sie wieder in sich zusammenfallen zu wollen. Und plötzlich war da ein feines Singen in der Luft, und die Flamme leuchtete hellauf, sich bis Mannshöhe aufrichtend.

"Raus! Alle Mann raus!"

Burus' Stimme war wie der Schrei eines tödlich getroffenen Tieres. Kenneth warf die Schaufel weg. Mit einem Satz war er auf der Bohle, die unter seinem Aufprall federte wie ein Sprungbrett. Und dann rannte er um sein Leben. Er blickte sich nicht um. Raus, nur raus!

Das war jetzt sein einziger Gedanke. Vor sich erkannte er Anthony, wie er mit grotesken Schritten dem Mannloch zustrebte. Kenneth' Atem ging keuchend. In seinen Lungen wimmerte die Todesangst wie das ungleichmäßige Schluchzen eines kleinen Kindes. Das Rauschen in der Luft schwoll an, und hinter ihm wurde es heller.

Auf keinen Fall vorbeitreten! Seine Gedanken arbeiteten im Rhythmus des angstgepeitschten Herzens. Wo waren die anderen? Wo war Burus? Wo das Mannloch? Mein Gott, er sah das Mannloch nicht mehr!

Das Brausen, dieses fürchterliche Brausen erfüllte jetzt das ganze riesige Rund. Und plötzlich warfen ihn unsichtbare Riesenfäuste zurück. Weiße, gnadenlose Helle blendete ihn.

Dann lag er im Sumpf, die Hände in die Bohle gekrallt. Unmittelbar über ihm gähnte das Mannloch. Die Luft, vom Feuer angesaugt, drang von außen wie ein Orkan ins Innere und hatte ihn zurückgeworfen. Kenneth stöhnte dumpf. Herrgott im Himmel, hilf mir. Ich will raus hier... ich will raus!

Seine Hand griff in den Rand des Mannloches, die Finger tasteten in den Schraubenlöchern der Flansch. Wie ein Wahnsinniger warf er sich gegen den Luftsog. Sein Handrücken glitt über den messerscharfen Grat der Öffnung. Dann fiel er nach draußen in den Morast, lag einige Atemzüge lang reglos, über und um sich das Rauschen der Katastrophe. Er kroch weiter, und die schweren Stiefel klebten im weißen Sand. Wie die Sonne blendete! Er sah nichts mehr.

"Hinhauen!" brüllte einer neben ihm.

Er fiel erneut. Die Lungen sangen, das Herz hämmerte. Er lag, er wusste nicht, wie lange.

Warum ging der Tank nicht hoch?

Im Liegen hob er den Kopf. Zwei Gestalten, ineinander verkrampft, taumelten aus der singenden Öffnung: Burus,

- er hielt den Neuen im Arm. Sie taumelten, fielen, wie die anderen auch alle.

Kenneth starrte in den weißen Sand, in dem kein Grashalm wuchs. Die Sonne stach in die Wunde auf seinem Handrücken, die er sich an dem Mannloch gerissen hatte, und neben der Wunde stand die abgeschabte Haut wie eine zusammengedrückte Ziehharmonika.

Dann ging ein dumpfer Ruck durch den Erdboden..

Helmut Pätz

Als Napoleon zweimal starb

Historisch ist der Tod des großen Korsen in dieser Form nie bekannt geworden. Dennoch ist er unbestreitbare Tatsache. Und es ist ebenso eine Tatsache, dass ich tagtäglich, ja, stündlich darum bange, er könnte jetzt, in dieser Zeit, noch ein drittes Mal sterben...

Schon vor seinem ersten Tod war der Einfluss des großen Feldherrn auf mich damals noch kleinen Jungen unverkennbar, nämlich, wenn ich die Schulferien bei den Großeltern auf dem Lande verbrachte, wenn nichts mich davon abhalten konnte, Tag für Tag mit den Nachbarskindern die Wälder der näheren und weiteren Umgebung zu erforschen, wenn kein Baum zu hoch, kein Bach zu tief war, als dass ich ihn nicht bezwang, und ich kaum eine Mahlzeit über still am Tisch zu sitzen vermochte. Stundenlang aber konnte ich in Gedanken versunken vor ihm verweilen, wie er da stand, den Dreispitz auf dem genialen Kopf, die herrschende Hand in gewohnter Art zwischen die Uniformknöpfe auf der Brust geschoben und mit grimmiger, entschlossener Miene über neue weltbewegende Feldzugspläne nachdenkend.

In der Vitrine stand er, eine überaus prächtige Erscheinung in Porzellan und zugleich Großmutters Lieblingsstück. Wie unendlich behutsam fasste sie ihn an, wenn sie ihn herausnahm, um ihn abzustauben. Nie hätte sie erlaubt, dass ich einmal, auch nur ganz zaghaft, über seine Uniform gestrichen, geschweige denn gar mit ihm gespielt hätte. Ich hätte auch nicht gewagt, sie darum zu bitten. Hinter blitzenden Glastüren schien er für mich unerreichbar. Dennoch: Er wurde mein Schicksal - und ich wurde seins.

Als ich einmal allein im Hause war, erwies sich, wie stark sein Einfluss auf mich war, und erst, als ich das kühle Porzellan in der Hand fühlte, wurde mir bewusst, dass ich ihn herausgenommen hatte. Ich stellte ihn auf den Tisch, wendete ihn hierhin, drehte ihn dorthin. Und dann führte Napoleon die Schlacht. Vom Feldherrnhügel aus - Großvaters Zigarrenkiste - blickte er, ungerührt, in einsamer Größe, auf die Armeen herab, die ihm entgegenwogten und wieder zurückwichen, ganz wie ich die schwere Plüschtischdecke in dicken, vollen Falten auf ihn zuschob oder wieder glattstrich. Und sie wurden unser gemeinsames Verhängnis, diese Tischdecke und die Armeen. Auf einmal sah ich ihn hintenüberkippen und jenseits der Tischkante nach unten verschwinden.

Ich schloss entsetzt die Augen, hörte einen dumpfen Aufschlag und dann jenen leisen, klagenden Ton, wie wenn Glas zerspringt, dann aber kurz abbricht, ohne nachzuklingen.

Bonaparte hatte beim Fall seinen Kopf verloren! Er war bis in die Ecke gerollt, und Dackel Waldi schnüffelte respektlos daran.

Ich stand wie erstarrt. Alles Weitere geschah dann wie in einem Alptraum: Angstvolles Suchen und Stöbern an Großvaters Schreibtisch, irgendwo dann eine Tube mit Klebstoff - und dann stand der Korse mit sorgfältig aufgeklebten Kopf wieder in der Vitrine.

Meine Wandlung in den nächsten Tagen muß auffällig gewesen sein. Ich versuchte, Großmutter jeglichen Wunsch zu erfüllen, bevor sie ihn überhaupt aussprechen konnte. Ich holte ihr gespaltenes Holz vom Hof und Kartoffeln aus dem Keller. Ich brachte Großvater die lange Pfeife, kaum dass er sich auf seinem Lieblingsplatz am Fenster niedergelassen hatte. Zwischendurch aber hockte ich so still auf meinem Stuhl, dass die beiden Alten sich hin und wieder besorgt ansahen. Einmal fühlte Großmutter sogar unauffällig meinen Puls. Ach, Napoleon!

"Gib ihm doch mal den Napoleon", sagte Großvater eines Abends, "er war so brav in den letzten Tagen. Lass ihn doch einmal damit spielen. Heute nur..."

Großmutter schien zu überlegen, eine ganze Weile, dann trat sie an den Schrank.

"Nein", rief ich verzweifelt, "nein... bitte nicht!"

Die Großeltern waren bestürzt. "Du willst nicht?"

"Nein, nein! Wenn ich damit spiele... er könnte kaputtgehen... nein, er ist viel zu wertvoll."

"Wertvoll?" Großmutter lachte plötzlich hell auf. "Ach, Junge, ich hab' dir's ja gar nicht sagen mögen... vor vier Wochen, weißt du, da ist er mir beim Staubwischen heruntergefallen... der Kopf war ab. Ich hab' ihn wieder angeklebt..." - - -

Ich sitze und sinne. Napoleon steht jetzt nebenan im Wohnzimmer hinter blitzendem Glas. Sein zweiter Rückzug führte dieses Mal nicht über die Beresina, sondern - tief versteckt im Gepäck eines Flüchtlingsjungen - über einen anderen vereisten Fluss des weiten Ostens. Eine prächtige Erscheinung in buntem Porzellan ist er zugleich mein Lieblingsstück und das meiner drei Jungen. Ich sitze und bange, warte auf jenen leisen, klagenden Ton, wie wenn Porzellan zerspringt...

Aber meine drei Buben wissen nicht, dass der große Korse schon zweimal starb. Und das ist gut so!

Helmut Pätz

Bitterer Wein auf Korsika

Die Menschen hier sind wie die Insel, auf der sie leben, und die Insel ist wie ihre Menschen: karg und hart, mißtrauisch, offenherzig und rätselhaft zugleich. Die Alten - harter Fels sind sie, zerrissen, zerklüftet. Wie das klare Wasser aber, der hohe Himmel, leidenschaftlich wie der Wein, der an den Südhängen wächst, - so sind die Jungen. So war Pertucci, der Alte –und so Tonio, der Junge.

Meine Geschäfte warteten. Ich war unruhig, fieberte darauf, zurückzugehen aufs Festland, in die Stadt. Aber schon jetzt fühlte ich, dass ich Sehnsucht haben würde, nach diesem Land, grau, schroff, lieblich-grün, vom Meer umtost, - Sehnsucht nach dem frischen Wind, der an den knorrigen Bäumen zerrte, bis sie sich lockerten, in die Tiefe schlugen, - Sehnsucht nach der Brandung, die ihre Wogen gegen eine steil abweisende, dann wieder hellsandig lockende Küste schlug. Und immer wieder würde ich zurückdenken müssen an Pertucci, in dessen graufaltigem Gesicht, den ruhigen und in die Ferne schweifenden Augen sich das Schicksal der Menschen dieser Insel widerspiegelte, an Tonio, ein Kind fast noch, das schon ahnen mochte, was ihm bevorstand.

Als wir vor dem Haus saßen, den Wein tranken und in den herabsinkenden Abend hineindösten, huschte ein schneller, schmaler Schatten an uns vorbei.

"Tonio..." sagte Pertucci. "Heut' werd' ich es ihm sagen... heute Abend noch... oder morgen früh..."

"Was?"

Er sah mich an, eine ganze Weile. "Wir haben es beschlossen... wir alle... die Familie... die ganze Nacht hindurch haben wir zusammengehockt. Als wir dann zu Haus in den Betten lagen, da hat keiner von uns mehr ein Auge zugemacht, bis zum frühen Morgen nicht... keiner... ich muss es dir sagen, amico, du bist ein Freund..."

Ich drehte mein Glas in den Händen. "Wie alt ist Tonio?"
"Zwanzig wird er... Ich weiß, was du sagen willst... aber es ist unsere Sache... ganz allein unsere."
Er hatte Recht. Mich ging das nichts an. Es war eines der Rätsel, welches diese Insel uns aufgibt, vielleicht eines ihrer dunkelsten...
Vendetta - Blutrache!
Ich fühlte mich zurückversetzt um zwei, drei Jahrhunderte. Die vielen flimmernden Lichter unter mir, sie waren auf einmal nicht mehr die unzähligen schwachen Glühbirnen in den Häusern von Ajaccio. Flackernde Fackeln waren es, die Fackeln einer Fehdeversammlung vor vielen, vielen Jahren.
Pertucci erriet meine Gedanken. "... und wenn es vor zehn oder fünfzig oder gar dreihundert Jahren geschehen wäre, was macht das aus? Nichts wäre anders gewesen... gar nichts."
Ich hatte es in der Zeitung gelesen. "Sie waren gute Kämpfer gewesen, beide, Pertucci. Und Sumio hat es nicht gewollt."
Der Alte lachte hart und kurz auf. "Du verstehst uns nicht. Sie sind Korsen. Beide von hier. Für beide gilt dasselbe uralte Gesetz, wie für uns alle hier. Keiner kann vor ihm davonlaufen. Nicht der, den es trifft. Nicht der, der es vollziehen muss. Keiner."
"Ja, sie waren prächtige Burschen, beide", fuhr Pertucci fort. "Es ging um die Ausscheidung zur Weltmeisterschaft im Yankee-Stadion. Wir alle, die Sentinis und die Roccas, wir hockten zusammen, oben in Valentinos Kneipe. Ein ganz altes Radio, weißt du, wir konnten es kaum verstehen. Alberto hielt sich großartig. Aber dann war auf einmal Schluss. In der fünften Runde traf Sumio ihn voll. Alberto stand nicht mehr auf. Nie mehr. Kein Arzt konnte mehr helfen." Er legte die Hand auf meinen Arm. "Erst gingen wir, die Sentinis. Wir

sagten nichts. Keiner sah den anderen an. Viel später erst die Roccas."

"Das Boxen war ihr Beruf, Pertucci. Es war ein Unfall..."
Er nickte "Ein Unfall war's. Ein Unglück für uns alle, amico. Für die Sentinis und für die Roccas. Einer von beiden wäre Meister geworden... Alberto war mein Junge. Mein Ältester..."

"Und was ist mit Tonio?"

"Er ist der nächste in der Reihenfolge." Er seufzte. "Ich wollt' dich bitten, ihn mitzunehmen, nächste Woche, wenn du aufs Festland zurückfährst. Noch nie in seinem Leben war er weg von der Insel. Seine Papiere sind in Ordnung. In zwei Wochen geht sein Schiff von Genua..."
Ich sah ihn vor mir, den Jungen, wie er den steilen Pfad entlangging, die Flinte über der Schulter, um oben in den Bergen ein Wild zu erlegen. Ich sah ihn lachend winken. Ich sah seine Augen leuchten, wenn er Elena ansah, die kleine, schmale Elena, und ich sah sie scheu zurücklächeln...

"Und wie soll er Sumio finden, da drüben, in dem riesigen Häusermeer?"
Ein Streichholz flammte auf, und dann glimmte eine Zigarette in der Dunkelheit. "Er wird ihn finden. In drei Monaten boxt Sumio um den Titel. Er wird ihn finden."

"Die Überfahrt kostet ein Vermögen, Pertucci."

"Wir sind eine große Familie. Alle arm wie die Kirchenmäuse. Aber jeder hat gegeben, was er hatte. Es ist das Gesetz, amico, das uralte ungeschriebene Gesetz. Onkel Luigi hat sogar seinen kleinen Weinberg verkauft. Der beste Wein wächst dort. Weit unter Preis hat er verkaufen müssen."
Zwei schmale Schatten strichen vorüber. Ich vernahm Tonios Stimme, und Elenas glückliches Lachen...
Pertuccis Hand tastete nach der Karaffe. "Möchtes du noch ein Glas, mein Freund?"

180

Ich schüttelte den Kopf. "Nein danke, Pertucci... der Wein schmeckt bitter heut'..."
Helmut Pätz

Eine Rechnung wird beglichen

Der alte Mann wartete.
Er hockte an der Mauer, die aus unbehauenen Marmorblöcken aufgeschichtet war. Das Meer unter ihm flimmerte rotgolden in der frühen, tief stehenden Sonne. An der Steinmole lag ein kleiner Dampfer, und zwei Männer mit bloßem Oberkörper schleppten das wenige Ladegut herbei, das man hier auf der Insel mitzugeben hatte.
Der Mann rauchte eine Zigarette, und aus der offenen Tür der Kneipe drang der Geruch von frisch aufgegossenem Salbeitee. Hin und wieder hob er den Kopf und blickte hinter sich in das karge Inselland, das sich, felsig und mürbe von der sengenden Sonne, in sattem Gelbbraun erhob.
Er wartete. Täglich sah man ihn hier sitzen. Die Leute grüßten, ehrerbietig wie immer. Sie spürten, dass er wartete. Sie ahnten, worauf, aber keiner wagte, ihn daraufhin anzusprechen.
Und dann kam er, der andere, der Jüngere. Auf einem Esel hockte er und pfiff vor sich hin. Staub wirbelte auf unter den Hufen des Tieres.
Der Alte erhob sich. Klein, vornübergebeugt, stieg er die Stufen hinunter und trat zwischen die verstaubten, blaugrünen Agaven.
"He, Andros..." Die Stimme klang leise. Dennoch wandte der andere unwillig den Kopf. "Ach, du bist es…"
"Ja, ich."
Andros verhielt das Tier. "Ich hab' keine Zeit, Anglesi... ich will mit dem Schiff."

Der Alte strich mit der Hand über den Hals des Esels. "Nach Athen willst du. Ich weiß. Komm' trotzdem mit. Andros, für einen Augenblick, wir trinken einen Uso."

Andros rutschte zögernd von dem Rücken des Tieres. Groß und breitschultrig stand er da und überragte den Alten um Kopfeslänge. "... ich hab' auf dich gewartet, Andros. Ich wusste, daß du kommen würdest... heute... morgen... irgendwann. Einmal würdest du versuchen, von hier wegzukommen..."

Der andere hob ruckartig den Kopf. " Ich?" Seine Stimme klang trotzig und ratlos zugleich "Ich gehe nach Athen, weil ich es will. Hörst du, Anglesi, ganz allein, weil ich es will."

Der Alte nickte. "Und... Clarissa? Was sagt sie dazu?"

"Weiß nicht. Sie schlief noch, als ich wegging."

"Weggeschlichen bist du also. Wie ein Dieb."

"Das geht niemanden etwas an. Auch dich nicht. Wenn du es aber unbedingt wissen willst, Anglesi... mit Clarissa war es nicht mehr auszuhalten."

Der Alte nickte wieder und schob ein volles Glas über den Tisch. "Ich weiß. Aber es musste so kommen. Ich habe dich gewarnt, Andros, damals als du sie mir wegnahmst..."

Andros stieß ein kurzes Lachen aus. "Ah, du bist ein kluger Mann, Anglesi, ich weiß. Weit und breit gibt es keinen besseren Arzt als dich. Aber du bist alt. Und Clarissa ist jung, viel zu jung und zu schön für dich."

Ruhig sah ihn der Alte an. "Du hast recht..." Sein Blick glitt aufs Meer hinaus. "Aber ich liebte Clarissa. Ich liebe sie heute noch. Das ist eine Liebe, wie du sie nicht kennst, Andros. Fast lächerlich mag das klingen, oh ja, aber was konnte meine Liebe zu ihr anderes sein als die Güte und väterliche Zuneigung eines alten Mannes? Du dagegen bist jung, stark und gut anzusehen..." Er senkte die Stimme zu einem Flüstern. "Du wirst es nicht glauben können, aber fast war ich glücklich... um ihretwillen, als sie mit dir ging. Darum tat ich auch nichts dagegen."

Andros zuckte missmutig die Schultern. "Sie hat sich so verändert. Herrschsüchtig ist sie geworden und launisch. Ich hab's einfach nicht mehr ausgehalten."

Der Alte nahm einen Schluck Tee. "Ich hab' das vorausgesehen. Deine Liebe ist wie der Sturm, Andros, der einmal im Frühjahr und einmal im Herbst über unsere Insel braust. Clarissa aber ist krank, sehr krank sogar. Ich hab' es dir gesagt, damals. Du aber hast nur gelacht. Eine, die so schön ist wie Clarissa, so eine kann gar nicht krank sein, hast du gesagt. Jetzt hat sie kaum noch ein halbes Jahr zu leben. Deshalb habe ich sie zu dir gehen lassen, und du, du wirst jetzt bei ihr bleiben, bis..." Er schwieg und setzte hart den Becher ab.

Andros blickte auf und schüttelte starrsinnig den Kopf. "Ich gehe nach Athen, Anglesi. Und daran wird mich keiner hindern."

Der Alte legte die Hand auf seinen Arm. "Ich werde dich daran hindern", sagte er freundlich. "Du fährst nicht nach Athen. Du reitest zurück zu Clarissa."

Andros schob unwillig die Hand zurück. "Ein alter Narr bist du, Anglesi. Ich fahre. Jetzt. Kapitän Michaelos gibt mir freie Überfahrt. Ich habe schon alles mit ihm besprochen."

Wieder blickte der Alte aufs Meer hinaus. "Ich liebe diese Insel, diese Menschen hier. Darum blieb ich auch vor vielen Jahren. Es gab keinen Arzt hier. Ich blieb ich hier bei ihnen, half, so gut ich konnte, blieb genauso so arm wie sie. Ich habe immer gekämpft mit dem Tod, manchmal blieb er der Sieger, manchmal ich. Clarissa aber kann ich nicht helfen. Keiner kann das. Der Mensch, den ich am meisten auf der Welt liebe..."

Eine Schiffssirene schrie grell auf. Andros erhob sich. "Es wird Zeit für mich."

Der Alte schnippte die Zigarette über die Mauer und hielt den Arm des Jungen fest. "...sie soll glücklich sein bis zu ihrem Tod, Andres, darum ließ ich sie dir. Und jetzt reite zurück, reite zurück, jetzt gleich. Drei Monate, zwei vielleicht, - dann bist du frei... Nach Athen fährst du nicht. Jetzt nicht. Ich lass dich nicht. Du denkst jetzt bestimmt - mit einem Faustschlag könntest du mich armen, alten Narren auslöschen. Sieh mich an. Andres, sieh in mein Gesicht, und du wirst wissen, daß du keinen Schritt lebend von dieser Insel kommst. Ich schwöre es dir. Andres..."

Wieder saß er allein an der Mauer und starrte auf das Wasser hinunter. Die Sirene schrie ein zweites Mal auf, und die Leute, die das Schiff beladen hatte, standen jetzt müßig herum.

Zwischen den Agaven stand Andres. Unentschlossen und zögernd machte er sich an dem Esel zu schaffen. Nur wenig später ritt er zurück, landeinwärts, eine Staubwolke hinter sich lassend. Dieses Mal pfiff er nicht.

Der Alte blickte ihm nach, eine ganze Weile. Dann legte er den Kopf auf die verschränkten Arme, als sei er auf einmal sehr, sehr müde.

Helmut Pätz

Kleine Bank am Meer

Gleich am ersten Abend, als die Dämmerung den silbrigweißen Strich zwischen Himmel und Meer wegzuwischen begann, lenkten ihn seine Schritte wie ungewollt und doch anscheinend selbstverständlich dorthin. Zu der kleinen Bank am Meer. Da stand sie, nur wenige Schritte vom Wasser entfernt. Ein einfaches, rauhes Brett, mit vier Beinen darunter, zwei Latten als Rückenlehne, - und es schien nur eine Frage der Zeit, wie lange sie hier noch stehen würde. Denn das Holz war rissig und rau vom ständigen Wind, der von See her kam

184

und nicht selten die salzige, zu nebelfeinen Tröpfchen zerstäubte Brandung herübertrieb.

Er schloss die Augen und atmete tief durch.

Es war sein erster Urlaubstag, und er ließ jetzt alles hinter sich zurück. Himmel und Wasser waren nun gleichermaßen dunkel und lösten sich ineinander auf. Die Luft war erfüllt vom gleichmäßigen Rauschen der gegen den flachen Strand schlagenden Wellen.

Das Mädchen musste schon dagesessen haben, und es war eigentlich verwunderlich, dass er sie nicht gleich bemerkt hatte. Dennoch, er spürte ihre Gegenwart, und das anfängliche Gefühl beginnender Einsamkeit wich. Sie saßen schweigend, eine ganze Zeit lang. Aber es war merkwürdigerweise kein verlegenes Schweigen zwischen ihnen, sondern eher ein vertrautes wie zwischen zwei Menschen, die sich schon lange kennen.

Er dachte, dass sie blond sein müsse, mit langen Haaren, die bis über die Schultern fielen. Er konnte es nicht erkennen, aber ihm war, als müsse es so sein. Und ebenso musste ihre Stimme sein... rau und dunkel wie das Meer, das sie umgab.

"Jeden Abend sitze ich hier..." sagte diese Stimme und fügte etwas zögernd hinzu, als beantwortete sie eine unausgesprochene Frage:"Und immer allein..."

"Es ist mein erster Urlaubstag", sagte er froh. Ein Gefühl glückhafter Erwartung durchströmte ihn, und auf einmal fühlte er sich wieder jung, sehr jung sogar.

Da hörte er ihr leises Lachen, verweht, mit einer Spur von Traurigkeit. "... und mein   letzter..." Ihre Stimme verebbte wie die auslaufende Brandung.

Und mit dieser Brandung flutete die Einsamkeit zu ihm zurück...

Er lehnte sich gegen das harte, kantige Holz in seinem Rücken. Die gleißende, helle Wärme des Tages war noch in ihm, und doch strich schon die Kühle der hereinbrechenden Nacht wie eine zärtliche Hand über sein Gesicht. Wenn er die Augen schloss, liefen die drei hinter ihm liegenden Wochen wie ein farbiger Film vor ihm ab. Drei Wochen, - gischtende Wellen, heißer, weißer Sand und laue, tiefblaue Nächte. Dazwischen bunte Wasserbälle, jauchzende Kinder, fröhliche Gesichter, unzählige, die auftauchten, ihn anlachten, in der erwartungsvollen Kühle des frühen Morgens, und späten Abends, bei irgendeiner verklingenden Melodie...

Und dann die Bank, die so einsam dalag, weit abseits von all dem Trubel um ihn herum.

Jeden Abend war er hierhergegangen, jeden Abend, wenn die Dunkelheit hereinbrach, getrieben von einer unbekannten Sehnsucht, die ihn quälte, ständig, und deren bittere Süße er dennoch nicht missen mochte. Er hatte dann ganz still gesessen und gelauscht, gelauscht einer Stimme, die rau klang und tief, und die der Wind aus einer unbestimmbaren Ferne zu ihm herübertrug, und dann dachte er jedes Mal, sie müsse jetzt neben ihm sitzen und das lange, blonde Haar aus ihrem Gesicht streichen. Aber dann war er doch wieder allein, allein mit dem Wind und der Brandung, die unten zu seinen Füßen gegen den Strand schlug... wieder und wieder...

Als er die Augen öffnete, sah er sie. Aber sie war nicht blond, und ihr Haar fiel nicht bis über die Schultern. Ihre Stimme klang auch nicht rau und dunkel, sondern hell und erwartungsfroh, als sie sich jetzt zu ihm wandte: "Dies ist mein erster Urlaubstag..."

Er beugte sich vor und ergriff eine Handvoll Sand.

"... und mein letzter..." sagte er.

Und langsam ließ er den Sand wieder auf die Erde rieseln.

Irene Pätz

Fahrt ins Blaue

"So komm doch endlich von Fenster weg, Alma, du machst mich ganz nervös." Herr Bergmann legte die Zeitung hin.

"... wieder nichts..." Seine Frau trat vom Fenster zurück. "Wieder vorbei..."

Ihr Mann blickte auf. "Wer ist vorbei?"

"Der Briefträger... vierzehn Tage ist unser Junge jetzt schon weg. Und nicht einmal eine Karte hat er geschrieben."

"Ach, Alma, du weißt doch, wie das ist, wenn ein junger Mensch in Urlaub fährt. Ich, zum Beispiel, war früher ein ganzes Jahr auf Wanderschaft. Tippeln nannten wir das damals. Nicht ein einziges Mal habe ich nach Haus geschrieben, Und meine Mutter war nicht im geringsten beunruhigt."

"Ja, Albert, früher... heutzutage ist das etwas anderes." Ihre nervösen Finger ordneten hier ein Deckchen, wischten da ein Staubfädchen weg. „... bedenke, er ist mit dem Auto unterwegs."

"Jaja, ich weiß. Aber er hat jahrelang für den Wagen gespart. Er wird schon vorsichtig fahren, um ihn wieder heil und ganz nach Haus zu bringen."

"Du machst dir doch selbst etwas vor, Albert. Sieh doch mal in die Zeitung. Die Unfälle verschulden meistens die anderen, die Raser, die Leichtsinnigen..." Ihre Stimme zitterte.

"Es ist schon nichts passiert", entgegnete er jetzt energisch, "glaub' mir doch. Sonst hätten wir längst Bescheid. Spätestens am nächsten Tag. Er hat doch schließlich seine Papiere dabei."

"Albert!"

"Ich weiß, ich weiß. Aber du brauchst dir wirklich keine Sorgen zu machen.

"Über zwei Wochen ist er schon weg."

"Na und? Irgendwohin wollte er, ohne festes Ziel. Einfach so ins Blaue. Verstehst du denn das nicht, darin liegt doch der besondere Reiz. Vielleicht räkelt er sich jetzt irgendwo in der Sonne und denkt an rein gar nichts. Nicht einmal an uns..."

"In der Sonne? Aber es regnet in Strömen. Seit zwei Wochen."

"Nicht überall. Im Süden scheint immer die Sonne. Also mach dir keine Sorgen." Er nahm die Zeitung wieder auf. Zugegeben, so ganz in Ordnung fand er es ja auch nicht, er hätte wirklich einmal schreiben können, der verflixte Lausebengel...

Da hupte draußen ein Auto. Mit zwei Schritten war die Frau am Fenster.

"Er ist da. Albert, der Junge... sein Wagen steht vor der Tür."

Da trat er auch schon ins Zimmer, glücklich lachend, strahlend. "Tag, Mutter... Tag, Vater."

Sie schloss ihn in die Arme. "Wir haben uns solche Sorgen gemacht um dich. Junge. Wo bist du denn gewesen? In Italien, an der See, oder in den Bergen? Warum hast du denn nicht geschrieben?"

"Ich wollte euch nicht beunruhigen."

"Wieso? Warst du krank? Hattest du einen Unfall...?"

"Nein, nein... ich war in Braunsberg."

"Braunsberg?" Der Vater lachte schallend auf. „Das ist doch kaum dreißig Kilometer weg von hier. Hör dir das an, Mutter, wir machen uns die größten Sorgen, und er ist nicht einmal eine halbe Wegstunde von uns weg. Also, was war denn nun wirklich los. Junge?"

Der Junge trat ans Fenster, blickte hinaus und wandte sich dann wieder um.

"Ich mag's kaum erzählen. Kurz nach der Abfahrt hatte ich doch tatsächlich einen Reifenschaden. Bei einem Bauern in Braunsberg bat ich um Hilfe ... und da hat mich sein Hund ins Bein gebissen. Ein paar Tage konnte

ich keinen Schritt tun, musste sogar im Bett liegen. Die Familie des Bauern war rührend besorgt um mich, besonders die Nichte, die gerade ihre Ferien dort verbrachte. Es waren herrliche Tage, die wir dort zusammen verlebten, und sie ist ein ganz tolles Mädchen... übrigens, ich hab' sie mitgebracht. Sie sitzt draußen im Auto... soll ich sie 'reinholen?"
Helmut Pätz

Fünftausend Dollar

Mister Grant blieb stehen. Er lauschte hinter sich zurück in die Dunkelheit. Sein Atem ging keuchend, und er fühlte sein Herz pochen. Kein Zweifel, da lief jemand hinter ihm her in dieser stillen, abgelegenen Straße und um diese späte Zeit. Ganz deutlich hatte er die Schritte gehört.
"Hallo...", war da eine Stimme, eine männliche Stimme, flüsternd nahe und doch zwanzig, dreißig Schritte entfernt. "Mister Grant..."
Mister Grant!
Wer seinen Namen kannte und wusste, dass er jetzt hier im Dunkeln diese einsame Straße mit den wenigen Häusern entlangeilte, der wusste auch, dass er das Geld bei sich hatte. Er presste sich in den Schatten eines Torweges, und seine Hand fuhr in das Jackett. Gottlob! Die Brieftasche mit den fünftausend Dollar war noch da! Die fünftausend Dollar, die er brauchte, wenn morgen die zwei Waggons mit den Rindern eintrafen.
In der Ferne pfiff eine Lokomotive, und ganz in der Nähe bellte ein Hund.
Mister Grant hielt den Atem an. Aber es war wieder ganz still. Diese elenden verlassenen Straßen in diesen elenden kleinen Provinzstädten, die eigentlich gar keine richtigen Städte waren. Er war schließlich nicht mehr der Jüngste, und die zwanzig Pfund zuviel im Anzug machten ihm

auch schon mächtig zu schaffen, wenn es nur fünf Schritte mehr waren als vom Wohnhaus zum Pferdestall. Er lief weiter, ächzend, schnaufend. Er mußte den Spätzug auf jeden Fall noch erreichen!

"Mister Grant..."

Da! Da war sie wieder - die Stimme! Er glaubte sogar, die Umrisse seines Verfolgers erkannt zu haben. Jung schien er, und schlank, - nicht lange mehr würde es dauern, und er hatte ihn eingeholt. Bestimmt hatte er ein Messer bei sich oder gar einen Revolver, Ach, er hätte Joe in die Stadt schicken sollen zu Parker & Co wegen des Geldes!

"Mister Grant!" Ganz nahe war jetzt die Stimme.

Plötzlich tauchte im fahlen Schein einer altmodischen Gaslaterne ein großer, schwerer Schatten vor ihm auf.

"... oh Gott, noch einer...", stöhnte Mister Grant, "eine ganze Bande, jetzt ist es aus."

Doch dann sank er, erleichtert aufseufzend, an die breite Brust mit dem blinkenden Sheriffstern. "... Räuber... Mörder... da... Hilfe...er will mein Geld... meine fünftausend Dollar..."

Der Sheriff knurrte etwas Unverständliches und schob Mister Grant beiseite. Dann zog er die Pistole, entsicherte sie und starrte unbeweglich auf den Mann, der da schnellen Schrittes und fliegenden Atems auf sie zustürmte.

"Mister Grant... Mister Grant..."

Mister Grant sah in das schmale Gesicht seines Verfolgers, in dem die Brillengläser funkelten. Vor einer halben Stunde noch hatten sie miteinander gesprochen.

"... Mister Grant..." ächzte der junge Mann aus der Filiale vom Geldinstitut Parker & Co. "Mister Grant, so warten Sie doch... Hier... Ihre fünftausend Dollar... Sie haben sie bei uns am Bankschalter liegengelassen..."

Helmut Pätz

Halvorsen zieht die Uhren auf

Er verzeihe mir, dass jetzt hier und von ihm die Rede ist, aber ich bin einer der ganz wenigen, die ihm noch begegneten, und wahrscheinlich der einzige, der je von ihm berichten wird. Zudem ist sein Leben eine derart kuriose Geschichte, dass ich sie einfach niemanden vorenthalten kann. Wie gesagt, er möge mir verzeihen. Er und auch Johnston. Mit Johnston allerdings wäre da noch ein Hühnchen zu rupfen - wegen des Whiskys, des eisgekühlten. Aber lassen wir das!

Auf Luadivi war es, einer der unzähligen, einsam gelegenen "Inseln unter dem Winde" unweit Tahiti, und das erste, was ich von ihm sah, war sein Auto, ein uraltes, klappriges Vehikel.

Gelangweilt hockte ich auf der Terrasse des "Johnston", dem einzigen Hotel hier, einem alten Bretterverschlag. Ein vergilbtes Bier-Reklameschild erpendelte im ständigen Seewind einen Hauch fast vergessener Zivilisation. Ich versuchte zu schlafen und tat doch weiter nichts, als mich über Johnston, dem Wirt zu ärgern, der im Liegestuhl neben mir lag, in den Mittag hineinblinzelte, sich dann aber auf einmal aufrichtete, in die flirrende Luft hineinlauschte, "Das ist Halvorsen", vor sich hinmurmelte, und im Haus verschwand. Ich starrte ihm nach, dann auf das Glas mit dem lauwarmen Tee mit Rum in meiner Hand und schließlich auf Halvorsen, der gerade seinem Gefährt entstieg.

"He", sagte er. Ein blonder Hüne, gebräunt von der Sonne des Südens, stapfte er die knarrende Holztreppe empor. "He", rief er nochmals, "Europäer... was?" Er drückte meine Hand und ließ sich in Johnston freigewordenen Liegestuhl fallen. Sofort witterte ich etwas von der Legende, die ihn umgab, und die zu erforschen mich sogleich reizte. Wie er aber neben mir saß, "Zwei Eisgekühlte!" rief, mich dann wieder mit einem Blick streifte, in dem es schalkhaft aufblitzte, zugleich aber überschattet von einer stillen Wehmut, wusste ich, dass ich sie nie von ihm erfahren würde.

"... wir sollten das begießen", sagte er, "ich hab' 'ne halbe Stunde Zeit..."

Ich hob missmutig das Glas mit dem lauwarmen Trank. Er verstand sofort. "Kühlschränke gibt's hier natürlich nicht. Aber für gute Freunde hat Johnston immer etwas Besonderes da, der alte Gauner. Da drüben, bei der Palmengruppe, keine zweihundert Schritte weit, da ist 'ne Quelle. Eiskaltes Wasser. Da hängen immer zwei Flaschen Whisky drin. Der Boy holt sie. Auf dem Rückweg läuft er, so schnell er kann, damit das Zeug inzwischen nicht warm wird.

Klar, dass sich Johnson das bezahlen lässt..."

Als dann die Gläser vor uns standen, sprach Halvorsen kaum noch. Er lag nur da und hörte zu, während ich ihm aus dem „alten" Europa berichtete, von den Unruhen im Nahen Osten und dass die Russen bei ihren Weltraumflügen neuerdings zahlungskräftige Zivilisten mitnahmen.

Nach genau einer halben Stunde sah ich ihm dann nach, wie sein Wagen auf dem Weg zwischen den Palmen gen Süden entschwand.

"Wer ist Halvorsen?" fragte ich Johnston. "Was ist mit ihm?"

Der Wirt sah mich an, eine ganze Weile. Dann zog er seinen Stuhl näher heran und beugte sich zu mir herüber.

"Vor etwa zwanzig Jahren tauchte er hier auf. Irgendwo aus dem Norden Europas kam er und galt als der Erbe eines der größten Uhrenherstellers seiner Heimat. Die Hoffnung, eines Tages eine riesige Erbschaft machen zu können, schien mehr als berechtigt. Dann aber machte sein Vater Pleite, und Halvorsens gesamte Erbschaft bestand aus zweihundertundfünfzig Küchenuhren, die keinen Absatz mehr fanden. Da fasste er den Entschluss,

mit allem, was er besaß - und das war nichts, außer seinen vermaledeiten Küchenuhren - die Heimat zu verlassen und in die Welt hinauszuziehen, irgendwohin, wo niemand ihn und er niemanden kannte. Und so verschlug es ihn, weiß der Himmel warum, hierher...
Die Menschen hier sind sehr gastfreundlich, müssen Sie wissen. Irgendwie spürten sie, wie es um den jungen Halvorsen stand. Sie luden ihn zu sich ein. Er war Gast in jeder noch so ärmlichen Hütte, und sie bewirteten ihn mit allem, was sie hatten. Und Halvorsen dankte es ihnen. Er revanchierte sich. Mit seinen Küchenuhren. Das sprach sich natürlich herum. Es gefiel den Leuten, die Tages- oder Nachtzeit nicht mehr am Stand der Sonne oder der Sterne ablesen zu müssen. Sie sind da wie die Kinder. Halvorsen machte also die Runde, und jeder Gastgeber bekam seine Uhr..."
Johnston winkte dem Boy und ließ unsere Gläser wieder vollschenken, mit gekühltem, versteht sich.
"Eines Tages merkte Halvorsen, dass sein Bestand an Uhren zu schrumpfen begann. Er rechnete sich aus, wann der Vorrat erschöpft sein würde. Ein erschreckender Gedanke, eines Tages ohne den geringsten Rückhalt dastehen zu müssen. Also änderte er die Methode. Er beschloss, nur noch anlässlich einer Hochzeit eine Uhr zu verschenken. Wen wundert es da, dass binnen kurzem alle in Frage kommenden Jahrgänge heirateten und Halvorsen zu dem Fest luden. Derart in die Enge getrieben, kam ihn die letzte, die rettende Idee: Er verschenkte künftig zwar die Uhr, nicht aber den dazugehörigen Schlüssel. Den behielt er. Also musste der jeweilige Besitzer ihn spätestens nach einer Woche zu sich bitten, um die Uhr aufziehen zu lassen. Auch dafür verlangte Halvorsen natürlich nichts. Unsere guten Luadiver aber - wie gesagt, herzensgute Leute - , auch sie wollten wiederum nichts umsonst. Sie gaben ihm von dem, was sie wirklich in Hülle und Fülle hatten, näm-

lich... Kokosnüsse. Halvorsen nahm sie mit nach Haus. Auch die anderen „Uhrenbesitzer", deren Uhren abgelaufen waren, baten Halvorsen zu sich und gaben ihm Kokosnüsse als Entgelt. Nicht lange, und es waren so viele, dass er sie im Schuppen hinter seiner Behausung stapeln musste. Schließlich setzte er sich mit einem Koprahändler in Verbindung, der in unregelmäßigem Turnus die größeren Inseln abklapperte, und verkaufte ihm seinen Vorrat. Monatelang ging das so. Halvorsen kaufte sich ein altes Auto, um die inzwischen über die ganze Insel verstreuten Uhren in einem Viertel der Zeit auf ziehen zu können, schaltete den Zwischenhändler aus und gründete drüben auf Mualan eine eigene Faktorei. Er ist ein wohlhabender, unabhängiger Mann geworden, und das alles nur durch eine Hand voll alter Küchenuhren und einen letzten noch dazu passenden Schlüssel, den er wie seinen eigenen Augapfel verwahrt..."

Johnston griff nach dem Glas. "... Halvorsen ist heute nicht mehr auf geschenkte Kokosnüsse angewiesen. Aber glauben Sie nur nicht, dass er undankbar wurde. Die Leute, denen er seinerzeit die Uhren schenkte und später dann regelmäßig aufzog, sie wurden älter, starben nach und nach. Dennoch machte Halvorsen regelmäßig seine Runde um die Insel. Jede Woche einmal, um die noch verbliebenen Uhren aufzuziehen. Heute sind es noch drei. Zwei alte Ehepaare oben im Norden und ein alter Mann unten am Südzipfel. Jede Woche kommt Halvorsen zu ihnen."

Als Johnston geendet hatte, dauerte es eine ganze Weile, bis ich auf einmal hell auflachen musste, - und auch jetzt noch schmunzele ich vor mich hin, wenn ich an Halvorsen denke, an Halvorsen und seine Uhren...

Helmut Pätz

194

Ich schenk' sie Ihnen

Es klopfte. Mister Cowland rief: "Herein..."
Ein Mann betrat sein Büro. Er war irgendwo zwischen fünfzig und sechzig Jahre alt, sicherlich seit Wochen nicht mehr rasiert und trug den Staub unzähliger Meilen Landstraße auf der zerlumpten Hose.
"Da bin ich..."
Mister Cowland blickte auf. "Sie wünschen?" fragte er ungehalten. "Ich hab' nicht viel Zeit."
"Wenn Sie Mister Cowland sind, haben Sie mich hierherbestellt... schriftlich... bis Mittag soll ich hier sein... schätze, da bin ich..."
Er zog einen zerknitterten Brief aus der Tasche und reichte ihm den Anwalt. Der las ihn einmal, zweimal...
"... Mister Hark Bronson... allerdings, den habe ich angeschrieben... bis heute Mittag zwölf Uhr sollte er... aber wer, zum Teufel, sind Sie denn?"
"Hark Bronson... höchstpersönlich... geboren vor annähernd sechs Jahrzehnten in diesem gottverlassenen liebenswerten Nest... da drüben in dem kleinen windschiefen Haus hinter den drei Buchen... all devils, die alte Kate steht immer noch... okay, also der bin ich!"
Mister Cowland sah den anderen ungläubig an. "Sie müssen sich ausweisen."
Er nahm einen zerfledderten Paß entgegen.
"... Bronson, Hark... geboren... und so weiter... ja, das stimmt." Er bot seinem Gegenüber einen Stuhl an. "... es handelt sich um eine Erbschaftsangelegenheit ..."
Der Tramp zog den Stuhl unter sich, wuchtete sich darauf, und schüttelte den Kopf.
"Erbschaftsangelegenheit? Wüsste nicht, was bei mir zu holen wäre... aber ich bin in Eile, Sir, ich werde nämlich gleich abgeholt..." Er sah den Anwalt fast vorwurfsvoll an.
"Es handelt sich um Jake Bronson, Ihren Onkel."

"Benzin-Jake?" Das Individuum lächelte breit. "Er soll mich damals übers Taufbecken gehalten haben. '... ein alter Halsabschneider, dein Onkel Jake, hatte mein Vater immer gesagt.' 'Er ist fleißig', hatte meine Mutter dann erwidert, 'ja, fleißig...' 'Bah'! Mein Vater machte eine wegwerfende Handbewegung. Das ist alles, was ich über Onkel Jake weiß... Aber seine Tankstellen, die kenn' ich. Knallig grün-gelb. Allein fünfundzwanzig davon an der Straße von Crockett nach Trinity... mir wird jedesmal speiübel, wenn ich das Zeug nur rieche, und ich trampe die Straße viermal im Jahr... Also, was ist denn nun mit Onkel Jake?"

"Er ist vor drei Monaten verstorben."

Der Mann nahm den zerbeulten Hut ab. "Wohl nicht mehr zu ändern...he?"

"Ich bin der Testamentsvollstrecker, ich muss die Erben ausfindig machen... es gibt nur einen..."

Der Tramp nickte. "Und der ist jetzt versorgt, was?"

"Allerdings. Ein großes Vermögen und ein weitverzweigtes Netz gutgehender Tankstellen."

"Ich gratuliere ihm."

"Der Erbe sind Sie, Mister Bronson."

"Ich?" Der andere öffnete den Mund, eine ganze Zeit lang, und schloss ihn wieder. "...und sonst keiner?"

Der Anwalt schüttelte den Kopf. "Ich habe drei Monate gebraucht, um Sie ausfindig zu machen."

"Ein Netz von Tankstellen und ein dickes Bankkonto... kann ich es heut` schon haben?"

Der Anwalt erhob sich steif. "Das liegt ganz bei Ihnen. Die Sache hat nämlich noch einen Haken. Ihr Onkel hat eine Bedingung daran geknüpft: Der Erbe muss sich um alles selbst kümmern... um die Tankstellen, um die Geschäfte..."

"... um die Tankstellen..." Der Tramp drehte den Hut zwischen den Fingern. "... ich soll selbst Benzin pumpen? Tagaus, tagein... vielleicht sogar dem dicken Walker von gegenüber eigenhändig in den Tank seines protzigen Wagens? Also, Sir, dem dicken Walker, dem verkauf ich kein Benzin, nicht einen einzigen Tropfen... nicht um's Verrecken! "

"Sie haben Ihren Onkel missverstanden. Er wollte beileibe nicht, dass Sie das Benzin selbst pumpen sollen. Sie sollen den ganzen Konzern selbst verwalten. So vom Schreibtisch aus... natürlich mit einem Stab tüchtiger Mitarbeiter... das Kapital mehren, weitere Tankstellen errichten..."

"Fünfzig Tankstellen..." Hark Bronson seufzte. "... also, wissen Sie, Sir, das Bankkonto allein genügte mir. Auf die Tankstellen mit dem widerlich stinkenden Zeug kann ich verzichten, und auf meinen großen Trip über Dakota nach Minnesota kann ich sie auch nicht mitnehmen... Wissen Sie was... ich schenk' sie Ihnen!"

"Das Erbe ist unteilbar..." Mister Cowland lächelte bedauernd. "Tankstellen und Geld - oder gar nichts. Ihr Onkel wollte es so. Steht in seinem Testament. Da gibt es nichts dran zu rütteln."

"Ich bin mit Jim Jefferson verabredet, Sir, seit rund dreißig Jahren trampen wir zusammen. Wir wollen zum Cascade-Creek. Da gibt es die besten Lachse, das können Sie mir glauben."

"Sie müssen sich entscheiden, Mister Bronson. Aber bedenken Sie, das Geld, das viele Geld..."

Der Tramp sah sich naserümpfend um. "... den ganzen Tag über in so einem dunklen Raum, ohne dass einem die Sonne den Rücken wärmt und einem eine frische Brise um die Nase weht... jahraus, jahrein... ist das noch ein Leben?"

Ein greller Pfiff drang durch das nur angelehnte Fenster, und ein Leuchten ging über das wettergebräunte, faltige Gesicht des Alten. Er stand auf und setzte den zerknautschten Hut mit schwungvoller Gebärde auf. "Ich will es nicht, Mister Cowland, nicht das Geld und nicht die Tankstellen."

Er ging an das Fenster, stieß es ganz auf und erwiderte den gellenden Pfiff. "He, Jim, ich hatte noch eine Kleinigkeit zu erledigen. Ich komme!"

Und dann stapfte er hinaus, einen verdutzt dreinblickenden Anwalt hinter sich zurücklassend...

Helmut Pätz

In Pietros Eisdiele ist immer was los

Lustig wehende bunte Bänder, verlockende Gitarrenklänge, ein bestimmter Duft von Himbeeren und Vanille, - immer gedrängt voll, immer etwas los - das ist sie: Pietros Eisdiele!

Und dann er, Pietro, - ein schlanker, sich zwischen kleinen, runden Tischen hindurchwindender Körper mit hochgestreckten Armen, die mit akrobatischer Sicherheit silberne Tabletts mit wippenden Eisbechern über die Köpfe der Sitzenden balancieren, dazu pechschwarze Locken und dunkel blitzende Augen, das ist Pietro! Bewundernswert das geschickte Spiel seiner Hände, wenn er mit geradezu gleichgültiger Miene das Geld in die ausgebeulten Jackentasche hineingleiten lässt und ansteckend der Klang seines unwiderstehlichen Lachens, wenn er mit südländischer Grandezza den eintretenden oder fortgehenden Damen Kußhände zuwirft...

So empfinden offenbar auch die beiden älteren Damen am Tisch neben mir, die genüsslich einen Löffel nach dem anderen des köstlichen gelato di frutti zum Munde führen. "... eben ein echtes Kind des Südens..." Beinahe schwärmerisch sagt es die eine und kratzt hingebungsvoll die letzten Waffelkrümel aus dem Becher.

Ich lasse sie in dem Glauben. Pietro, das ist für sie, für alle hier der Inbegriff dessen, was sie entbehren, worauf sie verzichten müssen: goldene Lichter, funkelnd auf saphirblauen Wellen, süße Melodien, verklingend in romantischen, engen Gassen, kurz - der ganze Zauber südlicher Atmosphäre...

Ich lächle still in mich hinein, aber ich verrate nichts, sage niemanden, dass der gute Pietro aus der nahegelegenen Umgebung stammt, dass er noch nie in seinem Leben die südlichen Regionen erblickt hat, sage nicht, dass er im späten Herbst brav das Vieh von den sommerlichen Weiden in den väterlichen Stall treibt und sich im Winter die frostroten Hände am heimischen Buchenfeuer wärmt. Wozu auch? Erarbeitet er sich selbst doch einen winzig kleinen Anteil unseres allgemeinen Wohlstandes. Uns allen, auch mir, schenkt er ein Stückchen Illusion. Und wer weiß, - vielleicht rollt in seinen Adern doch das Blut eines vor vielen Jahren eingewanderten südländischen Urgroßvaters...

Irene Pätz

Kein Interesse für Schmetterlinge

Warum bin ich eigentlich mitgefahren, dachte sie, während sie missmutig hinausblickte in das gleißende Sonnenlicht, auf die leuchtenden Felder und schattigen Wälder. Ich hätte wissen müssen, dass das schief geht. Immer geht so etwas schief bei ihr. Und auf einmal fühlte sie eine Welle von Hass in sich hochsteigen. Nein, solche organisierten Kaffeefahrten, das war wirklich nichts für sie.

Die Menschen, die neben ihr saßen, vor ihr und hinter ihr, hatten sich vor wenigen Stunden noch nie gesehen Aber für die war so etwas das Richtige. Wie gut die sich schon verstanden, wie sie miteinander schwatzten und lachten! Nur sie, sie konnte so etwas nicht - und sie kam sich vor wie eine Außenseiterin.

Als sie nach Stunden am Zielort angelangt waren und nach gemeinsamer Kaffeetafel einen kleinen Spaziergang durch den nahegelegenen Wald machten, entdeckte sie zufällig auf einem Baumstumpf in einer kleinen, sonnenüberfluteten Lichtung ein winziges flirrendes Etwas.

"... ein Schwalbenschwanz!" rief sie aus, und als sie darauf zulief, wäre sie beinahe mit dem älteren Herrn zusammengestoßen.

"Lieben Sie Schmetterlinge auch?" Seine Stimme war voller Hoffnung und Erwartung.

Sie nickte eifrig, und ihre Stimme klang wie die eines kleinen Mädchens. "... aber ja ... ich unterrichte doch in Botanik."

Eine lebhafte Unterhaltung entspann sich nun zwischen ihnen.

"... meine Schmetterlingssammlung konnte sich sehen lassen... sogar ein indischer Blattschmetterling war dabei."

Er gleicht meinem Vater, dachte sie mit aufkommender Wärme. Wie er ihm doch gleicht! Wie oft hatte er sie damals mitgenommen, wenn er wieder einmal geflüchtet war aus seinem Amtszimmer mit staubigen Ordnern an den hohen Wänden - hinaus in den nahen Wald mit den vielen Bäumen und den gewaltigen Kronen aus grünem Laub. Ja, auch er hatte sie so geliebt, diese wundervollen, bunten Falter. Nur, dass er sie lieber in der freien Natur bewunderte, im taumelnden Flug, und nicht aufgespießt hinter kalten Glasscheiben.

"... schon als Junge gab es nichts Schöneres für mich, als auf Schmetterlingsjagd zu gehen..."

Wie jugendlich seine Stimme klang, im Gegensatz zu dem schlohweißen Haar. Seine Gelöstheit übertrug sich auf sie, gab ihr zum erstenmal nach langer Zeit wieder ein Gefühl der Geborgenheit, das sie seit dem Tod der Eltern so schmerzlich vermisst hatte. Eine fast weiche Stimmung überkam sie, als er dann immer eifriger werdend von früheren kindlichen Versuchen mit Raupenzucht in temperierten Kästchen, vom Schlüpfen

200

der Schmetterlinge aus den Puppen erzählte, und auch er schien aus einer anderen Welt zu kommen, aus der ihn erst die Stimme einer plötzlich auf sie zukommenden korpulenten Frau riss.

Die Worte der Frau waren nichtssagend, trivial, aber die Blicke, die sie nun trafen, enthüllten alles: Besitznahme einerseits, aufkommende Rivalität andererseits. Seine Stimme klang resigniert, als er nun, plötzlich ein Anderer geworden, förmlich, beinahe entschuldigend sagte: "... meine Frau interessiert sich nicht für Schmetterlinge... verzeihen Sie bitte, wenn ich Sie mit meinen Erzählungen gelangweilt haben sollte."

Als sie wieder im Bus saßen, schaute sie hinaus in die Landschaft, auf die sich allmählich graue Dämmerung herabsenkte. Sie fühlte Leere und Einsamkeit in sich.

Nein, sie waren wirklich nichts für sie, diese Kaffee-fahrten.... Dennoch blieb der Abglanz einer glückhaften Stunde eine ganze Weile bei ihr.

Irene Pätz

Inhaltsverzeichnis